诺贝尔奖获奖者散文丛书

爱的幻想曲

（智）加夫列拉·米斯特拉尔　著
朱金玉　译

江苏凤凰文艺出版社
JIANGSU PHOENIX LITERATURE AND ART PUBLISHING, LTD

图书在版编目（CIP）数据

爱的幻想曲 /（智）加夫列拉·米斯特拉尔（Gabriela Mistral）著；朱金玉译．-- 南京：江苏凤凰文艺出版社，2017.10

（诺贝尔奖获奖者散文丛书）

ISBN 978-7-5594-0644-6

Ⅰ．①爱… Ⅱ．①加… ②朱… Ⅲ．①散文集 – 智利 – 现代 Ⅳ．① I784.65

中国版本图书馆 CIP 数据核字（2017）第 133928 号

书　　名	爱的幻想曲

著　　者	（智）加夫列拉·米斯特拉尔
译　　者	朱金玉
责任编辑	黄孝阳　王　青
出版发行	江苏凤凰文艺出版社
出版社地址	南京市中央路 165 号，邮编：210009
出版社网址	http://www.jswenyi.com
印　　刷	三河市人民印务有限公司
开　　本	880×1230 毫米　1/32
印　　张	9
字　　数	205 千字
版　　次	2017 年 10 月第 1 版　2021 年 7 月第 3 次印刷
标准书号	ISBN 978-7-5594-0644-6
定　　价	49.80 元

目录

女教师的祈祷

主啊，我们的导师，请原谅我也从事着这份职业，允许我僭用教师——这个由你馈赠人间的称号。

请赐予我对这个平民学校无限的挚爱吧，再美艳的诱惑也无法使我抛下这份柔情。

主啊，我的导师，请令我的热诚经久不衰，让我的沮丧转瞬即逝。我的心灵仍会被不纯洁的欲望所困扰，被伤害时也还会存有一丝抱怨，这一切，请你统统带走。请让我不因学生的困惑而痛心，也不因她们将我遗忘而难过。

让我比母亲更慈爱吧。让我像母亲那样疼爱、庇护这些非我骨肉的孩子们。愿我能将她们中的某块璞玉雕琢成器，把我所理解的最深刻的旋律埋藏于她心，待到我的双唇无法再发出声音时，她将代替我歌唱。

主啊，向我展示你的福音吧，使我不致在日日的辛劳中踌躇彷徨。

请把你身边那些赤脚孩子们散发的光芒，也赐予我这所平民的学校吧。

请你让我这个清贫、无依无靠的女人变得坚强吧，摒弃一切不纯洁的思想。除了你的意愿，我蔑视生活所施加的任何压力。

挚友，陪伴我，支持我吧！我身边除了你不再有别人。当我的信仰变得更加高尚，我讲述的真理更加炽热，世界会离我益发遥远。而你最了解孤独与漂泊，到那时，你会把我紧紧搂在胸前，我不再寻求他人的认可，只需要你一个赞赏的眼神。

请给我质朴，给我深度，让我每日的教学既不过分深奥，也不会索然无味。

每当我走进学校，请让我把心灵的创伤放在一旁，别让我把自己世俗的顾虑和微不足道的苦恼带上讲台。

让我的手在惩罚学生时轻轻落下，在爱抚的时候倍加温柔。让我在训斥她们时痛彻心扉，这样我才能懂得爱之深、责之切。

让我把我这砖土搭建的学校变成精神的殿堂，用我的热情温暖它简陋的天井和那寒酸的教室。我要以心灵支撑它，用意志装饰它，它将比富人学校里的柱石更坚固，比他们的黄金更纯洁。

最后，让委拉斯开兹①油画中你那苍白的面庞提醒我，这世上最炽热的教育与爱，是要如你一般，哪怕被朗基努斯的长矛扎破了肋骨，也要奋斗到生命的最后一刻②。

---

① 委拉斯开兹（1599—1660）：西班牙文艺复兴后期著名画家。其画作《十字架上的基督》描绘了耶稣基督被钉在十字架上的场景，画中的基督脸色苍白，整幅画渲染了耶稣受难场景的庄严与哀伤。

② 朗基努斯：人名，是押送耶稣基督受刑的狱卒。为确认基督是否已死，他用长矛刺入基督肋下。

孩子的头发

孩子的头发，是世上最柔软的东西。有它在膝头，我就像拥有了珍贵非凡的丝绸。只要抚摸着它，哪怕只是短短几个小时，也能让生活变得美好。它就是我甜蜜的寄托。

让孩子的发丝贴着我的面颊，或是在我膝头缠绕成花朵的形状吧。让我来为他们梳头，这样能缓解我的痛苦。它能让我的时光再长一些，尽管已所剩无多。

若有一天，我去往上帝身边，我不会向他祈求天使的翅膀来抚平心灵的创伤，只希望能将那些我深爱过的孩子的头发悬挂在空中，风起时，它将永远轻抚我的面庞！

母亲的诗

1. 母亲的诗

被 吻

他的吻使我变成了一个不同的人：我的血管中开始跳动着两颗心脏，与他的呼吸也融为一体。

我的腹部变得和心灵一样崇高，甚至呼吸都带着花儿的馨香——这都是因为他——他在我身体里静静地躺着，柔软得就像是青草上的一颗露珠。

他会是什么样的？

我的孩子会是什么样的呢？我曾端详着玫瑰的花瓣，满心愉悦地抚摸它们，希望他会有这般娇嫩的面颊；我曾在黑莓盘绕的枝条间玩耍，希望他的头发像这样乌黑而坚硬；不过，他的皮肤不那么白皙也无妨，因为古铜色可是陶艺师们最爱的颜色；又或许他的头发平直柔顺，就像我这简单的一生。

在大雾弥漫的时候，我望着起伏的山脉，用那雾气勾勒出一个小女孩的轮廓——因为我的“他”，也可能是一个无比甜美的小姑娘。

但更重要的是，我希望他像自己的父亲一样，目光充满柔情，声音抑扬顿挫。我爱他的父亲，是他的吻，带来了这个即将降临的生命。

智 慧

在二十年的生命中，在那些美好的日子里，我曾喃喃自语：“这温暖的阳光、漫山的鲜花、清香的草地……这些恩赐都是为何而存在？”现在，我终于明白了。

光的抚照让他在我身体中点滴成长，就像为即将成熟的葡萄带来甘甜一般——他，就是我的佳酿。

为了他，我祈祷：“愿我的身体就像上帝手中的泥土，赋予他生命。当读到令人颤动的诗句时，为了他，我希望那美丽就像炭火一样将我点燃，好让他从我的血肉中获得永不熄灭的炽热。”

柔 情

因为怀着正在熟睡的他，我的脚步变得格外轻缓。自从见识了生命的奥秘，我的心灵变得更加虔诚。

我的声音如此温柔，因爱而静无言语，生怕吵醒了他。

我的双眼在那些内心痛苦的人之间张望着，希望让他们明白，我面色苍白的缘由，与他们并不一样。

我轻柔地、爱怜地走过鹌鹑筑巢的草丛，安静地、小心地经过乡间的田野。我相信树木甚至万物都正弯着身子，守护着他们在睡梦中的孩子。

姐 妹

今天我看到了一个正在犁地的女人，她弯着腰，在地里干活。她的身体肿胀又沉重，我知道她和我一样，是在孕育生命的缘故。

我轻抚她的腰，带她回到家，她可以享用我杯中香浓的牛乳，在我那凉爽的回廊下小憩。这样，如果将来我的乳汁不够充足，我的孩子可以把小嘴贴上她丰满的乳房。

祈 求

但不会的！既然上帝让我的身体变得宽大丰满，又怎会给我干瘪的乳房？我感觉到胸脯悄无声息地生长，就像池塘暗流涌动的水面一般。它在我的肚子上投下阴影，像是做出了庄重的承诺。

但如果我的乳房不能湿润，这整个谷地还有谁比我更不幸呢？

妇女们常常用杯子收集夜里的露珠，我则将自己的乳房呈给上帝，我为上帝取了一个新的名字——“充实者”，我祈求他赐予我充足的生命琼浆，我饥渴的孩子来到之时，会那么地需要它。

敏 感

我不再在草地上玩耍，也害怕和姑娘们一起荡秋千，现在的我像是一根果实累累的枝条。

我很虚弱。中午在花园时，玫瑰的芬芳竟让我眩晕。随风飘来的一句歌声、天空中最后一抹血色的晚霞，也会让我心神不宁。如果我的主人投来一个严厉的目光，也许今晚我甚至会因此死去。

永恒的牵挂

哪怕他有一丝不适，我都会脸色苍白，那身体深处的压力越来越沉重。这个还在我肚子里的、看不到的小人儿，哪怕只是轻轻地一动，也让我痛得撕心裂肺。

但你们可千万别以为只有在怀着他的时候，他才占据着我的一切，与我血肉相连。就算到了他能够自由行走的时候，无论相隔再远，他身边吹过的风也会撕扯我的身体，他的叫喊就像是从我的喉咙中发出。我的孩子啊！我的悲与喜，全都由你决定。

为了他

为了他，沉睡着的他，像草丛下涓涓细流似的他，别伤害我，别让我做重活。我在餐桌上的不适，对噪音的反感，这一切都请你们原谅。

待我将他包在襁褓中之后，再告诉我家中的难题、困苦和忧虑。

额头、胸口……我身体的任何部分，是我，也是他。我受到伤害时，他也会哭泣。

宁　静

我已经出不了门，我那臃肿的腰身和深陷的眼眶都让人难为情。请把花盆放在我的身边，为我弹奏齐特琴吧——为了他，我要沉浸在美好之中。

我将玫瑰放在肚子上，我为睡着的他朗诵那些永恒的诗句，我在回廊里沐浴日光，松林里的微风吹拂着我的脸庞。我希望我的身体像果实一样酝酿出甘甜，流进心底。让光和风染红、洗净我的血液吧！为了它的纯净，我不会仇恨，不会抱怨，仅仅只去爱，只有爱！这样，在这宁静中，我养育着一个生命，奇迹般的生命，他有血管、小脸、眼睛和纯洁的心灵。

白色的小衣服

我编织了小小的鞋袜，裁好了柔软的尿布。我希望亲手完成这一切，因为他从我身体中来，会认得我的味道。

柔软蓬松的羊毛，是夏天的时候我就为他剪好的，一月的月光让它变得洁白无瑕，没有牛蒡或黑莓的小刺。它柔软得就像我的身体——那个他正安睡的地方。

大地的形象

这之前我从没看到过大地真正的模样，她像是怀抱着婴孩的女人，所有生灵都依偎在她宽阔的怀抱中。

我渐渐明白了万物的母性：那一直注视着我的山脉，也是一位母亲。傍晚时分升起的雾霭就像孩童，在她肩膀、膝头玩耍。

我想起一座深谷，谷底流淌着一条小溪，周围杂草丛生，人们看不到溪水，只能听到它潺潺的歌唱。我就像深谷，他就像那轻声歌唱的小溪。他沿着我的身体流淌，直到最终见到阳光。

致丈夫

丈夫，别这么抱我，这样会让他不安分，在我体内上下浮动，就像水中的睡莲。而我需要给他一片静水。

请爱我，再多爱我一点吧！我，这么弱小，却要把另一个“你”带到这世上；我，这么卑微，却要再给你一条生命，让你的世界更加完整；我，这么娇嫩，他的出生却会让我像陶罐一般断裂，直到那生命的美酒倾泻而出。

原谅我吧！原谅我沉重的步伐，和我为你侍酒时的笨拙。但是，是你给了我这副模样，是你让我变得笨手笨脚的啊。

对我比从前再温柔一点吧，别让我太过激动，也别让我忧心不安。

现在的我整个身体都像是一块面纱，在那下面，包裹着的是一个正在安睡的孩子！

母　亲

我的母亲来看望我，她坐在我身旁。生平第一次，我们像姐妹一样谈论那个令人恐惧的时刻。

她颤抖着抚摸我的肚子，揭开我的上衣。她触碰到我时，我觉得身体像叶子一般缓慢地舒展，乳汁汹涌上涨。

我羞红了脸，一时间不知所措。我向母亲讲述了我的痛苦和忧虑。我扑进她怀里，又变回了一个在面对生活的恐惧时，躲在母亲臂弯中抽泣的小女孩。

告诉我，母亲……

母亲，把你知道的一切都告诉我吧。告诉我，你往日承受过的疼痛，告诉我，那与我缠绕的小小身体，要怎样出生。

告诉我，他是会自己寻找妈妈的乳房呢，还是需要我逗他吸吮？

母亲，把你对爱的理解教给我吧。告诉我该如何爱抚他，要比丈夫的爱抚更加轻柔。

在接下来的日子里我该怎么为他洗澡？要怎么包裹才不会弄痛他？

教我唱你以前哄我入睡时唱的摇篮曲吧，那首歌好过所有歌曲，会让他睡得更加香甜。

黎　明

一整晚我都承受着剧痛，我的身体，因为这生命的恩赐而颤抖。我的额前贴满近似死亡的汗水，但这不是死亡，是生命！

上帝啊，我祈求你的怜悯，请让他温柔地离开我的身体吧！

让他出生吧！我痛苦的叫喊划破黎明的天空，与鸟儿的歌声同在！

神圣法则

人们说，我的鲜血像葡萄被榨汁似的飞溅，我的身体变得很虚弱。我长吁一口气，却感到胸口一阵轻松。

我自问："我是谁，怎配拥有一个孩子？"

我回答自己："因为爱情，我得到了那个吻，而从此拥有了他，和这份更永恒的爱。"

愿大地庇佑我怀中的孩子。我希望得到她的赞扬，因为现在的我就像田间的土地，肥沃而神圣。

2. 最悲伤的母亲

被赶出家门

父亲说，要把我赶出家门。他对我母亲大喊，说今晚就要把我赶出去。

这是一个温和的夜晚，趁着这闪烁的星光，我可以走到离得最近的村子。可是，如果我的孩子就在这时候出生怎么办？也许，他已经听到了我的抽泣声；也许，他想早点出来，瞧瞧我满眼的泪水。在这旷野中，即使我把他包裹起来，他也会冻得瑟瑟发抖。

你为什么来？

我的孩子，你为什么要来到这世界？虽然你这么漂亮，但没人会爱你。即使你笑起来跟和别的孩子一样可爱，和我最小的弟弟毫无差别，但除了我，没人会吻你。我的孩子，尽管你挥舞着小手想要玩具，但除了母亲的乳房和不断线的泪珠，你再没别的可玩。

那个带你来到世上的人，自从你在我肚子里就恨透了你，你为什么还要来呢？

不，不！你为我而来。在他拥我入怀前，我曾是那么孤单！

尾　注

一天下午，在特穆科城荒凉的街道上，我看到一位当地的妇女，正坐在她住的窝棚门口。她快临产了，表情却十分苦闷。

一个男人从她面前走过，对她说了句不知是什么的粗话，她顿时羞得满脸通红。

那一刻我感觉到身为女性，对其他女性的无限同情，以及那种同性之间的休戚与共。我想：“既然男人们从不愿提起，那就应该由我们女性，向大家讲述孕育生命这个痛苦又神圣的过程。如果说艺术的使命是以无限的慈悲，美化世间的一切，那么为什么我们不向那些心灵污浊的人，展示母性的圣洁呢?”

于是，为了这个近似宗教的理由，我写下了这些属于母亲的诗。

然而，一些女性为了维护自己所谓的纯洁，不愿意直面这个艰难、不可避免的事实，狭隘地批判这些作品，甚至暗示应该将这些诗从书中删除。我真替她们感到悲哀。

这部作品集中的大多数文章是以自我为中心，讲述个人的琐事，唯独这一篇饱含着对世间所有生命的歌颂，使其它作品相形见绌。那么我该不该将它剔除呢?

当然不！它要留在这儿，它们是献给那些懂得生命的圣洁始于孕育，而孕育是神圣的女性。愿她们感受到，我心中对所有孩子的关爱，对世间所有母亲的柔情。

泥土的主题

1. 神圣的尘土

我有眼睛，我看得见。死亡夺走了你的眼睛，但我却用它看到了你。我不像你说的那样，我不盲。

我会爱，我没有死。我有爱——你们的肉体灰飞烟灭以后，都化为余烬，汇集于我的身上。你们唇边的渴望令我悲叹。

2. 母亲的尘土

吾儿，你为什么仰望夜空，在那些繁星之中寻找我呢？妈妈在这儿啊！你用手取一捧泥土，把它收好，带在身边吧。我不希望羊群践踏我的身体，也不要那些蜥蜴在我膝头蹦来跳去。请把我放在手心，带我一起走吧，就像你小时候我带着你那样。

你可以用一手采撷鲜花，怀抱你的姑娘，而用另一只手，将你的母亲紧紧贴在胸口。

用我做一只大大的花瓶，盛放来年春天的玫瑰吧。我曾经也是一种花瓶——用血肉做成的，只为培育一束花朵的器皿。而你，就是那束生命的玫瑰。我熟悉瓶身那高贵的曲线，因为那就曾是你母亲的身体啊。

我化为细尘，飞越墓穴，散落在你劳作的田地里，肥沃了你的土地。这一切只是为了能看看你，我的孩子！我愿做你的犁沟，只求你看看我，想想我！为什么你就这样走过，狠心地将我踩伤？今天清晨你走过田地的时候，那只唱着歌的百灵鸟，就是从我绝望的心上飞走的啊！

3. 情人的泥土

陶工，你可曾感觉到泥土在你的指缝中哭泣？就在你刚刚给土加水的时候，可听到它的哭声了么？那是因为埋着他的泥土和我的泥土，如今终于合二为一！

我用我身体中的每一个颗粒亲吻他，拥抱他，我们两个的躯体，就像一同举行了一千场婚礼！为了彻底地交融，我们被溶解在一起，我们的爱就像巢中嗡鸣的蜂儿，点滴酝酿着甜蜜。

现在，如果你要用我们制一尊塔娜格拉雕像①，请让我们做她的额头或是胸脯，但可千万别把我们分隔在她的两鬓或双臂。最好让我们来做她腰部那条优美的曲线，如此我们便可以在那儿相互追逐，永无止境。

噢，陶工！你心不在焉地哼着歌儿，将我们糅合在一起，可你哪里知道，两个曾经相爱却不能结合的人，终于在你的掌心里再次重逢。

4. 致孩子们

很多年后，当我化为一小捧静默无语的尘土，请你们用我心脏和骨骼化作的泥土玩耍吧。泥瓦匠只会把我拿去制成砖块，把我永永远远固定在一面墙上，而我厌恶那些人迹罕至的角落；如果他们用我去砌监狱，男人们的啜泣声会让我羞愧脸红；就算是被垒在学校，若是不能与你们一同在清晨歌唱，我也会痛苦万分。

我更想做你们常常嬉闹玩耍的乡间小路上的尘土。孩子们，用

---

① 塔娜格拉：古希腊城市，考古在那里发现了许多制作精美的女性陶俑。

你们的双足压实我吧，因为我本就是属于你们的；捣碎我吧，因为是我丰富了你们的人生；踩踏我吧，因为我没能教给你们所有的真理和美好；唱着歌，从我身上走过吧，让我亲吻你们可爱的脚丫……

若你们将我捧在手心，请为我念一首美丽的诗，只一句，就能让我在你们指尖跳动不已。我教过的孩子们啊，我会尽力踮起脚尖，搜寻你们的眼睛和头发。

请别再把我捏做别的什么形象，孩子们随时会把我踩碎。我虽痛苦，心中却充满柔情！

5. 敌人

我梦到，我已化作一米见方的泥土，散落在路旁。黄昏时，装满干草的马车经过我身边，空中弥漫的香味令我颤抖，令我回想起了我出生的地方。随后，成群结队收庄稼的人走过来，回忆再次涌上我心头。呜咽的晚钟鸣响之时，我包裹在尘土下的灵魂，又一次忆起了上帝。

在我身边，有一个红色黏土形成的小土堆，轮廓看上去像是女人的乳房。我暗自思忖：她是否也有灵魂？

我问道："你是谁？"

"我是你的敌人，"她说，"就是你曾经简单而又畏惧地称之为死敌的那个人。"

我回答道："当我还年轻、傲慢、有血有肉的时候，我会仇恨。但如今我已变成了焦黑的尘土，我只会爱。我甚至爱从我身上长出的刺蓟，和那些辚辚滚过、让我浑身青肿的马车车轮。"

"我也不再恨了，"她说，"正因为我已经饱受苦难，现在才有了这伤口般殷红的色泽。他们把我放在你身边，是因为我想要爱你。”

“真希望你能离得再近点，”我回答道，“到我的胳臂这儿，我还从没拥抱过你。”

“我也希望，”她说，“希望你能来我心上，对你的憎恨曾在那儿留下灼伤。”

一天下午，一个陶工从这儿经过，坐下来休息。他温柔地抚摸这两堆泥土。

“可真软和，”他说，“虽然一个颜色发黑，另一个红得似血，但却一样软和。我要带一些走，拿去做一只杯子。”

于是，他把你我混在一起，就像两阵微风、两股清水，完完全全地融合在一起，再没有任何东西可以将我们分开。

当他把我们放进烧红的窑炉，我们比世间任何在阳光下焕发出的色彩都还要灿烂而绚丽，如同一朵初生绽放的玫瑰。

这是一只简单的杯子，没有任何多余的装饰能阻碍我们的融合。陶工把它从窑中取出时，他发现这不像是泥土所制，倒更像是一朵花！他竟像上帝一样，创造出了花儿！

买走它的人喜欢用它盛放最苦涩的汁液——苦艾、毒芹汁，因为它能使任何东西都变得清甜。若是该隐①的灵魂落入杯中，再升起时也会淌着纯净的蜜糖。

6. 双耳瓶

你找到了河边淤积的黏土，有的发红，有的发黑。你炽热的双

① 该隐：《圣经》人物，亚当与夏娃的长子。因为嫉妒，杀死了自己的弟弟亚伯，甚至向上帝撒谎。

眼似乎已经看到了一只成型的双耳瓶。

陶工，请为每个人都做一只瓶子吧，好让每一只都与各人的心境匹配。

为农夫做的双耳瓶，要有结实的耳柄和婴儿脸蛋似的圆润的轮廓。优雅与否并不重要，它是代表健康的陶罐。

为纵欲者做的双耳瓶，要足够炽热，就像让他们无法自拔的肉体那样。但为了净化它的灵魂，还是给它做一个薄薄的瓶口吧。

为伤心人做的双耳瓶，要像泪珠一样简单，别加花饰，它的主人可无心欣赏它的美丽。把枯叶和进泥坯里，这样用它饮水时，那人就能嗅出秋天的味道，与悲者的心境不谋而合。

为吝啬鬼做的双耳瓶，瓶身要粗糙，仿佛握紧的拳头一般，丝毫不愿给予，稍取其中一块就会像从石榴中取籽一样，霎时鲜血淋漓。它是怨恨的陶罐。

为莱奥帕尔迪们①做的双耳瓶已经受尽折磨，再没有爱能将它注满。为他们做的瓶子，要让他们从中看到自己的内心，从而更加憎恶自己。他们不会为它灌入清水或美酒，它是绝望的陶罐。

它那空虚的内心，可不是比满溢鲜血还更可怕吗？

7. 杯子

“我们都是杯子，”陶工这么对我说，看到我的微笑，他补充道，“你是一只空虚的杯子。自从那场刻骨铭心的爱将你彻底掏空，就再没有什么能把你注满。你与其它杯子不一样，你不谦卑，不愿

① 莱奥帕尔迪（1798—1837）：意大利诗人、散文家、哲学家、语言学家。他是意大利浪漫主义文学的重要代表，作品具有一种特殊的忧伤情调。

屈尊去水槽那儿专门盛放脏水。你也不屑于接受那些轻薄的温情，不像我的另一些双耳瓶那样，指望着夜晚赐下的几滴露水享受短暂的清新。你已褪去红润，因干渴而变得苍白。那苍白，却正映出了你那极其炽热的心。”

8. 局限

“杯子们因生为此物而感到痛苦，”陶工补充道，“它们的一生都用来盛放数不尽的泪水，却连一声叹息或是轻声呜咽都未曾碰到过。它们在掌管自己命运的手中，摇摇晃晃，不愿相信自己只是一只杯子。他们被分成许许多多个，早已认不出那些曾经用同一块黏土做出的兄弟姐妹。眺望大海的时候（大海本身就像是一只巨大的双耳瓶），杯子们自惭形秽，痛苦不堪。他们痛恨自己狭窄的杯壁和短小的杯腿，就连离开尘土，多接受一些阳光，都那么艰难。

“人们在相爱的时候相互拥抱，用一只手臂揽住别人，他们看不到自己就像小草那样渺小。人啊，多像双耳瓶！

“杯子们只靠自己的想法评判其它事物，它们在阴影下待了太久，时间被拉长，忘记了自身的短暂。

“上帝赋予杯子生命，杯壁上还一直萦绕着他指尖的香味。它们总是问——我们是在哪个香气芬芳的花园被制作的呢？上帝的呼吸，在创造杯子之时落在它们身上，赋予它们永远挥之不去的忧伤，和那在已模糊的记忆中曾拥有过的最伟大的柔情。”

9. 干渴

“所有的杯子都是干渴的，”陶工继续说道，“我们刚提过的那些，和我自己的那些。它们生来如此，大张着嘴巴，等待天空降下的露珠，而这珍贵的琼浆却是那么容易就挥发殆尽。

“而就算它们被灌得满满当当，也不会觉得幸福，因为它们都痛恨自己身体中盛放的汁液：装葡萄酒的杯子讨厌榨汁机在酒中留下的刺鼻味道，装香薰精油的杯子恨透了自己厚实的油腻，嫉妒装清水的杯子那份清爽。

“而装血液的杯子呢，忍受着粘在杯壁上凝结了的血块，却不能去溪流边彻底清洗一番，它们该是最绝望的了。

“你要是想画出人类的欲望，只需给他们添上一个因为干渴半张开的嘴巴，又或者，你可以做一只杯子——还有什么比大张的杯口更与之相似吗?”

狂喜之诗

1. 我在哭泣

你说，你爱我。我落了泪。你说，你将会将我搂在怀中，我们要相伴走遍世间每个角落。

幸福是如此出乎意料，几乎将我心刺穿。你原本应当像喂病人喝水一样，一滴滴地向我倾诉爱情，可你却让我痛饮这急流涌泉！

狂喜的心一落了地，我就开始不住地哭泣，直到我的灵魂彻底领悟了那刚刚发生的事。我的感官、脸庞和心都已明了，但灵魂却慢了一拍。

美好的下午已逝去，我倚着路边的树干，在回家的路上踌躇……这条我早上才走过的小路，现在竟已认不出来。我惊愕地望着天空、山谷还有那村落的屋顶，我问起它们各自的名称，因为我似乎已将生命中的一切都忘却了。

明天，我要留在床榻之上，请别人呼唤我的名字。直到亲耳听到自己的名字，我才能相信这都是真的。我会再次落泪，你给的幸福已将我刺穿！

2. 上帝

现在，请与我谈谈上帝，让我更了解你。

上帝是你我目光相触时的宁静，是无需言语就能领会的心意相通。上帝是热烈的奉献，是无法言喻的信任。

上帝与我们一样，也爱黎明、午后和夜晚，也觉得自己刚刚才懂得爱。

除了爱，他再不需要别的歌曲。他从叹息唱到抽泣，又从头唱起……

他像一朵娇艳盛开的玫瑰花，在第一片花瓣掉落之前，他呈现出的是最极致的完美。

他是一种神圣的信念，相信死亡不过是谎言。

是的，现在我懂得了上帝。

3. 世界

“他们并不相爱，”人们说，“因为他们不去寻找对方。因为他们从未亲吻过，她依然纯洁无瑕。”他们怎么会知道，只一个眼神，我们就已经为彼此倾倒。

你干活的地方离我可真远，我们的家也不相邻。可是，我做着自己的毛线活，却仿佛将你编织进了那柔软至极的羊毛中。而你在遥远的那头也感觉到了我的目光，它落在你低垂的头颅上，你的心都被那柔情揉碎！

一天结束之时，我们终于能短暂地相聚。离别带来的伤痛是甜蜜的，它将支撑我们，直到下一个黄昏的到来。

那些认为爱情是由肉欲决定，而完全不懂心灵契合的人从来都不知道，我们只靠一个眼神，就已结为夫妇。

4. 人们议论你……

人们在议论你，讲了许多中伤你的话。为什么人总在不知疲倦地嚼舌根？我闭上眼睛，用自己的心去看你，你纯洁得就像清晨时玻璃窗上凝挂的霜花。

也有人和我谈论你，讲了许多赞扬你的话。为什么人总是毫无意义地夸奖他人？我不再多言，真正的赞美从我心底蒸腾而起，明亮得就像海面上的水汽。

有一天，他们不再提及你的名字，又开始议论起别人，语气热切，饱含崇拜。我丝毫不关心那些奇怪的姓名，他们对我来说就像是毫无生命。虽然再无人提起你，但对我而言，你就像是春天——哪怕无人为之歌唱，也会在那最美好的时光里将春色洒满整个山谷。

5. 我在等你

我在田野上等着你。太阳正要落山，夜幕即将落下，你我就要相见——就像黑夜必将来临一样自然而然。你快点来吧！我还想看看夕阳照在你脸上的样子。

你走得可真慢啊，仿佛就快要陷入这沉重的大地之中！这会儿你若是止步不前，我的脉搏会因痛苦而停跳，我的面孔将会变得苍白而僵硬。

你像山谷中流淌的清泉那样唱着歌儿来了，我已经听到了你的声音……

快点来吧！在一天即将消逝时，我们的面庞要紧贴在一起。

6. 把我藏起来

把我藏起来吧，让世人都找不到我。像树干保护树脂那样把我仔细地藏起来吧，我会在黑暗中使你散发幽香，像树脂一般给你点滴的柔滑，而旁人永远不会知道你的芳香来自何处。

没有你，我就变得丑陋无比，我会无所适从，仿佛被连根拔起的树根一般。和你在一起，我会显得自然且美丽，好像树干上冒出的青翠苔藓。

我为什么不能更小一点？就像一颗杏仁一样被你包裹在坚硬的外核里。

将我饮下吧！让我变成你的一滴血液，那样，我就可以抚摸你的脸颊，就像是葡萄叶上一个鲜艳的红点。

将我融进你的呼吸里吧！我可以停在你的胸膛里，围绕着你的心脏。我有时飞出你的身躯，有时又与你融为一体，我们终生都将如此嬉戏……

7. 四片花瓣的小花

我的灵魂曾是一棵果实累累的大树，人们只消看着我，听听那些停在我枝条上千百只鸟儿的歌唱，就足以心满意足，陶醉其间。

后来，这棵大树变成了一株低矮的灌木，枝条稀疏弯曲，却仍散发着沁人心脾的芳香。

现在，它只是一朵小花，只有四片花瓣的小花。一瓣叫作美，另一瓣是爱，它们相距不远。第三瓣叫作痛苦，最后那瓣呢，名为慈悲。就这样，在它们次第开放后，这朵花再不剩下什么。

每片花瓣下端都有一滴鲜血，因为对我来说，美是痛，爱是忧，慈悲则来自创伤。

当我还是那棵大树时，你就认识我了，可你却一直耽搁到黄昏才来将我找寻。你从我身边走过，也许已认不出我。我在泥土中悄悄地望着你，想知道你是否会满足于我这样一朵卑微的花，如泪珠般渺小。若我在你眼中看到了贪婪的野心，我决不阻拦你，会让你去寻找那些繁茂殷实的树木。

因为如今的我，只能与这样的人共处这尘土之中：他必须是谦卑的，安于忍受那不再夺目的色彩，恬静而淡泊。这样，他才能永远将面颊紧贴我的泥土，吻着我，把这整个世界都忘却！

8. 影子

傍晚时，你向田野走去，青草上留下了你的足迹，我就靠这些痕迹跟着你。你沿着常走的小路到金色的杨树林里去，再从那金色的树林走进青灰色的山峦。请你沿途欣赏四周的景致，轻触你身旁的树干。这样，待我走过时，它们便会把你给予的温存归还于我。请你在清泉那儿照一照吧，好让泉水把你的影子保留片刻，等着我的到来。因为在这芸芸众生的世上，我将再也见不到你。

9. 若死亡来临

如果你受到伤害，请一定要呼唤我，哪怕再难为情，也不要害臊。就算前往你门前的道路布满荆棘，我也必会赶到。

我不愿任何人，哪怕是上帝，为你擦拭额头的汗珠，或是摆放你身下的枕头。

不！在你长眠后，我要用自己的身体为你的坟茔遮挡雨雪。我要用双手蒙住你的眼，不让你看到那茫茫的黑夜。

艺 术

1. 美

歌谣，是爱在我们心头留下的创伤。

粗俗的男人啊，能让你兴奋的只有女人的肉体和她们的子宫。而我们对一切都富有感情，我们能感受到世间所有的美。浩瀚星空在我们心中激起的爱，比你那世俗的爱更加浓烈。

歌谣，是我们对美好事物的答复。我们激动地颤抖，像你面对女人裸露的乳房时那样难以自持。

我们用满腔的热血回报美的爱抚，回应她无数次的召唤，所以我们比你享受更多热情，也承受更多鞭笞。

2. 歌唱

一个女人在山谷里歌唱。夜幕模糊了她的身影，那歌声却在田野上空回响。

她的心是破碎的，就像她今天下午在小河边打破的那只陶罐，但她没有停止歌唱，连绵不绝的歌声滑过她心底的伤口，变得益发尖细、凄厉。倏然的一个转调，她的声音已浸满鲜血。

白昼的终结，让田间的声音都静了下来。就在刚刚那一刻，迟归的鸟儿也停止了歌唱。这时，所有的声音都汇集在她那颗因痛苦而跳动、燃烧的心中，她的声线虽然尖锐，却不失甜美。

她为什么歌唱？是为了那个在黄昏中默默注视自己的丈夫而歌唱？还是为了安抚哪个孩童？又或者，她为了自己的心而歌唱？那颗心，比夜里孤独的孩子还更无依无靠。

听到她的歌声后，黑夜变得像一位母亲，繁星也温柔地睁开了眼睛。这时的星空似乎是善解人意的，听懂了人间的艰辛。

她纯净的歌声好像甘霖，涤荡了平原，洗净了因人们相互仇恨而变得污浊的天空。她仍在歌唱，壮丽的白昼从她喉中升起，直上星空！

3. 梦想

上帝对我说："我留给你的，唯有一盏照亮你黑夜的灯。其他姑娘都忙着寻找爱情和欢愉，而我把这盏梦想的明灯留给你，它柔和的光亮将与你相依相伴。

"这盏灯不会像其他姑娘所追求的爱情那样焚烧你的心灵，也不会像她们手中享乐的酒杯那般易碎。它会为你带来安宁。

"借着它的光亮，若你教书育人，你的教诲会充满神秘的柔情；若你纺纱织布，它会让你的线团染上一圈美丽的光晕。

"在灯下说话，你的话语会比在刺眼的阳光下更加柔和动听。

"维持它光亮的灯油就来自你的心上，如同我们从果实中挤压蜜糖或精油那样。有时，你的心会因这伤口疼痛，但这点痛又何妨！

"这无声的光芒会照亮你的双眸，那些沉迷酒色、眼含欲望的人会说：'她眼中的火焰究竟是什么，既不会让她枯萎，也不销蚀她的灵魂？'

"他们不会爱你，因为觉得你无依无靠，他们甚至会可怜你。然而实际上，需要被怜悯的是他们。你的眼神就足以使他们的心灵获得平静。

"借着这灯的光亮，你将阅读那些传达人类最炽热情感的诗篇，你会比常人更能体会其中的深邃；若你听到小提琴所奏的乐曲，再去观察其他听琴的人，你便明白你的悲欢尤为深刻；醉心宗教的神父来与你交谈，会发现你眼中那柔和且无尽的虔诚，他会说：'上帝永远都在你心中，而我，却只在心荡神迷时才为他痴狂。'

"当灾难降临，人们失去了财富、妻子、情人的时候——那些是他们的明灯——他们才会明白，你才是真正富足的人。尽管你两手空空，膝下无子，家徒四壁，但你沐浴在那明亮的灯光下。到那时，那些曾经自以为幸福而怜悯你的人们，将会羞愧不已！"

4. 艺术家十诫

1. 你要爱美，因为那是上帝在宇宙中投下的影子。

2. 没有无神的艺术。即使你不爱造物主，也要在创作中肯定他的存在。

3. 不能以美作为感官的诱饵，而应作为灵魂的天然食粮。

4. 不能把美当作纵欲或虚荣的借口，而应当作神圣的仪式。

5. 不应在集市中寻找美，或是将自己的作品拿去售卖。因为美就像圣女，那些能够被买卖的，便绝不是她。

6. 美会从你的心底升起，化为你的歌声。她从源头起就将你的一切净化。

7. 你的美也叫作慈悲，能抚慰他人的心灵。

8. 你的作品就像你的孩子，你应当为他沥尽心血。

9. 美不是催眠的鸦片，而是醇厚的美酒，能鼓舞你付诸行动。若你不是一个真正的人，你也就不再是艺术家。

10. 对你的作品永保谦卑之心，因为它总会比你想象中的逊色，更比不过上帝非凡的作品——自然。

品读泰戈尔

我知道我也会一样地爱死亡[①]。

不，我不相信我死后会陷入迷失之域。

既然我注定像那破碎的芦苇秆一样被掏空，你当初又何必要将我填满充实？如果你不会把我带走，像于仲秋时节采摘那蜜糖般甜美的黑葡萄一样，那为何还要在每个拂晓让晨光溢满我的额前和心上？

我从不像别人那样认为死亡是冰冷而无情的，恰恰相反，在我看来它是炽热的，那骇人的火热将肉体劈裂、撕碎，令我们的灵魂获得真正的完满。

死亡的怀抱是坚硬、苦涩、至高无上的，就像是你的爱，你可怖的爱，噢，上帝！它能让人的骨骼破碎并腐烂，让他们因渴盼而面色青紫，连舌头也再无力气！

我在人前夸说我认得你……

你的子民们总是狂热地盼望了解你的一切，于是我曾用不容置疑的语言描绘过你，精准得就像是临摹过百合的画师。因为爱，因为那份难以置信的深情，我向他们讲述了自己永远无法看到的场

---

① 本篇黑体部分诗句引用自泰戈尔的诗集《吉檀迦利》。罗宾德拉纳德·泰戈尔（1861—1941）：享誉世界的印度诗人、小说家、思想家，1913 年获得诺贝尔文学奖。本文选用的中文翻译为冰心译本。

景。人们到我这儿来，不断问起你的事情，因为他们在我的歌曲中听到了太多次你的名字，就像是满溢的馨香。我看到他们对你的渴求，比口干舌燥寻找溪水之人尤甚，于是我和他们谈论你，但却还没有真正感受过你带来的至高愉悦。

我的主，你会原谅我的。我与他们一样，渴望目睹你纯净无瑕的真容，就像观赏百合的洁白花瓣。在沙漠中，焦急的贝都因人看到了远处浮现出的海市蜃楼，我则站在无声处搜索你的声音……血管里脉搏的跳动声让我误以为那是你的双翼，在我至狂至热的头脑里颤动着。我将这感受告诉其他人，而洞悉一切的你，露出一抹微笑，欣喜中却还含着几分苦涩。

我的主，我们仿佛在等待归来的旅人，热切的双眼紧盯着通向远方的道路。他终归是没有回来，可我们却无时无刻不在脑海中勾勒着他的样子，哪怕地平线已经苍白到了极致……是的，我们就是这样等待你的。

我明白，他人会因我所说过的谎言而蔑视我，但你，我的主，你只会报以苦笑，因为你理解，等待致人疯狂，急切的人耳能于寂静中听到声音。

摘下这朵花来， 拿了去罢， 不要迟延！

我怕它会萎谢了， 掉在尘土里。

其实，我还未真正成熟，我的泪水还不足以填满你空洞的手心。但是无妨，我的上帝，因为只需一日的苦痛就能令我彻底成长。

我看到自己如此渺小的身体，唯恐它不会被你察觉到，像错失了收割者的麦穗，就此被永远遗忘。于是我只能靠放声歌唱来弥补自身的卑微，以求已经擦肩而过的你为了我再次转过面庞。噢，令我心醉的收割者！

的确，你天庭的筵席上没有我的一席之地，我也没有什么独特的品质能为你食用的面包增添几分新的口感。可我一直关注着你的一举一动，我见识过你的温柔慈悲，更令我对你笃信不疑。清晨，我看到你来到田野之上，收集青草尖挂着的摇摇欲坠的露珠，你将它们吮掉，轻柔得好似亲吻。我也见过你悄悄藏在黑莓灌木里的线团，好给画眉鸟衔去筑巢。于是我笑了，幸福至极，我喃喃自语："在我重归泥土之前，他定会像采集那发抖的露水一样将我带走，像鸟儿一样张开怀抱保护我，庇佑我，直到最后一刻。"

那么带我走吧，快些带我走吧！在这人间，我没有能够扎根的土地。你轻动一下双唇就能将我吮入，只需微微欠身，我就能随你离去！

心灵读物

1. 丑

你从未解开过丑之谜。你不明白为何主——那创造出漫山百合的造物主竟会容许蛇爬行于其中，也能够包容井底蟾蜍的存在。他应允一切，让它们得以在沾着露水的苔藓之地上穿行。

丑的生物在悲泣，我听到了那哭声。请体会它们的痛苦，爱它们吧，爱那蜘蛛与甲虫，因为它们饱受苦难，不似蔷薇那般拥有表达幸福的能力；爱它们吧，它们对美丽的向往落入歧途，对完美的企盼也从没人在意。它们就像你生活中的某些日子，尽管你加倍用心，却仍然碌碌无为，过得一片惨淡。爱它们吧，因为它们与上帝无缘，与那张我们敬爱的脸庞之间毫无关联。

怜悯它们吧。它们苦苦追寻美，却永远与之擦肩而过。大腹便便的蜘蛛，在它那轻柔的蛛网上幻想自己理想的世界；甲虫让晶莹的露珠滑过自己乌黑的甲壳，假装那是自己身上散发出的一抹转瞬即逝的光芒。

2. 绷带

世上一切美的事物都是为你包扎伤口的绷带。

上帝在你面前将它铺展开来，仿佛那是一张色彩斑斓的画布，向你展示着春的田野。

请这样体会：他深情的话语赋予大地无限的柔情、洁白的小花与五彩的鹅卵石——一切美都是上帝的恩惠。

他向你伸出双手，一只颤抖地握着荆棘，另一只能给你快乐的理由。别说这是个残酷的游戏，因为你不会明白在上帝的化学中，泪水究竟有何妙用。

请将天空看作一块宽大的绷带，它能直抵你心上的伤痕，温柔地抚慰伤痛。

伤害你之人已经离去，却一路为你留下了包扎伤口的丝缕线条。

每个清晨，你打开阳台的窗，那山峦之间升起的晨曦，都像是为你提前备好的奇妙绷带，安抚你一整日里的苦痛。

3. 致播种者

播种时，不用留意种子落在何处。如果万事都看人的脸色行事，你终将迷失。你执着的目光就像是在乞求回应，会让人以为你在等待着他们的夸奖，如此一来，哪怕听众内心的想法与你所见略同，也会出于自傲而矢口否认。讲出你要说的话后，就心平气和地离开，不要再左顾右盼。人们看你走远，反而会拾起你撒下的种子，或许还会给它亲切的一吻，种在自己心上。

别将自己的固有成见强加于他人。狭隘与偏见会令你走入歧途，而这样的弯路充斥于世界各处。

与你的兄弟们在傍晚的昏暗时刻谈谈心。黑暗隐匿了你的面孔，让你的声音变得模糊，直到被其它声音所取代。让自己被遗忘，就让自己被遗忘了吧。你要去做一根枝条，不要惦念那些曾经坠下枝头的硕果的痕迹。

哪怕是最务实，自称最不屑于做梦的人也明白梦境的价值非凡，却也会因此而不愿认可那些能将梦想放大到极致的人。

曾经有一位父亲，无意中看到敌人正在亲吻自己的孩子，便宽恕了他。你也应当如此。就在你最美妙的梦境里，让赎罪的人亲吻你吧。你只需要静静地看着他，面露微笑……

你要满足于梦境赋予的高尚的愉悦，要安于无限求索带来的那孤独却圣洁的滋味，因为那是上帝与你共享的隐秘。难道那足以压倒一切的证据还不足以令你信服？他洞悉一切，他早已看到，他不会忘却。

上帝是静默无言的，因为他懂得克己自制。他早已悄悄地让那些美好的生灵遍布在山谷与丘陵之中，比小草的萌芽还要更不露声色。热爱自然的人经过时，注意到了它们，俯下身子去抚摸它们，让自己的脸颊与它们相触，深深陶醉其中。而它们却永远不会说出创造者的名字！他是无言的，他始终如此，他只是微笑……

4. 上帝的竖琴

他曾称大卫①为“第一乐师”。他同大卫一样，也有一架竖琴：那琴巨大无比，琴弦就是人们的心绪。热情的乐手不停弹奏，琴声永远不绝于耳。

从日出到日落，上帝源源不断地为万物送去不同的旋律。

耽于声色之人的心灵发出浑浊的音色；痴迷享乐之人的内心响着野兽般含混的咕咕哝哝；贪得无厌之人的心乐则谁也听不到；而正直之人的心弦仿佛玻璃叮叮咚咚；痛苦之人的内心像海面的风声，从啜泣到呼号，变化之快，连乐师都跟不上它的节奏。

---

①《圣经·旧约》中的人物。大卫曾侍奉扫罗王，为他弹琴。

该隐的灵魂歌唱时，天空也同玻璃杯一样支离破碎；波阿斯[①]歌唱时，声音甜美得令人想起那些高高的谷堆；约伯[②]歌唱时，天上星辰也如血肉之躯一般被深深打动，他入迷地倾听着自己的苦痛似河流般最终汇聚成为美好之乐……

我们的“乐师”听到了自己亲手创造出的灵魂之声，心中既沮丧又兴奋。乐声由哀伤转为美妙，他时而露出微笑，时而有几滴泪垂落在琴弦上。

然而那竖琴声从不停歇，弹奏者与天空中的倾听者也从无倦意。

汗流浃背的耕作者有时忽视甚至否认上帝，却不知正是他拨动着他们的心弦；分娩的母亲丝毫不知，孩子的那声啼哭划伤了蓝色天际，也令她自己心中的“琴弦”鲜血淋淋；唯有虔诚之人洞悉这一切，琴声撕裂他心上的伤口，只为等待最终在天堂的旷野中歌唱。

5. 幻想

你什么也没有失去！绿色的大地张开臂弯环绕着你，天空就停在你头顶。此时你最期望看到的是一个穿行在这景致当中的人。路旁有一棵杨树，优美而婆娑——你想象他也有这样的风姿。他也在这里停下歇息，注视着你。

你什么也没有失去！一片云从你眼前飘过，细长、柔软、鲜

---

①《圣经·旧约》中的人物。阿波斯同情寡妇路得，允许她在自己的田地中捡拾麦穗，后娶她为妻。

②《圣经·旧约》中的人物。约伯是上帝忠实的仆人，被上帝称赞是“完全正直”之人。

活。闭上眼睛，云朵就是他的拥抱，缠绕着你的脖颈，也不用力扼紧，也丝毫不想扰乱你。这时候，一颗泪珠从你面颊上滑落，这就是他献上的无声一吻。

你什么也没有失去！

受难的主题

1. 橄榄树

当喧闹的人群已经走远，渐渐消失在黑夜中时，橄榄树之间开始相互议论：

“我们亲眼看到他走进果园了。”①

“我收起了一根枝桠，怕擦伤了他。”

“我压低了身子，想让他抚摸我一下。”

“我们全都用颤栗的眼神望着他！”

“他与门徒们讲话时，我是离他最近的，我听到了人类最温柔的声音，他的语调像一股蜜糖，在我的树干中流淌。”

“天使捧着那苦杯降临之时，我们把枝叶全部聚拢，这样他就喝不到了②。”

“他将那苦杯一饮而尽，唇上的味道穿透树叶，直升到我们的树冠。现在我们的叶子比月桂更苦涩，连鸟儿都不再啄食。”

“他的汗珠如大颗的血点滴落在泥土里，我们的根系将它们全部吮吸干净！”

“我把一片叶子落在熟睡的彼得③脸上，他一动不动。兄弟们！

---

① 指的是客西马尼园。客西马尼园是耶路撒冷的一个果园，曾经种了许多橄榄树，耶稣常与自己的门徒在此处祷告。根据新约圣经，耶稣在被钉上十字架的前夜，他就在这里被门徒犹大出卖。

② 据《约翰福音》记载，耶稣饮尽天使带来的苦杯，给世人带来救赎。

③ 耶稣所收的十二门徒之一。耶稣在受难前的夜晚，他陪伴耶稣在橄榄园中祈祷，打盹睡着了。后耶稣被捕，门徒们四散而逃，彼得拒不承认自己认识耶稣。

那一刻我明白了，原来人们并不会爱，就算他们想要爱别人，也不会真心实意。”

“犹大亲吻他的时候，他挡住了月光，所以我们没有看到他的吻①。”

“可是我的一根枝条看到了，它羞耻得让我的整个树干都烧得滚烫。”

“那一刻我们真希望自己没有灵魂！”

“我们以前从没见过他，只有山坡上的百合曾看到过他打那里经过。他为何就从不曾在我们的树荫下小憩片刻呢？”

“不论咱们以前见没见过他，现在都会是一样地悲痛欲绝。”

“他去哪儿了？这会儿他在哪里？”

“有个士兵说，明天要在山坡上将他钉上十字架。”

“也许在他临终前会垂下头瞧瞧我们；也许，他会再多看一眼他曾深爱过的山谷，我们也会被怀抱在他那包容一切的眼神中。”

“也许他会遍体鳞伤，也许这会儿他已经像我们中的一位一样，伤痕累累。”

“明天他们就会将他抬下山谷来埋葬。”

“那么咱们就让果实的油脂全部流到根上，让根系将这橄榄油汇成的溪流从地下送至他的身旁，抚平他的伤口！”

“天亮了，我们所有的叶片全都变得苍白了。”

2. 吻

在果园的那一晚，犹大小睡了片刻，他梦到了耶稣。人一般只会梦到他们所爱的，和他们意图杀害的人。

而耶稣对他说：

---

① 犹大对捉拿耶稣的犹太教祭司与长老们说，他与谁亲嘴，谁就是耶稣。

“你为何吻我？你本可以用那利剑刺着我，将我指出。我的鲜血早已为你准备好了，它仿佛已经被灌注在高脚杯中，等待你的双唇。我的心并不抗拒死亡。我原以为，你只会躲在树丛后面，偷偷地观望。

“你为何吻我？就是因为你，母亲不愿再亲吻自己的孩子，世间一切爱之亲吻，如树叶，如阳光，从此都拒绝再献出那朦胧的柔情。我如何才能抹掉你的吻，不让今春的百合因被玷污而凋谢？瞧啊，你的吻亵渎了这世界上的信任！

“你为何吻我？这世上有刽子手，但他们的铁钩与大刀清洗后则重归洁净，也有过火刑使用的篝火，可从来没有过这样的吻。你今后要怎么活在这世上？溃烂的树皮可以生长代谢，可你却不可能再长出新的嘴唇。你亲吻你的母亲，会让她瞬时白头，正如那些看到了你所作所为的橄榄树，它们一明白发生了什么，枝叶就全都黯然失色。

“犹大，犹大，是谁教你那样吻人？”

“是妓女教的，”他支支吾吾地答道。他的四肢被汗水浸透，那既是汗水也是血水。他像一棵想摆脱死皮的树一样，咬着自己的嘴唇，恨不得将它们啃掉。

犹大死后，嘴唇还一直留在他的头盖骨上，没有半点损坏，那半张着的嘴似乎还在继续吻着。他的母亲丢过去一块石头，想使它合上；蠕虫叮蚀着它，想让它剥落；雨水浸蚀着它，想令它腐烂。都是枉然。他还在亲吻着，哪怕已长埋地下！

家庭之诗

1. 灯

请祝福我那盏灯！它的光不像太阳那样令我自惭形秽，它的目光传情，尽含温柔与甜蜜。

它照亮我的房间，那燃烧着的就是它的灵魂。微弱的灯光催人落泪，我却看不清泪珠是否滑落在自己的胸口……

随着心中愿景的转换，我为灯挑选不同颜色的玻璃罩：祈祷时，我用蓝色的灯光，它让房间仿佛变成了故乡幽深的山谷——那个如今离我无比遥远的地方；悲伤时，我用紫色的灯光，它能令万物都似乎在与我一同哀恸。

它比我依偎过的任何肩膀都更了解我。它曾在多少个夜里轻抚着我的心灵，因而也有了生命。灯光的温度与我心底里最隐秘的创伤一样，已不再灼热，而是变得极为柔软……

也许当夜幕降临之时，已逝之人会向灯光靠近，借助它的眼眸去重访他们失去的光明。若真如此，那么此刻在这静默的灯光中望着我的会是何人？

假如灯是人，它恐怕会厌倦我的种种苦恼与心痛，又或许会出于热心肠，愿意陪伴着我直到那慈悲的困意来将我解救。灯，是完美的。

从屋外看起来，灯是隐形的。敌人从我窗前走过，会以为我独自一人。我要让这难以言喻的光明笼罩所有属于我的，如这盏灯一般微小而神圣的物品，保护他们不被那夺取幸福的盗贼带走。

我有这小小灯光就足矣。它足够照亮我心中母亲的脸庞和面前摊开的小小书本。让我沐浴在这盏小灯的光芒之中吧，别的东西你都可以带走！

我向上帝祈祷，愿每个伤心之人在夜里都有一盏灯，让那柔和的灯光抚慰他们晶莹的泪珠。

2. 火盆

石头砌成的火盆，是穷人们的幻想——望着你，就仿佛拥有了璀璨的宝石！

我整晚享受着你提供的不同色彩的温暖：先是烧红的炭块，看上去就像是毫不遮掩的伤口；紧接着你被抹上了一层薄纱似的灰，散发出稍显暗淡的玫瑰色；夜色将尽，轻柔至极的白色将你包裹起来。

在你燃烧之时，我的梦想与回忆逐渐变得清晰可见，又随着炭火的熄灭而缓缓逝去……

你象征着亲密——没有你，家即使存在，也不存在温暖。

你教导我说，燃烧的火焰可以让人们围聚一堂。我还是小女孩的时候曾经观察着你，期望自己的心就如你一样炽热。最终我做到了，我教导过的孩子们就这样围绕在我身旁。

他们都伸出小手凑在你的炭火之上，尽管生活使我们各奔东西，散落各地，我们却会永远记得曾经围坐在你身边，手与手交织，一同取暖的情景。

为了得到你最直接的温暖，我从不给你蒙上任何遮盖，我不愿任何东西挡住你那美妙的火焰。

那青铜色的光环更为你平添几分高贵，令你大放异彩。

我祖母一辈的妇人们总喜欢在火盆里焚烧草药来驱除邪气，为了让你也能时时想起她们，我也常为你添一些香料，令你的火焰噼啪作响，仿佛亲吻的声音。

看着专属于家的旧火盆，我说道：

“愿天下贫寒之人皆能在夜晚拥有一个像你这样的火盆，让他们能满含爱意地将自己受尽苦难的手掌聚集在你的温暖之上！”

3. 陶土水罐

陶土水罐，你就像我的面颊一样黝黑，用你来解渴最是方便！

的确，山谷里流淌的泉水比你更美妙，但它与我相距太远，在这样的一个夏夜，我总不能一路前行至它的身边。

每个清晨，我都缓慢地将你灌满。开头，清水欢唱着倾入，等声音归于平静时，我轻吻你颤动的唇，感谢你的恩赐。

乌黑的陶罐，你既优美又强健，像极了我记忆中一位农妇的乳房。襁褓时，每当我饮尽了母亲的乳汁，她总是慷慨地哺育我。一看到你，我就想起了她。

陶罐，你看到我干渴的双唇了吗？那都是因为我有太多的渴望：对上帝的渴求，对美的追寻，对爱的向往。而它们谁都不像你那样天真而温顺，只会令我变得越来越苍白……

你可有感觉到我的深情？

夏天到来时，我把你放在那湿软的黄沙之上，好让你多几分清凉。还有一次，我用湿润的泥土将你裂开的口子轻柔地填上。

我做很多事都笨手笨脚，但却总想做一位温柔的女主人，满含深情地照顾我所有的物品，好让你们理解我，或是分享我的悲喜……

明日，我要去田野上采摘芳草带回给你，让它们浸在你的水中。

愿天下贫苦人都像我一样拥有这样一只水罐，在炎热的午后为他们苦涩的双唇献上一点清凉！

校园散文

芦苇为什么是空心的

1

一日，社会革命也席卷了植物的世界。据说，这里领头的是虚荣的芦苇，风则是叛乱者的头目，在它的大肆宣扬下，革命很快就成了植物世界里热烈谈论的唯一话题。德高望重的森林与年轻气盛的小树林结了盟，相约在这场为平等而战的冒险中一同奋斗。

可是，它们要的是哪种平等呢？是要追求同等坚韧的木质，还是想产出一样丰饶的果实，又或是汲取同样优质的水源呢？

都不是，它们想要的仅仅是高度上的平等，期盼拥有不分上下的身高——它们的理想仅此而已。玉米从没想过要变得和栎木一般健壮，只求自己毛茸茸的玉米穗也能像树木的枝条一样在风中摇摆；玫瑰也没有妄图如橡树一样大有作为，只希望自己能攀登到它树冠的高度，让自己的朵朵鲜花在高处安眠。

虚荣，虚荣，虚荣！它们发狂似的想要变得高大，哪怕违反自然规律，也执意要东施效颦。那些理智的花儿——如羞怯的紫罗兰和坦荡的睡莲——曾谈起过神圣的法则，指责这种狂妄行径，可惜都是无用，只能被看作是一些昏聩妄语罢了。

一位长须飘垂的老诗人以美之名谴责了这个设想，他睿智地指出，“整齐划一”在任何领域都令人厌恶。

2

它们是怎么做到的？有些传闻说，是土壤中的精灵把它们邪恶的生命力注入了植物身体里。如此这般，丑恶的奇迹发生了。

一夜之间，小草和灌木仿佛是听从了远在星辰之外的诏令，暴长了好几十米。

第二天，农民们一走出茅屋，看到苜蓿冒得和教堂一样高，麦地变成了一片金黄的森林，惊得他们几近晕厥！

真是疯狂！动物们吓得咆哮乱窜，迷失在一片漆黑的草丛中。鸟儿们绝望地叽叽喳喳叫喊，只得将窝巢筑在了高得前所未有的“瞭望塔”上，它们无法再飞掠地面寻觅籽粒饱腹，因为那阳光璀璨的金色大地、温和谦逊的草坪都不复存在了。

牧羊人赶着牲畜在牧场前停了下来，因为害怕有去无回，白色的羊群怎么也不肯走进那片密实黑暗的“草丛”中。

这时候，得胜的芦苇笑了，它密密麻麻的枝叶尽情拍打着桉树那发蓝的树冠……

3

据说，这光景只持续了一个月，衰败就接踵而来。

事情是这样发生的：

喜阴的紫罗兰在阳光的暴晒下，紫色的小脸很快就干枯了。

“没关系，”芦苇赶忙说道，“这都是无关紧要的事儿。”

(然而在灵魂之地，所有人都在为它们哀悼。)

白百合的茎伸展到三十多米高时拦腰折断，它们那如大理石酒樽一般的花冠齐齐坠落，仿佛是女王们被砍下的头颅。

芦苇还在重复说过的那些话。（可是美惠三女神[1]却在森林里悲伤啜泣。）

柠檬树长得太高，开出的花全被毫无遮拦的大风刮落，只能是无缘丰收！

“没关系，”芦苇仍然振振有词，“反正你的果实本来就太酸！”

苜蓿的身体也烤焦了，它的茎蜷缩得像是被火燎过的布条。

麦穗纷纷倒下，失去了往日柔情的风韵，它那长得荒唐的穗子瘫在地上，就像是呆滞无力的铁轨。

马铃薯把养分都供给不断长高的茎秆，只能结出仿佛患了佝偻病一样的块茎，竟比苹果籽还小……

芦苇再也笑不出来了，它的神色变得严峻起来。

没有任何灌木或青草开出的花能受孕，因为昆虫们就算挥断了翅膀也够不着它们。

更不用说人了，没有面包或果子可以饱腹，牲畜们也吃不上草料，世上只剩下了饥荒与痛苦。

在这种情况下，只有大树安然无恙，与从前一样健壮——那是因为它们没有犯下同样的错误。

最后，终于连芦苇也倒下了，这标志着“平均理论”的彻底失败。因为失去了层叠盘缠的叶片，潮气无法挥发，导致植物们的根全都腐烂了。

在这场运动之后，人们发现原本实心的芦苇现在却变成了空

---

① 美惠三女神指的是希腊神话中代表妩媚、优雅与美丽这三种品质的三位女神。

的，为求长高，它们掏空了体内的精华，沦落成现在这样的滑稽模样，仿佛是提线木偶、橡皮玩具。

事实摆在面前，谁也不能再为平均主义理论辩护了。于是此后的几千年间，再也没有植物开口讲话。

自然总是大度的，它只用了六个月就修复了革命造成的损坏，曾经疯狂的世界又重归平静。

那位长须飘垂的诗人在缺席了许久之后再次现身，欣喜地歌颂全新的时代：

“这样真好，我亲爱的。紫罗兰之可爱正是因为它的娇小，柠檬树的迷人则是因它修长的姿态。上帝初创的万物的模样才是它们真正的美丽，栎树就当魁梧，大麦则应娇弱。”

大地重新变得欣欣向荣，牧群肥硕，人们也填饱了肚子。

而曾经的首领芦苇呢？它永远都抹不去身上的印记，只落得永远的空虚，空虚……

玫瑰为什么有刺

玫瑰和许多其它植物有着相似的遭遇。起初，它们数量庞大，生长的地方又平淡无奇，和别的花草没半点不同。

谁都不敢相信，玫瑰，这位如今高傲优雅的公主，曾经也干过装点道路的差事，可事实的确如此。

有一次，上帝乔装成朝圣者，在烈日下走了整整一天。回到天堂后，只听他说：

“可怜了人间那些荒凉的道路！太阳的炙烤惩罚着大地，我看到旅人们热得发昏，牲畜们个个都喘不过气来，动物们用难听的语言不断抱怨，人类则咒骂不已。再说，那里的路实在太难看，更别提那些烂泥修筑的土墙！

“可道路又是神圣的，它连接着各个散落的偏远村庄，人们为求生计奔波也要靠它。在道路上行走的商人是去追逐希望，朝圣者的灵魂则洋溢着喜悦。

“我们若是给道路旁创造一些树荫，再伴之以旖旎的风景，定会是件不赖的事，能让那里多些清凉和欢乐。”

于是，上帝造出了柳树，它们那细长婆娑的手臂祝福着大地，高大至极的杨树投下宽阔的阴影，玫瑰的藤蔓攀缘在粗糙的土墙上。

那时候的玫瑰丛华丽非凡，可再之后，不断的栽种与毫无节制的繁殖，让它逐渐失去了往日的茂盛风采。

排排杨树的队列仿佛是少女的游行，每当商人和朝圣者们从那里经过，或是在柳树的荫凉下抖落便鞋里的尘土时都不禁莞尔一笑。

当看到土墙像是被铺上了青翠的地毯，点缀着清香扑鼻的各色花朵时，人们的笑容中更多了几分激动，动物们也快活地嘶鸣起来。他们在前进的道路上兴奋不已，为这惊人而又神秘的奇观唱起歌来，那歌声打破了田野上的平静。

和往常一样，人类又一次辜负了原本供其欣赏与爱护的恩赐。

杨树因为高大而免受其害，风度翩翩的柳条也没什么吸引力，可玫瑰就不同了。它们如此馥郁芬芳，仿佛东方细颈瓶中的香料，又是那么娇弱无力，好似迷失山野中的少女。

玫瑰丛在路旁才刚停留了一个月，就被人野蛮地乱折一气，只剩下三四朵遍体鳞伤的花儿。

玫瑰和人类的姑娘们一样，才不会默默承受这样的摧残呢。它们满腹牢骚地去见上帝，气得连话音都颤抖了，愤怒的脸庞变得甚至比它们的姐妹——虞美人——还要鲜红欲滴。

它们说："人类太不知好歹了，上帝，他们配不上你的恩赐。不久前，你的双手才刚刚创造了我们，让我们生得那么完美无瑕，可你看看，我们现在被糟蹋成了什么悲惨模样。

"我们本想取悦他们，这才尽力展示自己的本事，把花开得又大又美，只为散发出更迷人的馨香。我们竭尽全力汲取更多的汁液，好让花朵的娇艳多保留几分。我们的美丽就是我们的宿命。

"一个牧羊人从旁走过，我们弯下身子去看他背后那些一团团棉花似的羊群。可那坏蛋竟然说：'看这些花长得跟云朵儿似的，还会像故事书里的女王一样行礼致意。'

"然后他竟然一把扯掉了我们的两朵并蒂花，还连着长长的叶柄。

"在他之后来了个庄稼人，他惊奇地大睁着双眼叫喊道：'真是奇了！整整一面土墙竟然被打扮得像是铺上了彩色的花布，像是个快乐的老太婆！'

"然后他又说：'我给阿钮卡和她的布娃娃带回去一些吧。'

"说着他就折下了同一根枝上的六朵花，连同枝条一起拽着走远了。

"又过来了个上了年纪的朝圣者，他表情怪异地看着我们，前额与双眼好像散发着光芒。

"他感叹道：'上帝创造出如此纯洁的事物！上帝啊，我要通过它来赞美你！'

“就这样他带走了我们最美丽的一个姐妹。

“紧接着又来了个淘气鬼，‘真不错啊！’他说，‘呵，这路边还开着花！’

“他拿走了一大捧花，唱着歌在小道上扬长而去。

“上帝，我们受不了这样的生活。要是如此下去，要不了几天土墙就又会回到过去的样子，我们将会不复存在。”

“那你们想要什么呢？”

“自卫！人类用尖锐的荆棘和灌木保护他们的果园，你也可以给我们类似的防卫。”

善良的上帝苦笑了一下，他本希望美丽的事物是和顺并乐善好施的。他回答道：“那就这样吧！依我看，这样的事恐怕我以后少不了要常做了。人类逼得我不得不为自己创造的美好事物灌输敌意与防范。”

从此，玫瑰丛的枝条肿胀起来，渐渐鼓出了一些锋利的凸起：刺。

而人类呢，还是一如既往地忘恩负义，声称上帝打算抹去他所创造的一切美好。

玫瑰树根

地下深处和地表上一样有生命居住，它们聚集在土地里劳作、奋斗，它们懂得爱，也知道恨。

那里是周身漆黑的蠕虫的栖身之地。植物的根系就像是黑色的绳段，地底淌着的细流，好似微微颤动、绵延不绝的麻线。

听人说，除此之外还有些别的，比如个头还不及夜来香的嫩枝那般高的地精。它们长着浓密的胡子，一副快活又自在的样子。

有一天，一股水流碰上了玫瑰的根，于是就发生了下面这样的对话：

“树根啊，我的邻居，我可从来没见过比你还要丑陋的东西了。谁都会说，一定是哪只皮猴把它的长尾巴扎进土里，然后竟径直走了。看起来，你应该是本想像蚯蚓一样，可是身体却弯不出优雅的拱形。你单单学会了吸吮我蓝色的汁水。每当我流过你身边，你就能卷走我一半的身量。丑陋的树根啊，你说说看，你都拿它干什么去了？”

谦卑的根回答道：

“你说得没错，细流兄弟，我一定是不入你的法眼。我总是和泥土打交道，所以变得这么黑漆漆的。过度的劳累令我的身体变了形，就像是工人的手臂。我其实也算得上是工人：我的劳作，是为了自己身体里美丽的部分延伸向外，去拥抱阳光。我从你那里饮下的蓝色汁水，全都运上去给它了，好让它保持鲜活。有时在你离开后，我就到更远处去搜寻那生命的琼浆。好看的水啊，你那如白银一般的水流早晚都会升上地面，等你沐浴阳光之时，请你在那里寻找我的美丽吧。”

水流虽然对此半信半疑，却也有分寸。它不再多言，顺从地继续等待。

它那水波粼粼的身躯比起过去已经壮大了许多，终于流出了地面。此时它最关心的事，就是去寻找根系口中所说的那段“美丽的延伸”。

紧接着……上帝啊，它都看到了些什么！

那会儿正值明媚的春天，就在根系驻守的同一块土地之上，它看到了一株仪态万方的玫瑰，装点着这世界。

挂满花的枝头沉甸甸的，空气中充满着花朵散发的芬芳，覆盖着神秘的喜悦。

小溪转身离开，淌过了那片鲜花遍野的草地，它陷入了沉思：

“噢，上帝！地下那粗糙乌黑的小东西，在地面上却竟然摇身一变，成了绸缎般丝滑的玫瑰花！噢，上帝！丑陋的事物竟然能延伸出美丽……”

牛 蒡

有一次，一株长在花园（富人的花园）里的百合向其它花朵询问起有关基督的事情，这皆是因为它的主人先前从旁经过时，曾为赞美它初放的花朵而提过这个名字。

一朵开得正艳的紫红色的沙仑玫瑰回答道：

“我不认识他，可能是个什么乡野村夫吧，但凡是王公贵族可没有哪个是我没见过的。”

“我也从没见过他，”一朵娇小芬芳的茉莉花说，“那些文人雅士个个都为我的幽香而心醉。”

“我也没有，”孤傲清高的山茶花补充道，“他一定是个乡巴佬，因为我曾装饰过所有貌美男女的衣襟。”

百合反驳道：“他若真是那样，又怎么会与我有半点相似？可是我的主人今天清晨看到我的模样，偏偏就联想起了他的名字。”

紫罗兰紧接着说：“我们中间有一个人准见过他——就是咱们可怜的牛蒡兄弟。它住在大路边上，过往的行人没有它不认识的。它总是蓬头垢面地和所有人亲切致意，虽然说它长得灰头土脸的，却也算得上可爱，毕竟它开出的花朵倒有几分我的姿色。”

“你说得有理，”百合回答道，“牛蒡准是见过基督，不过你刚犯了个错，不该把它归为与咱们一类。它身上有刺，样貌也丑陋得如歹人一般。另外，每次羊群从它边上经过，都会被它顺走一些羊毛。”

然而一转身，百合就又掐着假惺惺的嗓子对着大路喊起来：

“牛蒡，我们可怜的小兄弟，我百合花想问问你，你可认识基督吗？”

牛蒡疲倦的声音断断续续地随风飘来：

“见过，他曾从这条路经过。我只是一株卑微的牛蒡，竟触碰到了他的衣衫！”

“那么，他是不是真的与我相像？”

“只有当月光令你添上几分哀伤之色时，你才与他有那么几分相似。你的头昂得太高了，他的则要稍低一些，他雪白的斗篷倒有点像你花瓣的颜色。不过你已经足够幸运了，谁也不会拿他与灰头土脸的牛蒡相比！”

“牛蒡你说，他的眼睛是什么样的？”

牛蒡绽开了一朵蓝色的小花。

“他的胸膛是怎样的？”

牛蒡绽开一朵红花，说道：“恰似这般鲜红。”

“这颜色太过艳俗了，”百合评论道，“那么在春日里，他头上以何为冠？”

牛蒡举起它周身的荆棘。

“这种花环太糟糕了，”山茶花说，“玫瑰的小刺还算可以原谅，可这种利刺简直像山坡上的仙人掌一样扎人。”

“那么基督懂得爱吗？”百合花继续说道，看上去似乎有些茫然，“他的爱是什么样的？”

“他的爱是这样的……”牛蒡一边说，一边轻轻舒展开自己枯萎的花冠，让它随风飘散。

“即便如此，”百合说道，“我也还是想见他一面，我该怎么做呢，牛蒡兄弟？”

“你们如果想看他行走的身影，感受他的目光，就做一株路旁的牛蒡吧，”它回答道，“因为他总是永不停歇地在小径上奔走，经过我身旁时他总会说：‘祝福你，因为你的花朵在尘土之中绽放，点缀了旅人的心情。’无论你们散发着怎样的芬芳，他也不会在富人的花园里驻足，因为他在风中寻找另一种味道——人心中的苦痛。”

可是，哪怕是被称为“基督的兄弟”的百合，还是他儿时在山间采撷过的沙仑玫瑰，又或是牵丝盘缠的忍冬花，谁也不愿做一株路旁的牛蒡，就如同那些不愿跟随他走向荒原的世间无数的王孙公子与世俗妇女，而他们也从来不曾见到过基督。

泥　塘

那是一个小小的泥塘，里面尽是污秽腐烂之物。凡是沾染到它的东西都难免变得污浊，附近大树上的落叶、鸟巢中飘落的绒毛，甚至池底的蠕虫都要比其它水塘里的更黑……泥塘边上连一丁点绿色都看不到。

一棵树和几块大石将它围在中间，阳光从来也照不到它，致使它长久以来都认为太阳并不存在。

终于有一天，一些正在附近建工厂的工人为寻找大块的石料来到这里。

大石被运走时已经是日落时分。第二天来到，黎明的第一缕光洒在了树冠上，紧接着，开始慢慢地向泥塘滑落……

阳光的金色手指伸进泥塘，曾经浊如沥青的池水突然变清了，它先是呈玫瑰粉，然后是紫罗兰色，最后呢，五彩缤纷，简直像一块光芒四射的宝石！

在刚被光之箭穿透身体的那一刻，它惊呆了；过了一会儿，它关注着自己的蜕变，体会到一种从未有过的奇妙喜悦；再接着呢……它变得欣喜若狂，默默地在心底崇拜那降临在它身上的圣洁之光。

起初，池底的蠕虫因为突来的剧变显得烦躁不安，但没过一会儿就安静了下来，如痴如醉地欣赏头顶那片金色的天空。

清晨、正午和傍晚就这样过去了。池边的大树、树上的鸟巢和巢中的鸟儿都为它们面前上演的这一幕“救赎”震动不已，池塘动人的新面貌令它们仿佛身处奇境之中。

待到太阳落山，它们则看到了更加摄人心魄的东西。

太阳温存的爱抚持续了整整一日，缓慢地、不知不觉地竟吸干了整池的浊水。最后一抹残阳在离去时，把剩下的几滴水也带走了。泥塘变得光秃秃的，仿佛巨大空洞的眼眶。

每当树木和飞鸟看到游走的白云，好似棉绒一般划过天际，它们怎么也想不到这块绚丽的云彩竟曾是它们的伙伴——那片污浊的泥塘。

至于其余类似的泥塘，是否也会有天意派来的工人，为它们搬走遮天蔽日的大石呢？

海的主题

又是海，那唱着歌的海，永远崭新如初的海。又一次，我看到了它那辉煌的光芒，感受到了它始终如一的豁达。

海能带走往昔的一切，就像是洗尽信徒苦难的圣餐礼。唯一真正自由的就是海，闪耀着圣恩，纯洁而喜悦。

面对海，人们忘记了自己的本分和弱点，把从大地那里得来的悲与喜看作是些难为情的东西，将这些原本只属于陆地的馈赠统统丢进海里，让它们就此消失其中。无论何物，不管是时间还是空间概念上的东西，都会被那壮观的海水冲走，打散了，我们只剩下赤裸裸的本质，只是男人或女人，再没有其他任何身份，也再不存在什么机缘巧合。我们的肉体生来就热爱碘与盐，我们的双眼享受着海洋上那宽广的视线，耳朵里听到的只有海水的韵律，再无他物。

在海的救赎过去后，我们终将再次迷失（上帝对我们的救赎不也是如此吗）。港口挽救了肮脏的城市与在那里上演的种种卑劣行径，大海的怜悯让我们得以划烂生活中披着的污秽外衣，让那条早已破烂不堪的旧袍子从我们身上滑落。

一年的陆地生活似乎令我体内的活力渐渐腐烂，我开始变得疲软无力，仿佛一颗坠下枝头的无花果。我应当是属于海洋的果实，需要汲取那苦涩的海水，且生来就注定要被信天翁衔走啄食。如今在我看来，大山是极无人性的，它拒绝一切生灵，既不回应，也不予之信任。人们的疯狂与激情只能向下方去寻找，到大山那一层层的裙摆之外的海洋去寻找，那才是真正以爱迎接他们的地方。在天色晴朗的日子里，海模仿着人的语言，像是特意为我们举办着宴会……

旅行，或者说真正意义上的旅行不应该像牧牛汉那般，丝毫无法掌控自己的方向，也不像思念海岸和妻子的水手那样，也不是如我这样。真正的旅行应当没有事先指定的港口或目的地，不设日程表。人们跨越海洋，只应为了拥有更广阔的视野和那永远翻滚着的海浪。

这样的旅行不是强迫性的，它属于那些生活在未知星球上的自由灵魂，对他们而言生命中最重要的目标就是去体验生命本身，用大口的呼吸和充满爱意的双眼，不紧不慢地细读和品味万物。

船

船舶由人类制造，但在接触到大海那一刻，它便真正拥有了灵魂，从此再不受人的控制。

假如有一天，水手们不再出海，船会挣脱那些束缚它们的缆绳，幸福且豪迈地离开。

水手以为是自己操纵着船舶，殊不知船才是真正的统领者。他们在岸上沉睡之时，船就在不停撩拨着他们的心，直到他们再次登上甲板。

水手们上岸去采购各种蔬果：菠萝、海枣、香蕉。大海像颐指气使的情人，重重地拍打着她的浪花，支使他们去采撷陆地上的芬芳。

船一碰到有生命的水花，就瞬间有了自由狂野的灵魂。它们诱骗舵手航行至自己想去的地方——泛着青绿色水波的海域。那里的海水像特赖登一样[①]强硬，如巨盾一般向它们袭来。

舵手永远也算不准靠岸的时间，总会出现或大或小的误差，那就是船舶与港湾开的小小玩笑。

绳索是船的发丝，重帆是它的胸膛，粗木是它的胯骨。船的脚生在水中，行进时酷似长袍舞者的步伐。船载着的是那些探索者，他们在睡梦中之时，船则在默默讥笑他们航行的方向[②]。

船舶用神秘的记号标注着陌生的小岛，而半岛则奋力伸长了身子大声呼唤着它们。它们的航行不是为了载运那些贩卖毛料的商人，而是为了在海中自由地漂泊。

倘若有一天人们不再航行，船会独自下海，任由水手们在岸边发出惊异的叫喊。他们将不再是舵手，因为船与美人鱼一样，都是浩瀚大海真正的女儿。

---

① 希腊神话中的海神。

② 西班牙殖民者在哥伦布的领导下，本意是要找到前往印度的新航路，却不知道欧洲与亚洲之间存在的美洲大陆，误以为自己来到了印度。

赞美沙

沙，弄丢了人所有的足迹，包括那些我们原本不想失去的。我那些快乐的足迹上哪儿去了？还有那些缓慢的、那些飞快的，都去哪儿了？有时，我想把被我散落在四方的印记都收集起来，站在中间看它们围绕着我翩翩起舞。可是如今，我仿佛沦落为一根辐条尽毁的车轴。沙，弄丢了我的足迹，甚至都记不起它们曾经的样子，也无法再将之归还于我。

沙，是幻变的，它的不忠实源自本身的纯洁。风、雪、水都是这样。

沙，是贫瘠的。它对青草说："我不要你。"它对那些如情人般平凡的花朵说："我不要你。"它对树木说（除了穆罕默德的松树[①]）："我不要你。"

海边的沙滩会在下午时分变得温热，流浪者从旁经过时总会躺下来歇歇脚。沙滩仿佛一张暖床，给人们带来一丝早已被丢在身后的温存。诡秘莫测的沙，没人知道该如何形容它。

沙滩使世界的脊背变得柔软，戏弄着那些只身行走在海边，呼吸着微咸海风的人。徘徊者躺在沙丘上，用口哨哼着歌儿。他们说地球就像一个男人，他们所处的沙丘就如同父亲的后背。

沙滩颇有些孩子气，它把那些颜色鲜艳夸张的玩具偷偷埋藏起

---

① 指的是雪松，穆罕默德曾在一棵雪松下休憩。

来，待到四下无人时再将它们取出。我亲眼看到过，沙滩仿佛一位年老的单身女人，在清冷的星光下把玩着各种玩具。

有了沙，穷人们也终于有机会享受富人用钢铁和石块建造出的快乐：他们用沙土捏造出不堪一击的小屋和虚无缥缈的梦想，但似乎永远都无法获得真正的幸福。

也只有在沙上，耶稣写下了他的思想，因为在还未停笔之前，那些语句就已经随风而逝，再无人能篡改他的本意，尤其是那些所谓的统治者。

干燥的沙滩缺乏想象力，因此从没有什么撒谎的念头。而它身边的海洋，却是一个花言巧语的欺骗者。沙滩厌恶地看着那些海市蜃楼与虚幻泡沫的游戏，而它，只会用自己的沟痕摆出一个巨大的微笑，仿佛嘲笑着世间的万物。

沙粒断断续续地前行，无需跳跃就越过了篱笆，飘上了夜空，飞进教堂和房屋中，落在了人的眼皮上。它轻悄悄的，谁也没有察觉，只在我们哭泣的时候顺着泪珠一同滚落。

如所罗门与肯皮斯①般智慧的沙，洞悉了世间的箴言，却既无心也无力将之写下，献予那酩酊大醉，在风浪中不断夸耀自己功绩的大海。

---

① 托马斯·肯皮斯（1380—1471）：文艺复兴时期欧洲宗教作家。

玻璃颂

玻璃，是佛陀之镜。它能映万物，唯独照不出自己的身影。你注视它，它就映出你的面孔。它吸收四射的霞光，却不会将其吞噬。雨水的冲刷能让大地也变得多情，而玻璃却奇迹般地保持干燥。

玻璃能收集、映射各种景象：绵延的海岸、葱郁的森林。就算是穷人家的窗子也能反射出壮丽的景观。高脚杯中盛着的葡萄酒，自以为被魔力悬在空中；杯中的水则想象自己身处一股无形的清泉之中；灯罩环抱着油灯中的火焰，却不会被它烧焦了面颊。玻璃总是快乐得像一个孩子，不掺一点瑕疵。尽管它偶尔得捧着别人的眼泪，自己却从不哭泣，纯洁得就像是田地中的亚伯①。

玻璃是完整一体的，它没有供鲜血流淌的血管，也没有可以活动的关节。玻璃自身的一切都是恰恰好、完美无缺的，再无需其他任何装饰。

我灵魂唯一嫉妒的东西，就是玻璃。

它能使流水停留在自己的掌心，因为它，水有了第二种生命，可以被控制、被约束，再不像那离弦之箭，奔涌不回头。玻璃，像坚贞的女性——对那些喜欢注视她们的人，她们也同样以忠诚回报。

夜幕降临。这黑夜像爬墙虎似的紧紧地贴着我们窗台上的玻璃，只有如此，我们才能真切地感受到它的存在，不致将它彻底遗忘。

---

① 亚伯：《圣经》人物。他是该隐之弟，亚当和夏娃的次子，游牧的始祖，后来被兄长杀害。

我梦想中的玻璃，哪怕被骚动的生灵包围，自己也从不沸腾。它属于所有人，唯独不属于自己。

玻璃，有永恒的童年，从诞生的第一天就彻底远离衰老，无关衰老本身是好是坏。

它是人类最惊喜的发现。自从发现基督后，我们再没能找到如此美好的事物。

玻璃的制造会带来难以预料的惊喜。工人们将它打造出来后，总是不禁有些难为情：玻璃与灵魂如此相像，却竟出自他们污黑、骨节突出的双手。

那些打造了一辈子玻璃的工人们升上天堂时，发现这个地方和他们在人间制作的东西一样——天堂就是一块洁净的、能消除任何距离的玻璃啊。在这里，上帝时而远在天边，时而又近在眼前，这可让工人们害怕极了。但他们还不知道的是，他们已经被困在一块巨大的玻璃之中，它正复制着他们的面孔、肩膀和双脚，就这样造出了一个个全新的面孔、肩膀和双脚，从此再不会沾染腐化而堕落。工人们震惊地发现，原来就当他们在车间制作玻璃的时候，他们投射在墙壁上辛勤劳作的影子也成了玻璃刻画工人形象的素材。工人们的双手像蜥蜴般灵活地在火中飞舞，摆放着烧制玻璃的坩埚，这辛勤的劳动最终赢得了奖赏。

金属制造工人去往的天堂布满生硬的铜，他们十分享受这种坚硬的幸福；木工们的天堂浸在海岸松的味道中，如暮年一般沉闷、寂静、干燥；而玻璃工人们在自己的天堂里看得见他们所有人：那些黄铜、松林的……所有的天堂。

面 粉

面粉是鲜亮、光滑、饱满的。

透亮的米粉，摸起来会发出吱吱的声音。玉米磨的淀粉，像雨雪般清新，甚至能缓和烧伤。从卑微的土豆中提取的淀粉，似白银一般细腻。柔软至极的面粉啊！

面粉，来自沉甸甸的稻穗或黑麦，带着大地的厚重。是大地母亲，为纯洁的生灵创造了生机。

光滑的面粉，似无声的流水。若是不小心掉落在熟睡的孩童身上，甚至都不会吵醒他。

面粉是鲜亮、光滑、饱满的。

充满母性的面粉，仿佛是乳汁的姐妹。她像极了女人，好似中产阶级的家庭主妇，戴着白色的发网，有着丰满的乳房，坐在那洒满阳光的门槛上。是她给了孩子生命，你们只消为她哼唱一首摇篮曲，她就会明白关于女性的一切。

若这世上只剩下她一人，她会用自己浑圆的乳房养育整个世界。

她可以变成一座山丘，平缓且光滑，孩子们可以在那儿翻来滚去。

如母亲一样的她，其实也是个小姑娘。她在稻田的波浪中摇啊摇，风与她追逐玩耍，却看不到她；风触碰到她的脸庞，却从来也认不出她。

透亮的面粉，轻轻一碰就能把她身上那贫瘠、衰老、乌黑的灰尘拂掉，她能使大片的山坡长满雏菊，也能让它被白霜覆盖。

面粉是鲜亮、光滑、饱满的。

若她会走路，没人能听到她那无声的脚步，她的双足似棉花般柔软，就那样深深地陷入土地中；若她想舞蹈，那沉重的臂膀却只会从身上掉落；若她歌唱，歌声会卡在那粗糙的喉咙中，谁也听不到。然而，她不会走路或舞蹈，也不会歌唱。要是她想要有个名字，我们就用最柔和的字母为她命名吧！

火

火是森林在舞蹈时佩戴的脚镯，它欢快地跳跃，刺激着树木的脚跟。火是疾速出击的猛虎，如金色的刀刃，在林中四处砍切，留下几片宽大的间隔，仿佛是它深深的叹息。低矮的火焰将阿劳科①山坡上的麦茬吞噬干净，令一座座小山岗看上去好像一头长着巨大的黑色玫瑰形斑纹的金钱豹，或是令它们整个褪了色，像摩西那只患了麻风病的雪白的手②。

火之强劲、疯狂与细腻。

火是世间唯一真正的花朵，它是一株脾性冲动的倒挂金钟，长出四十余片花瓣，旋转着，猛烈地吸取空气中的水分。

火是死气沉沉的各类金属的克星。火能融化白银，是因为它急切地想看那沉重的银色汗水像玉兰花一样滴滴落下；火熔化黄金，只为展示上帝那隐藏的血液。

在充满激情的电厂里，火隐藏在最隐秘的地方，像那个秘密词语，人们绝无法触碰到，除非双手化为一捧灰烬。

火之强劲、疯狂与细腻。

爱之火，那不知疲倦的话语能撩拨人心，让人的身体变成一面长长的透明玻璃，好看清停留在自己心中的火神。

---

① 阿劳科：智利中部地区。

②《旧约》中，耶和华向摩西显露的三个神迹之一就是让他的手臂患了麻风，又将其医好。

恨之火，能搭起万丈大厦，棱角分明，回声干涩；在深夜里，魔鬼就是它的保护神，不断挑拨得那火焰愈来愈旺。

火之强劲、疯狂与细腻。

火无处不在：小粒的芥末就能令我们的血液上下翻腾，就像过去阿拉伯半岛上那只食用了刺激性草叶的山羊[①]；鸢鸟眼中的火焰，平静而生硬；美洲豹瞳仁散发的火焰，像是植物的纹理。万物体内，都停留着一片一触即燃的星星之火。

火之强劲、疯狂与细腻。

在火的考验中，真实确凿之物终会安然无恙，虚伪狡诈之物则像烧焦的身体一样变得皱皱巴巴。在末日之火中，只有正直不阿的人才能够屹立不倒，他们是屹立天地间的砥柱。

圣灵之火，是两翼燃烧着白色焰火的鸽子[②]，它一落在保罗[③]身上，他就由内而外都沐浴在那荣光之中。

自天际而来的火在履行其使命后终将折返。火终究敌不过水，在被浇灭后，它幻变成一朵空气做成的绣球花，花团锦簇。大地占了上风，让它越缩越小，逐渐变成一朵红色的大丽花，直到最终小至一朵由泥灰而生的纯洁的茉莉。

---

① 关于咖啡起源的故事有许多版本，其中一个认为是一位阿拉伯牧羊人的山羊白天吃了一种植物的果实，夜间兴奋不已，不能入睡，由此人们发现了用这种果实泡出的浆液可以使人神清气爽，毫无困意。

② 基督教认为，圣灵如鸽子，据福音书记载，主基督受洗时，圣灵仿佛鸽子降在了他身上，主也嘱咐其门徒要“驯良如鸽子”。另外，圣灵也如火，五旬节时，圣灵好像火舌一样降下，落在门徒身上。

③ 保罗，是基督教早期最具有影响力的传教士之一，基督徒的第一代领导者之一。

火，迈着绝望的步伐，就像不会疲倦的先知，行走在这昏昏欲睡的大地上。

火之强劲、疯狂与细腻。

酒

酒属于可怜鬼们，它里面装满了沉甸甸的故事，还被旅店老板掺入了不少白水，专门用来温暖那些空虚的心灵。

这些可怜鬼们的酒，是幻想出来的，难以置信的。

在榨汁的时候，一个精灵握紧了抓着葡萄的拳头，说道："让它再浓一点，再浓一点，再浓一点吧……"这些可怜鬼，他们自己轻飘飘的，好似稻草人那干巴巴的身子，他们需要故事。

当酒入木桶，他们瞪圆了眼睛说："让它再暖一点，再暖一点，再暖一点吧……"这些可怜鬼，冻得像结结实实的无花果一样。

当酒桶全部被储藏好，堆放在暗处以后，这些属于黑夜的"幽灵"们说道："再多几桶吧，让它们成排、成堆。"可怜鬼们孤单又落寞，魅惑之酒若是不够充足，哪还能有足够的故事让他们有所依靠，不再颤抖呢？

若是没了故事，可怜鬼们就只能疯了似的到处探寻，只求重新为自己的生活加入一丁点浓重的色彩。他们总也记不住曾听过的故事，也永远不会创造。

写故事的人，不会讲故事，而讲故事的人，又总是讲给那些不需要它们的人。

夜是那么漫长，一个人面对光秃秃的小桌，身边也没有姑娘的陪伴，该怎么办呢？干瘪的面包和残剩的水果总不可能开口讲话吧。

酒不仅仅是那些被扎破的葡萄，也不是西风带来的邪恶之水。它是讲述山丘、河流、洞穴、海洋与动物故事的文集。

还未攀山、砍柴，可怜鬼们就都已筋疲力尽。待到黄昏来临，他们该如何去寻找那些在山坡拾穗、等待被采集的故事？要知道，想找到故事可没那么容易，就像是追踪鹌鹑，必须偷偷摸摸地前行，克制住狂跳的心脏，还得有狡猾敏捷的双手。他们不过二十来岁，还未跋涉远行，甚至连家门都没离开过，只是为姑娘们卖弄一下殷勤，怎么就让他们变得如此疲倦呢？

还好有酒，那可怜的酒，专属于可怜鬼的酒。它沉重、醇厚、饱含故事。酒里有河流的故事，源源不绝，取之不尽；有山丘的故事，讲起来就像是辛劳地翻山越岭；有海洋的故事，似海豚般快活又疯狂；有洞穴的故事，它们掩面前行，口中唱着歌，每唱完一节，那面纱就更长一截。

这些可怜鬼的酒，多么廉价，多么漫长，多么不可或缺！

油

油，比泪珠更缓，比血珠更慢。

油，一滴滴地滑进长着黑色或红色肚子的大瓮之中。在十二月来临之时，它终于能稍作休养，摆脱了被压榨的痛苦。

油，能滋润人心。它依上帝之愿，钻进了宽宏之人的心灵，让他们懂得了宽恕。有了这样的胸怀，每个清晨他们睁开双眼，都仿佛重获新生。

油能使顽固的钢铁变得松弛，也可以让我们全身的关节逐渐放松。它温柔地将我们长眠地下的身体瓦解成颗粒，这就是死亡美好的收获。

金色的油躲藏在橄榄果实那完全封闭的黑暗之中，牧羊人耶稣前额中的智慧也当是如此。油非甜非咸，恰似于智慧。

油燃烧，是为了在火焰中一睹自己的真容。它没有半点野心，只想要指明教堂的方向。它的火焰并不猛烈，像是在诉说着基督那些没能发出声响的隐秘言语。

油，比泪珠更缓，比血滴更慢。

油也是一个“好撒玛利亚人”[①]，它和那位有幸被写进福音书里的人一样，能够治愈、守护他人，成了第十三位使徒。若是有它

---

① 基督教中的一个常见口头语，意为好心人、见义勇为者。《新约》的“路加福音”中，耶稣基督讲过一个寓言：一个犹太人被打劫，受重伤后躺在路旁，只有一个撒玛利亚人停下脚步，小心翼翼料理他的伤口。

在神圣之路上如圣犬一般舔舐基督七伤①，也许耶稣就不会如马太形容的那样，在受难前大声叫喊。

油锅不愿烧伤传福音者约翰②，只是浸没他的全身，渗进他的毛孔之中，以求感受他的血液——那也是唯一比约翰本人还要美好的事物。

油，被认为拥有世间一切基本的美德。它拥有金草的面容、沉重的双臂和垂地的金色长袍，在各类原料中独占一席之地。

油，比泪珠更缓，比血滴更慢。

---

① 指的是耶稣受难后身上留下的伤痕，普遍认为是五伤：双手、双脚以及肋下。

② 使徒约翰被投入油锅中，却没有受到沸油的伤害。

菠　萝

她总是扎根在土壤中，仿佛是大地的女主人。她从来无法想象金色梨子那样摇摇晃晃的脆弱，在土中生长的六个星期里，她只感到大地温柔又强劲。

战盔上的羽冠也比不上她的叶片粗硬。菠萝属于战斗型的水果，周身遍布伤痕，好似亚马逊女战士的胸膛[①]。拨开她薄薄的外壳，那股芳香几乎能传遍整片田地。

“我生来如此，”她说，“我就像是《伊利亚特》，周身都布满了坚硬的关节，但当你翻到特洛伊的海伦的章节时，它又会瞬间散发出甜美的气息。”

---

① 亚马逊人出自希腊神话，相传这一部族全部由女子组成，英勇好战，常常以无畏的女战士形象出现。

向日葵

“我知道空中高挂着的是什么，可脚下的小草们看不到他，还误以为是我给了她们温暖，是我在傍晚时分轻轻舔舐她们的身子。

“你们也看到了，我的茎非常坚硬。我从不回应她们，甚至不会微微弯下头颅。

“我并没有欺骗她们，却默认了她们的误解，因为她们永远也够不到他，就算碰得到，也会被它灼伤。至于我呢，她们就连碰到我的双足都还有一段距离。

“太阳对我来说，也是另一种形式的奴役。就这样追逐着东方，跟随着日落，随时随地关注着他的位置，真让我不算灵活的脖颈无比辛劳。

“而她们那些小草呢，仍然在我脚下高唱着：‘太阳长着四百多片金色的叶子，他的正中间有一块深色的圆盘，还有一根高傲的茎。’

“我听到了这些话，也从没有一次向她们点头致意。我一言不发，但心里却明白，真正的太阳是他，那个垂悬在空中的他。”

赞美树木

柠檬树是稚嫩的。它在旧家具中显得过于青涩，用来制作灵柩则又多了些纯真无邪。柠檬树应是生于日光之中，从含羞草中沾染了那怯生生的色泽。我还是个小女孩的时候，有一个柠檬木做的小匣子，过去我用它来保管那些平展光洁、印着奇特图案的手帕，如今，它已空空如也，因为我年岁已高，再没有什么新鲜事物值得放在里面，于是它的年龄永远地停留在五岁。

桃花心木总是高兴又快活。在各类木质中，唯独它与葡萄酒有着千丝万缕的联系。性情活泼的桃花心木最适合做少年的床榻，或是人们兴高采烈地聚会时用的餐桌，又或是做成保管与某位“唐璜”① 往来信函的匣子——他那温文尔雅的气质与桃花心木最为吻合；它也可以是装点《蒙娜丽莎》的画框，这种优雅纯净的木质定与拉乔康达②的神韵相得益彰；侥幸得胜的野心家，也适合这种材质制成的棺木，因为时日一久它便会裂开发红的锥形缝隙。

朴素的胡桃木，带着些许塞内加式③高贵的斯多葛派气质。教堂中的胡桃木桌台惬意地背对着合唱的歌声，台上摆放着菱形或方

---

① 西班牙文学作品中一个出名的花花公子的形象。

② 据说为《蒙娜丽莎》画像的原型。

③ 塞内加（前 4—65）：古罗马时代著名斯多葛派哲学家，主张禁欲主义。

形的《旧约》书，记录着约瑟[①]的奉献、底波拉[②]的放声歌唱、雅各[③]与天使的搏斗。用胡桃木来制作老人的宽大床榻无疑是一种挥霍，为了不让站在床边的死神挨得到他们的身体，庄严的胡桃木就这么浪费了。年迈如我之人，应当睡在靠近大地的地方，离地一拃就足够了，方便提前感知到地底呼唤我们的另一张床铺，好迎接它的到来。稳重的胡桃木制成的衣橱，供老人保管衣物，它被刻上了衰老的外形，像极了骨骼的纹路。胡桃木总是有对立的两面：苍老的衣箱里，年轻的黄金被包裹在《圣经》的书页之中，愤愤不平。

胡桃木中沉睡着多少凝思冥想的年月。伊拉斯谟[④]的胡桃木衣柜里存放着他的笔记，托马斯·阿奎那[⑤]保管在柜中的则是关于亚里士多德的研究（虽然后者会觉得这些研究毫无忠实可言）。懒惰的国王们端坐在胡桃木椅中，他们的战场就是面前摆满雉鸡、鹿肉的餐桌，他们伏在桌上的身子，倒像是正在策马行军。“战事”正酣，他们却平静自若，连呼吸都不曾乱过一分一毫。圣器室中的胡桃木，那一团团或红或紫黑的纹路仿佛金鸡死后僵硬的胸脯，也像是五旬节和圣体节弥撒上主教的十字褡[⑥]，一走动起来，那后背活

---

① 约瑟：《新约圣经》中记载的耶稣的养父，圣母玛利亚的丈夫。

② 据《圣经》记载，底波拉是一位女先知，是古代希伯来人的第四任士师。

③ 雅各是《圣经》里记载的一名族长，后来改名为以色列，意为“与天使搏斗者”。

④ 德西德里乌斯·伊拉斯谟：十六世纪尼德兰哲学家，欧洲人文主义运动主要代表人物。

⑤ 托马斯·阿奎那（约1225—1274）：欧洲中世纪哲学家和神学家，天主教会认为他是史上最伟大的神学家。阿奎那用基督教神学重新阐释了亚里士多德的政治哲学，他因此也被称为“最著名的亚里士多德主义者”。

⑥ 神父在行圣礼时穿在白袍之外的长袍。

像是蝗虫凶猛的鞘翅，扑打着就快燃烧起来。

朴素又忧伤的胡桃木，以它做成的灵柩配得上伊拉斯谟、路易斯·德·莱昂修士与虔诚的保罗·克洛岱尔[①]。而我则配不上，配不上。

我应当用更为平民化的杨木为棺，那才是更适合手艺匠的木材。微薄的杨木抵不过时间的考验，若是它被葬在潮湿的墓地之中，不出一年就会腐烂，安放其中的肉体逐渐暴露在土里，腐朽凋零。杨木最终履行了自己的使命。

卑微的杨木比不上需要生长五十余年之久的胡桃木，也不似角豆树那样需要精心强健自己的枝干从而变得高贵，更不像破斧木的木质紧实相扣，能被人称为“植物象牙”。杨木略有几分狡诈，利用自己繁盛的枝叶，像奸商那样匆匆忙忙地长高成材，由春到秋，赚得盆满钵满。对我来说，正是由于它对逝者的不忠，反而能将人真正归还于土地之中，从而获得永恒。对军官与学究来说，他们无财购置贵重的木材来满足自己的贪婪，杨木最为洁净，也最为廉价，仿佛市场上售卖的淀粉、稻米，再普通不过。

落叶松有着埃及法老似的身材，它的树干旁是我最喜欢的歇脚之处，那繁盛的枝叶庇护着我和我那些已成为幽灵的亲人。与其说装盛肉体，我倒更想用它来保管心灵。因为落叶松木与石块一样从不腐朽，不会滋生出卑贱的虱虫和肮脏的肥虫。它与生俱来的幽香是人心脏中的血液不曾拥有过的，它一被砍落，就懂得将自我风

① 保罗·克洛岱尔（1868—1955）：法国著名诗人、外交官，其大部分作品都带有浓厚的宗教色彩。

干，可我的心呢，从身体中被剖下后恐怕难保原状。它的色泽泛红，似乎意在暗喻血肉。人们偏爱用它制作精美的工艺品，年迈的老人温柔地望着用它做成的陀螺，旋转着自己的稚气与天真；落叶松木也可制成捕鲸船或酿酒的木桶——透过落叶松木，桶中的美酒得以畅快地呼吸。

厄瓜多尔的象牙棕榈最反感极端的热带气息，为了真切地碰触到自己的内心，它不断紧缩，故而体型很小。它生长出的象牙果曾落在印第安人的膝头，这静默无语的恩赐似女人的身体，蕴含着微甜的乳汁，紧扣其中的浆果不像芝麻那般卑躬屈膝，它的外壳坚韧如熙德[①]，故有象牙一说。它的果实和世间所有美好事物有一相同之处：都有着仁慈的内心与不屈不挠的铮铮铁骨。

① 西班牙光复运动的民族英雄。

斑马、金鸡、长颈鹿、羊驼的故事

斑 马

一日正午，她趴在一片灯芯草上小憩，再站起来时全身已长满了条纹。她花了很长时间才习惯了自己这副模样，但还是难免被其他驴子厌弃。她解释说自己不过是一只穿着节日服装的普通驴子，可是一头母骡却攻击她，把她身上的条纹比作百叶窗帘。她为自己争辩："就拿美洲豹来说吧，从来没人觉得他身上的花纹有什么不妥啊。"

"人家身上的是圆斑点，"他们反驳道，"水果和动物们身上正常的装饰就是那种形状，可不是你这种。"

起初，这些条纹让她伤透了心，她甚至跑到树干旁使劲刮蹭自己的后背，因为她记得鹿就是这样对付他们老化的鹿角的。可是没用！这些条纹已经深入骨骼！她拖着疼痛的身体沿路返回，途中经过一块池塘，她照了照自己，把整个身体都浸入水中。这时，她身上那些长长的线条逐渐变成了黑色的斑纹。

后来，她反而担心起该如何保持自己身上的颜色。她避免淋雨，开始觉得像普通驴子一样光秃秃地毫无色彩实在是个太大的损失。碰到有时不得不过河，她总是一溜小跑，到达另一岸后还不忘再检查一下自己的前后腿。

自从她被人从马厩中挑选出来——只她一个——送进了一个巨大的公园后，她终于明白了自己身上斑纹的价值。

有一日，她看到了些与众不同的东西。

公园上方的天空本来是广阔无垠的，忽然，不知什么东西随着大风疾速掠过，把天空切割成一条条灰色的纹路，后又转成黑色。黄昏降临，天空又变成了黄色，好像那里出现了一头斑马，这边又一头……

“那么我的上帝啊，斑马到底是什么呢?”我自言自语。

“斑马嘛……”一个机灵鬼回答我说，“它不就是一只毛驴，被主人用皮鞭抽打了一整夜么……就是这样。”

金　鸡

他仿佛是由火焰与黄金拼凑制成的，像是陶土的色泽一样层叠分布。他徒劳地晃动自己的身体，试图把那些泾渭分明的边缘混合在一起，变成真正火焰的颜色。

多亏身上同时存在的白色与暗色块，他最终没把自己栖身的爱神木点燃，烧个焦煳。

“一只破碎的鸟!”白鸽说，她周身只有一个颜色。金鸡回答道:“你要是没了脚上那一丁点粉红色，就会变成一个白色的哈欠，真无趣啊!”

有一天，几个孩子在他身边讲起了火神的女儿——蝾螈的故事，他听得津津有味，但自己却从来没见到过她的身影。

“看这只母鸡，她可真乏味啊。”是啊，他们怎么就硬塞给他这么个低贱的配偶呢！等哪一天他真正的同类——那位火焰中降生的蝾螈来到这个公园，他一定要与她在一片大火中结合。可惜，蝾螈从没来到过这里，而金鸡也只能在他那只黯淡的母鸡身旁逐渐衰老。

他只见过一个真正的同类——黄昏。她像是一颗在地平线上被打破的红蛋，受了伤后缓缓地落下，消失在公园尽头那些树木的身后。他本来恨透了黄昏每日毫无怨言地奉献自己的羽翼，直到他忽然觉察到这个黄昏，也许是他的母亲。

从那以后，他爱上了她，在栗树间窥视每天的日落。他咆哮着，仿佛是为了汲取那从栗树枝头落到水塘上的火焰。

对色彩一窍不通的母鸡永远不可能为他产下一颗那样的蛋，一颗能在巢穴中熊熊燃烧的蛋。

当他抱怨她的呆板无趣时，她常说：

“如果我们两人都可以燃烧的话，你告诉我，我们会怎么样？你一人鲜艳如火就足够了，也尽可以去寻找能让你那冒着火的胸膛平和下来的东西。但若没有我，其他母鸡只会以为你中了邪，多亏了我，她们才愿意忍受你在周围游荡。”

我的上帝，金鸡到底是什么呢？

曾经，世上更多的是色彩而不是形状，视觉上更令人享受。从色彩中迸发的光芒散落四方，仿佛一片海洋——那是世界的童年时期。后来，它变啊变啊，终于冷却了下来，只残余下一些零散的余烬——就是现在我们看到的金鸡、孔雀、石榴。

然而也有可能，那个最初点燃火焰的人会再次使这些余火燃烧起来，到那时候，白鸽、天鹅、秃鹰也会喷发出火焰，整个世界都将再次成为一只胸脯上喷发着火焰的金鸡。

长颈鹿

看到她走近，其他动物纷纷自言自语：“她到底做了什么，竟能拥有如此傲人的长颈。”

“她这样的高度，一定比我们掌握的天气信息要准确得多。”野兔们说道。

“她这么贪婪地想拥有更广阔的视线，可真是愚蠢。”她的表姐妹——长着条纹的斑马评论道。斑马建议她改变一下自己的身体形状，然而那样做可能会折断她的脊背。

她不对称的身材甚至让自己的两条后腿都战战兢兢，它们俩觉得自己所在的身体一定分属两只长颈鹿：一个的形体和驴子很接近，那高度也正是上帝造她时的本意；另一个呢，则是被施了妖术，每过一晚就会变长四分之一。

“快阻止她！”两只后腿说道，“让她停下，她都快长得没边了！”

她在森林里闲逛时，对那些高大的树木喊叫着：“让开，让开！”

树木们呢，带着他们那种高贵的懒散，一动不动，丝毫没有打算抬起自己的枝叶。可她还是照样过去了，把大树撕扯得东摇西晃，她离开后，森林被分出了一个教堂正厅的模样。

她四处巡游，好像在执行各种伟大的使命：与大象一起，为烈日炙烤的田地提供阴凉；前往磨坊，帮那里消灭悄悄沉睡着的苔藓。然而大象和磨坊并不领她的情，甚至觉得只要一碰到她就会带来坏运气。

“她身上啊，”他们说，“有两种性格，一个善良，一个邪恶。”

实际上，她没有任何真正用处。唯有那么一次，一个贝都因部落[1]在帐杆坏掉之后，用她撑起了他们破旧的帐篷。自那以后，她走到哪儿，身上都有着巨大的黑色花朵图案——那都是夜里醉酒后的贝都因人留给她的涂鸦。

“那么我的上帝啊，她——长颈鹿，到底是什么呢?”

她回答道，她只是一个很丑陋的存在，就像是我破碎了的梦想。

羊　驼

她背上驮着大量的羊毛，似乎正为了一场跋山涉水的旅途整装待发。

她不安地走着，眼中透露着惊异。她已经在这里做好出发的准备了，可是羊毛商人却忘了来接她。

她身上的重物一堆接一堆，这世上再没有谁比她的负担还要沉重了。她的背现在柔软至极，哪怕是刚出生的婴儿躺在上面，也丝毫感受不到她脊背上的骨骼起伏。

天热极了，对她来说最大的慈悲就是立刻用一把巨剪，剪啊剪，剪去她身上所有的羊毛。

若是公园里有人丢了东西，不找她还能找谁呢，她背上那巨大的包袱可不正是藏东西的好地方吗！小孩子们一有找不到的玩具——什么布偶啊，小熊啊，还有飞鼠和会用七种不同声音讲话的树人之类的——只会想到一个地方，因为只有她驮着那么多东西。

可是你们看看她的眼睛吧，那双惊恐的眼睛透露着一无所知的无辜。她只会不停地发问，究竟为何她背着这么多东西准备启程，

① 贝都因人是生活在西亚与北非的游牧民族。

又为何从没人来带她上路。

造成她悲剧的罪魁祸首是阿尔蒂普拉诺高原上的一座高山[①]。她的母亲曾经不断地远眺那座也同样身负巨重的山脉，它越是升得高，身上的重负就越轻。

他们把她从高山上带下来，搁在了这个荒唐的地方。如今她每每回头，都想看看在那座大山，在那高处，她的包袱会变成光芒。

我说道："看看咱们对自己的安第斯山脉都做了些什么啊？"

---

① 阿尔蒂普拉诺高原（Altiplano）在西班牙语中意为"高地平原"，位于秘鲁东南部和玻利维亚西部，是羊驼的栖息地。

自然颂

紫罗兰开着一双双小眼睛似的花朵，散发出馥郁芬芳，自己却毫无察觉。她们团团簇拥着绽放，像一条善于隐藏的毛虫，可那袭人的幽香，就像是圣人头顶的光环一般难以掩盖，能让流浪者骤然停下脚步。

正在悄悄窥探的猎手胸前沾满了紫罗兰浓郁的花香，害他丢掉了正在搜寻的小鹿的踪迹。她是敏锐的，那些长在高处的小耳朵似乎听得到自己下方叶片的声音。

紫罗兰能舒缓小女孩红肿的喉咙，让她又能自如地讲话。

温柔又神秘的紫罗兰。

虞美人的蒴果能带人进入梦乡①。她和我们所想的不一样，并不急着开出艳丽的花朵，好在最美好的西风中被人摘下；也不是为了拥有茂盛的叶片，看上去像是伊莎贝尔女王的发辫②。她是在尽全力结出那专属于梦境的果实，多亏有了她，能让人忘记忧愁，神魂颠倒，直到那感觉彻底消失。

虞美人在干枯后，头顶上的果实会变成如纹章一般的圆盘，由中央辐射出箭矢似的条纹，梦幻就这样扩散到大山中，让一切都沉睡了……

① 蒴果是一种果实类型，在成熟时开裂。

② 西班牙有过两位伊莎贝尔女王：伊莎贝尔一世于1474年至1504年在位；伊莎贝尔二世于1833年至1868年在位。

接骨木花[1]陪伴了我整整七年时光，我童年间的每件趣事几乎都有她的身影。接骨木的花朵结实又精致，密密麻麻的，散发着如家一般清新的味道。

我望着自己白蓝相间的茶杯，泡在水中伞状的接骨木花格外繁盛，加入蜂蜜后烟雾腾腾，专门用来治疗我的发热。接骨木花呈泛白的青色，令我在埃尔基[2]的天空下依稀看到了弗拉·安杰利科画笔下的天使[3]。

白色的牵牛花像做游戏似的疯狂爬满了整个葡萄园，又在短短三日内就尽数凋谢。她盘绕在矮小的葡萄树上，喇叭形的花朵挂在枝头。这花朵是个假象，我凑上前去嗅闻——没有一点味道；我轻轻敲打她的边缘——什么都没发生。后来到了夜里，我被她卷入了花柱窃窃私语的梦境中。牵牛花，就像是伏地行走的蚺蛇。

智利的迷迭香[4]生得纤细又茂盛，那姿态简单得像是只有几句的短祷词。她的花朵呈蓝紫色，拥有能治愈一切病痛的慈悲。无论是持续终生的麻风病，还是深夜突如其来的发热；不管面对的是溃烂的胸脯，还是衰老的身体，她从不退缩，总是竭尽所能地奉献。在我们山谷里，迷迭香从山坡开到果园。她的馨香异常美妙，甚至让术士都要退避三舍；那馨香是如此质朴，人沉浸其中时，学习也

---

① 接骨木花有清热退烧的作用，用热水冲泡后加入砂糖或蜂蜜，在欧美国家是很受孩子欢迎的感冒预防品。

② 埃尔基山谷是包裹在智利安第斯山脉中的一个小镇，是米斯特拉尔的家乡。

③ 弗拉·安杰利科（1395—1455）：文艺复兴时期欧洲艺术家，他绘画的题材仅限于宗教，曾画过许多天使的画作。

④ 迷迭香可作香料，也有很高的药用及食用价值。

会变得轻松容易；那馨香是高尚的，能带给人平静与安宁。当我还是个小姑娘时，我的衣衫与床铺总是沁满了迷迭香的味道，抽屉深处也躺着几片干枯得像昆虫标本一样的花朵。迷迭香酷似基督徒，她的无私好比耶稣基督本人。在许久之后，她能令人意识到所处时代的虚荣与膨胀。

柑橘花与许多幸运的事物一样拥有星辰的形状，她让夜里的橘树闪烁着点点星光。柑橘花清香之冠当属格拉纳达城①，在那花香最盛之时，整座城仿佛又回到了旧日的模样。柑橘花香令我们心旌摇曳，恰如拉比听到以赛亚的话语时一般②。

柑橘花的味道，比欧玛尔·海亚姆③还要遥远模糊。迷失的人要寻找的就是她那幽幽的芳香，就像是在海滩上留下的足迹。

---

① 格拉纳达：西班牙南部安达卢西亚自治区内的省份。

② 以赛亚是公元前八世纪的犹太先知，《圣经·以赛亚书》中的作者。拉比是希伯来语中老师的意思，是智者的象征。

③ 欧玛尔·海亚姆（1048—1122）：波斯诗人、天文学家、数学家。

赞美圣方济各[1]

母 亲

让我们像福音书中那样，在开始之前先赞美你——方济各的母亲，意大利的玛利亚。

圣母比卡[2]，你孕育了那个柔软鲜活的生命，后来人们都称呼他为“亚西西的方济各”。

你生于佛罗伦萨，一路向南来到了翁布里亚的山谷中[3]。你还是个少女的时候，经历过故乡的狂风怒吼，也曾在如《圣经》描述过的橄榄园与葡萄园中穿行。你大概也同这些从湖边走来的姑娘们一样，肩头托着一只水罐，那罐子揉蹭着你的脸颊，将它变成了两朵盛开的鲜花。那个男子——皮埃特罗·伯纳戴德，就在这时注意到了你，而你的优雅与他的粗鲁却有着天壤之别。

如今我们屈膝跪地，只为了能够亲吻圣人的骨灰。而你，幸福的女子，曾在几千个夜晚将他抱在胸口。你给了他精致雪白的牙齿，让他拥有温柔的微笑；你用丰沛的血液浇灌了他的心灵，让他

---

① 圣方济各（1182—1226）为方济各会（又称“小兄弟会”）的创始人，出生于意大利亚西西，因此也被称作亚西西的方济各。他倡导极其贫穷朴素的修行生活，也被称为“亚西西的贫者”“贫穷者”。

② 方济各的母亲名为比卡·布雷蒙，法国普罗旺斯人。她嫁给了意大利商人皮埃特罗·伯纳戴德，即方济各的父亲。

③ 翁布里亚：意大利中部的大区，圣方济各的家乡亚西西就位于翁布里亚大区内。

的内心永怀慈悲；他身体的轮廓也许同样来自你，人们因此可以称你为“上帝的高脚杯”；是你教会他讲话（而不是他的父亲，那个伯纳戴德），赋予了他饱含柔情的语调，能让飞鸟也围绕在他身旁，仿佛他的话语是金色大麻籽的食粮。

你陪伴他玩耍，把他推倒的金色沙丘重新堆好。你教导他事物有万变的形状，让他爱上了优雅与神圣。他对歌唱的热情也归功于你，源头就是在你膝头上听你哼唱过的歌谣。幸福的女子，你的孩子那悦耳的歌声，是给这个凄楚世界的馈赠。

在他七年平静的孩童时光里，作为基督教徒的你将他引向你的上帝，这过程就像是一滴不易察觉的蜜糖流入耳中那样轻柔自然。是你让他就像熟悉你颈上的皱纹那般了解上帝。你这位商人的好妻子，任劳任怨地做着家中的一切活计，而他的宽宏及对生灵的珍爱，难道不是源自日日看着你操持家务、清洗地板、打扫餐厅吗？

我钦佩你的镇定与从容。当那些伪君子试图恐吓你，让你去阻止年轻气盛的方济各的种种出格行为时[①]，你安静地听完他们的话，只是冲他们微笑着说，时间一定能够让他变成上帝的好儿子。

那一天真的来了，圣母比卡，可你又面临着另一种苦痛：你的方济各突然抛弃了生命给他的所有恩赐，甚至包括你的柔情——他毅然走上街头乞讨。

街坊四邻都大为震惊，纷纷赶来通知你这件丑事。然而，什么也无法改变你对亲生骨肉那份深沉的柔情。我们得感谢你背着震怒

① 方济各出生于富商之家，年少时过着衣食无忧的贵公子生活，纵情宴饮享乐。后来在经过了疾病、参军、被俘等事件后，年轻的方济各受到了上帝的感知，开始过起了极其清贫的修行生活。

的伯纳戴德，源源不断地为居住在山洞里的孩子送去饭食，也要感激你的聪敏机智，帮他逃出了父亲的禁闭……

山谷的人民感激你赋予方济各充满善心的双手，是它们，浇灌了田间的土地；飞鸟感激你赋予他的声音，是你，让那些清新的歌谣在风中飞舞；贫苦人则永远会感激你养育的这位“抚慰者”，是方济各，为这千疮百孔的世界贴上了一块疗伤的绷带。

如今，你已升入天国，在玛利亚与行善者圣朱利安的母亲[1]身旁，你的唇边将永远绽放着那抹温柔的微笑。

身 体

圣方济各的身体会是什么样的呢？

有人说，他是那么纤弱，好像连风都能将他吹散。许多事物都以能投下庞大的影子为傲：繁茂的树荫仿佛为草地涂上了颜色，女子的倩影在经过水潭的那一刻能让水光变得暗淡……而我们的“贫穷者”，他的身体投下的影子很小。他行走在街头，就像是一朵翻过海面的小小浪花。与其说人们看到的是他的身体，倒不如说是感觉到了他的存在。

他的双臂格外纤细，恐怕就算坠落在地，身体两侧都不会觉察到什么；他点头时尤为温文尔雅，仿佛花蕊一般灵巧；他的双腿无比轻灵，不会踩折地面上任何一根小草；他的胸膛并不宽阔，却饱含着对万物的爱——爱是凝结的精华，不像水一样需要巨大的容器来盛装；至于他的脊背，也因为谦卑而变得十分窄小，使他看起来

---

① 行善者圣朱利安：罗马天主教会圣徒。

像是一座十字架（当然比不得另一座十字架那般伟岸[1]）。

他的两肋因为热诚而变得瘦削，年少时期的丰腴与罪恶已被他统统抛弃。

也许是内心的炽热，将他那瘦小的身体烧得噼啪作响，就像是干旱的仙人掌燃烧的声音。

俗世的幸福是饱满的，而他拒绝接受；痛苦呢，又是另一件沉重的包袱，他对此也退避三舍。他发现生灵的喜悦是轻盈的，那才是他想永远放在心头的。

世界本身如花冠般轻盈，他停驻在花的边缘，不想再增添多余的重量，只愿做一只徘徊的蜂儿。

起风时，这山谷中谁的歌声最动听？那些品味粗俗的人认为是河流在沙砾碎石上激起的歌声，还有的人偏爱女人喉咙中发出的那种尖细的叫喊。

然而真正动听的，是中空的芦苇秆的声音，因为它如若无物的身体不会改变音质的本真。笔直矗立在山谷中的芦苇就是你，纤细的方济各，除了一个小小的影子，你再没有在这世界上留下其它任何印记。

发　丝

圣方济各的发丝仿佛是从额头掠过的清风。

母亲总是将自己全部的情感赋予子女，她们深刻的爱让孩子那副小小骨骼逐渐长得坚韧强劲，她们的柔情让孩子拥有温软的身体，而她们的梦想与遐想则造出了孩子的发丝。方济各的母亲一定

---

① 此处指的是耶稣基督被钉上的十字架。

会在祈祷的同时抚摸他柔软的金发，如此她的祷告才是那般轻柔而美妙。

方济各年少时，许多钟情于他的女人并不喜欢他的头发，它既不是意大利人常见的那种粗硬卷发，如顽强的青草一样饱含生命力；也不是散发着火焰光芒的红发，看上去好似意大利平原上升起的一轮红日。他的头发，是青草在还未成熟就已干枯时呈现的淡金色，仿佛预告着从他心灵深处不断散发出的那无限柔情。

休 养

方济各，你的新生命从一场休养开始。一场疾病改变了你的灵魂，过去那副干枯的躯壳就此剥落。

我在翻阅你的生平记录时读到了关于那次休养的内容，虽然文字极为轻描淡写，我却仿佛感受到了那时候你那饱满的灵魂，尽含柔情！

滞重的血液已从血管中分离，如今在你身体里流动的更像是轻柔的微风。灵魂仿佛已经准备好了即将到来的飞行，它就像是挂在细长花梗上的叶片，在空中轻盈地旋转。灵魂愈美好，肉体愈会被逐渐遗忘。

方济各，人的视线一旦开阔起来，心胸就会更加广博而纯洁。我们是如此敏感，甚至听得到玫瑰凋谢的声音；我们是如此善感，一丝微弱的馨香都能像大把栀子花一般让我们如痴如醉。

方济各，当蛮力被消灭，残忍将不复存在。我们不急不躁，无论微笑或哭泣，我们的嘴角总是挂着一抹满足的美好。我们少了点俗世的东西，多了些许天使的特质，正因为如此，我们才是如此幸福。

赞 美

方济各，你从不愿赞美人类，因为唯有救世主才配得上真正的赞美。你常赞美其它事物，因为它们不会一受到人的赞美就变得浮华虚荣。百合花可曾因为别人夸奖它的洁白而激动不已？我们却会……一听到赞美，我们的耳朵总是兴奋得一阵酥麻，心中汹涌澎湃。这实在令人厌恶。

然而，我们总是过度迷恋奉承，个个儿都像是货币兑换员，以物易物，以一句赞美换取另一段谄媚……这就是为何我们在臻于完美的道路上行得如此缓慢。百合如果每长出一片花瓣都要等着别人的赞美，那它定要耽搁很久才能长出另一片；如果叮咚的流水要等着有人聆听才肯歌唱，那它就只能静如死水。

我们一发现自己身上的瑕疵就总是忙着遮掩，若是好不容易有了一星半点的美德，我们则会按捺不住，急切着等待渴求旁人钦佩的微笑。

而你则截然不同，我的“贫穷者”。我们渴望赞美，你却疯狂地期盼他人的批评。若有一天你发现自己的灵魂已经清澈得像是挂着露珠的原野，你会沮丧地叫来一个“小兄弟”①，请他为你朗诵连祷文，指正你的不足。

方济各，你是如此谦卑，从不肯相信上帝创造万物——那些牛羊牲畜——都是以服务人类为宗旨的。你说它们都是为自我而生，故而唤它们作“姐妹”。而我们呢，就连在自己的祷告中都要说

---

① 圣方济各将自己的跟随者称为“fratres minores”，在拉丁语中意为“小兄弟”，因此他创办的方济各会也称为“小兄弟会”。

“甚至天上星辰都是为了照耀我们渺小的眼睛而存在的”。

方济各，我们是软弱的，就像是芦苇，只有等风过之时才能感受到自己的声音。而你，瘦小的方济各，你是如此强大，从来无需捕捉自己回荡在山谷中的歌声。

声　音

圣方济各的声音会是怎样的呢？想象一下吧，他的话语定是如清甜多汁的果实一般！当空气像是枯萎的蓟草，充斥着干巴巴的回音的时候，一定有人听到过他的话语！方济各的声音能让风景都注目于他，能让树干的浆汁也充满爱意，让玫瑰馥郁芬芳。

他唱的是一首温柔的歌谣，轻得就像是细沙下淌着的涓涓细流。因为谦逊，他才得以拥有如此的歌声（歌唱的目的是打动人心，而不仅仅是抬高音调）。

方济各的话语能于无形之间滑进人耳中，在那里开出一簇芬芳至极的花朵。人们对此却毫无察觉，还在疑惑自己心中怎会忽然升起这样一股甜蜜的滋味。他们都不知道，那个声音原来已在自己身体中生根发芽，仿佛开出了一朵隐形的花冠。

声音的奇迹有时甚至要比双手创造的更加伟大。

有时候，方济各无需抚摸麻风病人的身体，只消双手合十，对他们耳语几句，他的呼吸仿似真正的圣油，能缓解病痛的创伤。

方济各的唇舌是为了歌唱而生，象征着至高的慈悲，完美无缺。他从不像帕斯卡一样在黑暗中呻吟①，摸索着上帝。他选择在

① 帕斯卡（1623—1662）：法国数学家、物理学家、思想家，他在其著作《思想录》中表达了对上帝是否存在的论述，被称为“帕斯卡的赌注”。他认为，如果上帝存在，对无神论者将没有任何好处，所以，人们应该宁愿相信上帝存在。

自己那喜悦的歌声的节奏中寻找上帝，就像是阳光下舞动的金色尘粒。

天使们总是询问上帝：

“您在人间遇到过的最甜美的事物是什么呢？”

我们的主回答道：

“最甜美的并不是盛着蜜糖的蜂巢，而是我的侍奉者——方济各的双唇。他的歌唱永远饱含甜蜜。”

眼　睛

圣方济各的眼睛会是什么样的？它应当拥有花心深处那股永远温润的柔情。

他的眼睛汇集了各处天空的温存，深邃的瞳孔因爱而饱含深情。从清晨第一抹阳光出现，他就开始用目光深吻这世界，直到夜幕降临也不舍得闭上双眼。

有时他甚至无法长时间行走，因为他的眼神总会停留在一片水塘或是绚烂的花朵中，就像是依恋母亲乳房的婴儿……

为万物命名①

方济各，你拥有甄选与赞美的天赋，你深爱那些最具价值的事物。你行走于世，对万物都了如指掌，但崇尚那些最为美好的东西。你不仅博爱，还慷慨地为万物命名。

① 圣方济各对世间万物都饱含深情，他称太阳、风、火为兄弟，称月亮、星辰、水为姐妹，称大地为母亲。他爱护大自然中的所有动物、植物，认为万物都是人类的兄弟姐妹。

你与那敏感的姐妹圣德兰一样[①]，都钟爱水、阳光与火焰、棕色土地上的沟渠，这三种不同的美丽也像是姐妹，因为各个都是如此完美。

水，与玻璃一样玄妙神秘。清澈的泉水甚至会偶尔忘记了自己的存在，躺在河底的水草与鹅卵石，仰望着天空、云朵与路过的女子，那谦卑之极的河水就这样渐渐隐形不见。水就像是圣方济各留在世间的形象——喜悦且温柔。

狂野的细流能将石块划出伤痕，甚至一分为二，让它也融进自己的歌唱之中；水流是那么轻盈，它能为其它坚固的材质带去几分优雅；它是那么纤细，奔涌时却比凶猛的野兽还要疾速；一旦它静止下来，又像是一潭深邃的眼波。

你窄小的身体极其钟爱阳光的照耀，光照过你的身体，就像是透过轻薄的叶片。在潮湿的洞穴里居住一段时日之后，你更发觉阳光美好无比。它可能有时候过于强烈，但你认为它就像是陪伴你走过翁布里亚各个村落的醇厚美酒一样有益健康。又或许，阳光还能风干麻风病人糜烂的伤口呢。它有时候还会显得纯真无比，在水面上洒下点点金光……

你喜欢感受燃烧的火焰，它就像是你胸膛中的热情，闪烁着，像是跳着热烈的圆圈舞的孩童。

热衷于“命名”的人极少能够拥有你这样的天赋，即懂得为事物选择最精准的名称。方济各，你选用的形容词总是精彩绝伦，你

---

① 圣德兰（1515—1582）：也称为阿维拉的德兰、耶稣的圣德兰。是一位杰出的西班牙神秘主义者、加尔默罗会修女、神学作家。

说火焰是“强韧的”，水是“谦卑的”、“贞洁的”。

方济各，万物对你的深爱并不仅仅是因为你的圣洁，更是因为你为它们所取的名称是那么恰如其分。你从不因为偏爱而夸大其词，也不会吹毛求疵，有失偏颇。

你擅长许多事情，你的和颜悦色让坐在小凳上的病人忘记自己的病痛，你能用公正的言辞道出事物真正的本质，令它们为之欣喜。

方济各，其他圣人并不是如此，他们只在乎与上帝的沟通，不屑与那些“低等”的兄弟姐妹交谈。对万物一视同仁，是源自你高雅的品格与高贵的心灵。噢，我的“贫穷者”，哪怕是与田间的土地谈天说地，也不会丝毫有损于你的形象。

方济各，你也该教会我这样的本事，这是柔情的另一种深刻的表现形式啊。

杯　子

方济各，你曾经用一小块木柴打造了一只杯子。

你那么仔细地观察过花朵的形状和这世界的模样。世界就像是一只杯子，所以你把自己那只也制作得美轮美奂。亲爱的教士啊，你的手指为何如此灵巧，将那刚砍下的木块切割得浑然天成！祈祷的时间到了，可是我的“贫穷者”啊，手上这件迷人的活计令你欲罢不能，你只得让这二者同时进行，于是，你唇边轻念的祷文就稍稍有些漫不经心。你的目光被这杯子深深吸引，你的双手敲着它的杯口，把它雕琢得越来越漂亮。紧接着，你念到了祷文中的一个关键词语，仿佛大梦初醒似的，你辨认出了自己的声音中那股心不在焉的味道。你意识到，魔鬼正在用你亲手创造的作品分散你的心神，用美丽做诱饵算得上是最可怕的考验。最终，你将自己亲手打造的杯子丢进了离你最近的火堆里。

若是能把那块留着你指印的木杯保存下来该多好啊！你或许曾在那上面雕刻了一朵百合又或是合欢花的叶片。我们这些后人们一代接一代地爱慕着你，我们本可以用那只包含你心血的杯子畅饮亚西西的河水！它很轻巧，除了那一小块木材之外再无其他，我们会把它当作你的身体一样高高举起，它会因我们不计其数的亲吻而变得光可鉴人。从此，雕刻家们会把“雕刻家圣方济各”当作自己的保护神，那些不懂欣赏你朗诵的赞美诗的人就可以从这只杯子中感受到你的风范。可是“贫穷者”，你把它丢入了火中，只因为惧怕那美丽的魔鬼从此占据了你的灵魂。

方济各，你做得对。因为主曾告诫过你，你唯一完美的“杯子”应当就是你的祈祷，成千上万的灵魂都会因你的祷告而沐浴圣恩。

让它迅速从你眼前消失，是正确的选择。方济各，美丽的作品会像章鱼一样附着在创造者的心上，让他深深陷入对自己打造的“杯子”，或是写下的诗句的爱恋当中。人们的桌上若总是摆放着各式各样的器皿，那么从日升到日落，就再没有人顾得上赞美上帝了。

死　亡

甚至死亡都对你格外温柔，方济各，但凡触碰过你柔软身体的，一定都会这样。

你的感觉如何？

死亡沉默地向你靠近，它的脚步无声，眼神温和。它在你膝前坐下，紧接着你感到一股清凉从脚跟向上涨，那感觉像水，却不冰冷。它爬过你瘦削的大腿，不易察觉地流向你的心脏，翻起一朵清爽的浪花，停止了你的呼吸。它紧紧绕住你的喉咙，束得紧紧的，你祷告的声音像天鹅绒一般越来越低，直到终于消失。瘦弱的肉体逐渐化为灰尘，令你大睁的双眼变得格外澄净，明明此时下午还没有结束，可你的太阳“兄弟”似乎已经落下。

死亡来到你的手边，让你摊开了那因爱抚而合拢着的手掌。它似乎给你耳边盖上了厚厚的长毛绒毯，身边那些教士们的祷告声变得越来越遥远。它使你蜷缩在床上的四肢伸展开来，你看上去不再瘦小得像个孩子。终于，你长久以来期盼的那件事终于发生了——脱离自己的肉体，让它沉入看不见底的深潭之中，再没有一丝意识。一个轻微的颤栗之后，你的灵魂从全身慢慢汇集，徐徐升起，仿佛是从一根燃烧着的树干里冒出的火焰，直冲天际。

这就是你的“朋友”——死亡。它无法背叛你，一如上帝之手所施予的一切都永远不会背叛我们，是的，方济各。

胡安娜·伊内斯·德·拉·克鲁斯修女剪影①

生于火山之间

她出生于内班特拉②，两座火山修剪出了那里令人感到亲切的景色：清晨阳光四溢，下午格外悠长。对她的性情有所影响的，不是波波卡特佩峰那粗糙的山顶，而是伊斯塔西瓦特尔峰纯净的线条。

内尔沃③曾评价说，她出生的那个村庄的天空极其寥廓清朗。高原上的空气极为清新，稀释了她的血液，令她的目光变得羞涩，呼吸中仿佛夹杂着一丝微醉。那里的空气是稀薄的，奇妙的，如雨雪一般纤弱。

她是如此优美

在高原的阳光下，她那双大大的杏核眼尽览着宽广的风景，她的身体格外清瘦，似乎是为了能融入那轻灵的空气之中；她的步伐轻盈，就像是阳光投射出的一个余影。

那个村庄里从未有过四处游走的浓雾，所以我们从她画像上那对双瞳里绝看不到人在雾中那种如梦似醒的恍惚，也找不到任何汹

---

① 胡安娜·伊内斯·德·拉·克鲁斯（1651—1695）：墨西哥著名作家，圣哲罗姆教会的一位修女，西班牙语文学黄金世纪的代表人物之一。她的主要作品有诗歌、散文及戏剧，得到了“美洲的凤凰”、“第十位缪斯”等称号。

② 内班特拉：位于墨西哥东南边。

③ 阿马多·内尔沃：墨西哥现代主义诗人、散文家。

涌情感的迹象。就是这双眼睛，在晴朗的高原上观察着轮廓格外真实的人与物。那双眼睛里隐藏的思想，也有着清晰可辨的线条。

她的鼻峰与她的所有感官一样，纤细而精美。她的嘴型看上去既不像是在悲伤也不是微笑，而是自信。她的表情从不会被情绪左右。

她鹅蛋似的脸庞白皙而瘦削，如一粒剥开的杏仁一般完美无缺。那黑色的双瞳与发丝在这样一张苍白的脸上显得格外生动。

她颀长的脖颈仿佛一朵纤细的茉莉花，就连通过它传送的血液都毫不黏稠，也从不发出过于粗重的呼吸。

她的肩膀也是优美的，她的双手则令人惊叹。就算我们单单看这双手，也不难想象出她如贡戈拉①诗句一般的身体和灵魂……她那美丽非凡的双手轻放在深色的红木书桌上，而那些充满智慧的大部头书籍，成日里习惯了被那些老学究们发黄粗糙的手来回翻阅，在被她如若无骨的手掌抚摸翻阅时，它们一定是欣喜如狂。

如果能看着她走路，定会是一种享受。她身材高挑，恐怕还算是有一点过高，让人想起马尔基纳②的诗句："……光长久地停留在她身上。"

对知识的渴求

起初，她是一个在短短几星期内就自学成阅读的天才女孩；后

---

① 路易斯·德·贡戈拉（1561—1627）：西班牙黄金时代著名的巴洛克风格诗人、剧作家，以他命名的"贡戈拉主义"主要特点为风格华丽精细，形象奇特，句式对偶，在西班牙和西班牙语美洲影响深远。

② 爱德华多·马尔基纳（1879—1946）：西班牙诗人、小说家、剧作家。

来，她长成一个困惑的少女，她的思路如光影般敏捷，让曼塞拉总督[1]门下风雅的宾客一个个瞠目结舌。可怜的胡安娜！她不得不忍受他人的瞩目，成为那些骨子里轻视文学的学者的消遣之物。很明显，比起她的思想，他们更为感兴趣的是她的美貌。但胡安娜别无选择，唯有继续回应那些不怀好意的殷勤客气。那些看似“风雅”的沙龙谈话，与宗教法庭、宗教戏剧的讨论主题和没完没了的殷勤攀谈无异，只不过是殖民地日常生活里形色各样的宴会上的又一道精致美食。胡安娜要做的是讨好那些老态龙钟的修辞学专家，以诗歌形式回复他们那些乏味透顶的信函，还包括在总督举办的欢迎会上朗诵诙谐的短诗，或是在伴奏中展示她曼妙的舞步。

再后来，她成了博学的修女，在女子修道院这个与世隔绝、简单幼稚的世界里，她是独一无二的。她的小室尤其特别，几面墙上摆满了书籍，桌上放着的是地球仪和用来做天文计算的仪器。

对这位贡戈拉式的伟大修女而言，灵感不是疾风，也不是缪斯女神在作家前额吹出的一口热气。胡安娜的缪斯是严格、精确到几乎令人愕然的；她的女神只有智慧，没有激情。可以说在她的生活中，激情，或者叫“放纵”只有一种形式，那就是对知识的渴求。她希望通过浩瀚的知识找到上帝。她在宇宙面前既不会胆战心惊，也不会心不在焉，只是一笔一划地研究，享受着万物带来的快乐，她甚至还想从闪烁的星辰中学到点什么。胡安娜的奇迹就在于，对

---

① 曼塞拉总督是新西班牙大区的第二十五位总督，是胡安娜·伊内斯·德·拉·克鲁斯最大的资助人。胡安娜修女在十三岁时就进入了总督宫廷，成为曼塞拉侯爵夫人的女官。宫廷中浓厚的知识氛围使她如鱼得水，在定期举办的聚会上，她的才智与博学常常获得在场的神学家、哲学家、人文学家等的一致赞扬。

科学的探索并没有将她引向理性主义。

她身上有自己民族的典型特征——具有批判式的眼光，虽然亲切热诚，却永远保持清醒。

头巾下的蜂刺

墨西哥民族的另一个典型特点是擅长讽刺。胡安娜的嘲讽是精致而友好的，像一束微小的火焰，以调侃的口吻面对一切。

大家不应认为这种讽刺精神不符合修女的身份，因为圣德兰嬷嬷当年也是如此性情。这种精神于她们而言是一块隐形的盾牌，可用来抵御身边围绕着的那个沉重的世界。愚不可及的修女们总是反感真正有学识的人，她们从那些可怖的书架和书本中看到的是魔鬼露出的兽角，恐怕是忘记了西班牙另外两位“路易斯”[①] 声名赫赫的书房吧。就算是金色的小蜜蜂也会有美丽的蜂刺，这刺虽说是蜇人，却也能酿出佳蜜。

胡安娜修女对讽刺十分痴迷，甚至将对话和书信都变成了诗歌。她与玫瑰有所不同，玫瑰那娇嫩的花瓣与尖锐的花刺是各自分开的，而胡安娜却将那根“刺”植入自己的心……

胡安娜， 真正的修女

在生命的最后一个阶段，忽然有一天，她开始对天文学感到厌倦，觉得自己仿佛已被那些虚无缥缈的星座榨干；详尽全面的生物学，实际上是对生命的欺骗；就算是神学，也时不时地与理性主义搭上边。胡安娜对科学感到失望，强烈希望摆脱房间内四面环绕的

---

① 指的是路易斯·德·莱昂，奥古斯丁教会教士，路易斯·德·格拉纳达，多明我教会教士。他们两位都是十六世纪西班牙教士、神秘主义作家。

书本。

她想要在房间的中央跪下，只与悲伤的肯皮斯以及她心中对一切知识炽热的爱为伴。

后来，和圣方济各一样，她对苦行产生了浓厚的兴趣。她承担了修道院内的许多苦力活：擦洗所有房间的地板，用那完美的双手去治疗最肮脏的疾病。很可能这些工作在过去多年里她都是拒绝做的，她似乎认为曾经对劳动的逃避使上帝冷淡了她。不止如此，她还戴上苦行带，那伤痕累累的腰肢让她体验到了鲜血的味道。

在我看来，这是她生命中最美好的一个时期，若没有了这一部分，我就不会像现在这样如此敬爱她。

死 亡

她染上了恶疾，整日备受煎熬。在这之前她从未领略过痛为何物，故而她曾经对世界的理解是不完整的。原来，鲜血代表的是生命，眼泪即苦痛，这两种同样咸腥的味道并无差异。至此，这位博学的修女终于完满地理解了知识的全部含义。

上帝似乎已经等待这个圆满的时刻很久了，他一直期盼着苦难结出果实，现在，他终于令她向大地妥协。过去，她轻吟那些华丽精美的十四行诗时，上帝不愿召唤她；如今，当这位智慧的修女跪在自己的床头，除了气若游丝地说出一句“我们在天上的父”①，再无别话时，上帝终于对她现身。

胡安娜修女的远见卓识远远超出了同时代的人，着实令人钦佩。她的生命旅程与现在的许多男性，包括有些女性都是类似的：

① 基督教主祷词的开头语。

年轻时，他们热衷于文化本身；后来，甜美的果实开始在他们口中慢慢腐化变质；最终，他们陷入深深的悔悟，只想找到那杯清水，就是永恒的基督式的谦卑。

胡安娜，曾是那个在内班特拉的果园中嬉戏的天才女孩，是那个在总督宫廷中如神话人物一般睿智的少女，也是那位博学卓识的修女……她是伟大的——在所有形容她的词语之中，这一点最根本——她最终摆脱了文人们的虚荣，抛弃了名望与那些华丽的诗文，在瘟疫病人的呼吸中她感受到死亡发出的召唤气息。她的离世，意味着她终返基督的身边，也是回归到那最伟大的美丽与最令人慰藉的真理当中。

鲁文·达里奥的一生[1]

《法国信使》[2] 优秀的智利撰稿人——美洲人弗朗西斯科·孔特拉斯出版了一部完整详实的鲁文·达里奥传记。一直以来，此部作品可以说是我们这些研究这位大师的作家们所欠下的债。

这部传记出自一位从事文学评论二十余年的作家之手，它既没有歇斯底里的个人崇拜，也无半点乏味枯燥。它师承法国文学评论传统——这位“教师”只挑选那些有天分的学生，一方面他们要能承受得住传记撰写那艰苦卓绝的工作量，另一方面还得具备纯良的心性，不以个人好恶玷污笔下评论的文字。

鲁文·达里奥涉猎广泛，极其多产，为我们这些人（诗人、小说家和评论家）留下了巨大的财富。他那可怜的名字被生拉硬拽进各式各样的文章当中，这些文章的意图有恶有善，篇幅或长或短，有的内容为杜撰，有的真实可信，但更多时候是扭曲且恶毒的。

人们普遍对文学怀有感恩之情，比如年轻的德国守护在她的尼采周围，年迈的普罗旺斯悉心照顾着她珍爱的米斯特拉尔[3]。欧洲

---

① 鲁文·达里奥（1867—1916）：尼加拉瓜诗人、记者、外交官，是西班牙语现代主义文学流派中最重要的代表人物，在二十世纪西班牙语文坛上产生了极大的影响，被称为“卡斯蒂利亚文之宗匠”。

②《法国信使》（Mercure de France）创刊于 1672 年，曾是巴黎最富权威的文学刊物。

③ 弗雷德里克·米斯特拉尔（1830—1914）：法国著名诗人，1904 年诺贝尔文学奖获得者，出生于普罗旺斯。作者的笔名“米斯特拉尔”就是向这位诗人致敬。

人深知，为自己的文学大师一次性选好最为恰如其分的“标签”有多么意义重大，可惜在我们美洲，这种承袭还极不成熟。

我只曾在三个场合里感受过真实的鲁文（而不是那个狂欢节上的他）：一次是在与马努埃尔·乌加尔德[①]的谈话中，这位在文学观念及其它很多方面作风都十分正派的男人，不会为美洲抹黑；另一次是在圣萨尔瓦多的聚会，我、洛丽塔·德·图尔西奥斯和鲁文那位可敬的姐姐之间的亲切交谈中；还有一次便是我在阅读弗朗西斯科·孔特拉斯的作品之时，尤其是几年前我在他家中亲耳听他朗读的那次。听到有人用智利口音讲述达里奥的高尚事迹着实令人高兴。

“欠债不好，”佩德罗·普拉多[②]曾向我解释过欠债人的痛苦，“有些人认为，别人为自己效劳是有害而无益的，对他们来说是一种侮辱，甚至会令他们火冒三丈，而这样的恼怒则最终导致痛苦。”

达里奥常常让我想起这番话，他不仅大量给予，几乎没人不曾接受过他的恩惠，并且他所赠予的往往是对我们而言至关重要的东西——他给了我们新的“眼睛”和“耳朵”，他甚至愿意与人以“心”相交。这笔慷慨馈赠的财富一直延续至今，谁都不可能否认它，它也绝不会被大家遗忘。

这部鲁文·达里奥传记文风沉稳，视角全面，细节丰富。虽然我们一直以来都对这样一部著作翘首以盼，但却从未料到它竟这么快就得以问世。关于这位大师功过褒贬的讨论一直存在，各种不同

① 马努埃尔·乌加尔德（1875—1951）：阿根廷作家、外交官。
② 佩德罗·普拉多（1886—1952）：智利作家、画家、建筑家。

的声音能让最优秀的评论家也晕头转向，在摇摇摆摆中乱了方寸。

孔特拉斯将这部传记分为“生平”与“作品”两部分，脉络清晰明了，真正是教科书一般的典范，只可惜“教科书”这个原本高贵的词语已经屡遭曲解而略有贬值。

关于大师四十余年的生命轨迹，我们已听过太多流言蜚语，导致我们自以为对他已经足够了解。最糟糕的并不是我们对真实情况的不了解，而是我们对无知卑劣之人散播的谣言一股脑儿地盲目接受。

终于，我们有了眼前这部大作，它包罗了一切有价值的信息，无一遗漏。为我们而生的鲁文·达里奥是尼加拉瓜人，他前半生先是在我们美洲的十几个国家上下奔走，后来则像一只可怜的格查尔鸟[①]，被装订在欧洲冰凉的纸板上[②]。他曾以为这些经历对他来说是好事，可我们现在的这些克里奥尔[③]主义者却觉得只能算是好坏参半。这本详尽的传记记录了他的三次婚姻，其中有的太过仓促短暂，只能说是“结婚”，其实算不得婚姻。从那之后他开始游历美洲，因为没有固定收入，这期间他赚到的钱远远不够他的开销，就算是有收入，恐怕也满足不了我们这位广交朋友、出手大方的达里奥。他高尚的天性和与生俱来的绅士风度让他即便在疾病与贫困

---

① 格查尔鸟又称凤尾绿咬鹃。在古代玛雅和阿兹特克文明中，它是羽蛇神的化身，象征极乐世界。

② 鲁文·达里奥曾经旅居许多拉美国家，后游历欧洲，曾任尼加拉瓜驻巴黎总领事、驻西班牙公使等职务。

③ 克里奥尔原指的是出生在美洲，父母是西班牙人的白种人。他们出生在新大陆，对美洲充满自豪感，并为殖民地争取独立而斗争。这一概念逐渐演化为美洲的本土主义，现在用来泛指拉丁美洲人。

中，还是会一如既往地慷慨招待与自己相仿，以及来自中下阶层的朋友们，毫无保留地为他们奉献出自己的时间。他举止谨慎，正直忠诚，与朋友们在觥筹交错的夜晚挥洒着喜悦。传记作者孔特拉斯的文字干净且优雅，没有丝毫猥琐或亵渎，这在本土和海外西班牙语[①]中都是极其罕见的。他在书中记录了那么多关于鲁文的珍贵琐事，为我们提供了丰富的资料与启发。我们都得感谢作者如此惊人的记忆力，以及从海量信息中甄别筛选的能力。弗朗西斯科·孔特拉斯以他可贵的谦逊品质来讲述自己老师恣意浪漫的一生，却不为刻意美化而闭口不谈那些负面的东西。他不为自己的细腻善感而感到羞愧，他像耶稣那样从墓穴中挖出他的拉撒路[②]，泪眼模糊地看着那具已经腐烂的身体。读者们都说："你们看他多爱自己的老师。"但愿所有文学评论家都能像让·雅克·白罗松[③]向来坚持的那样向更深处挖掘，谁能发现更多"遗物"，就会有更多独特见地，仿佛被研究者就在他手中被放大。

鲁文·达里奥如今的声望还比不上一位蹩脚诗人，可他"嗜酒如命、伤风败俗"的坏名声却总是被人们津津乐道。

我不知道达里奥酗酒究竟到何程度，也不知道他纵情酒杯的年月有多长。尽管他的朋友们曾常常对我们讲起这些小秘密，但我们知道，一个日日酩酊的人不可能像他这样著作等身，留下洋洋洒洒的三十五卷作品。我们也知道，一个无可救药的酒鬼会逃避任何形式的劳动工作，尤其是文学创作这种对品质要求极高的工作。我们

---

① 指的是西班牙本土及以拉美大陆为主的讲西班牙语的地区。

②《圣经》中死去后被耶稣复活的人物。

③ 让·雅克·白罗松（1878—1958）：法国作家、记者。

知道，酒精带来的意志软弱与神志不清会逐渐瓦解饮酒之人，就像肥皂溶解污渍一般，酗酒的恶习还会摧毁人的身体与尊严。可我们的达里奥在欧洲与美洲的大部分时间都用来结识朋友和参加社会活动，却从没听说过他被哪个社交团体拒之门外。准确来讲，达里奥的好酒贪杯可以算作是我们美洲人豪情痛饮的传统作风（美洲可以与英国、俄国齐名，共同谱写出一曲狂欢的三重奏）。

魏尔伦与爱伦·坡①也同样过着与酒精为伴的荒诞生活，可他们的著作却比达里奥少得多。达里奥不仅一直笔耕不辍，还保持着阅读的习惯。他阅读经典作品，也读各种现代作品，其涉猎之广泛从《奇异》② 一书及他所作的大量文学评论作品中就可略见一斑了。

除了勤奋多产，达里奥在文学界表现出的完美绅士风度也可以算作他出众的道德品质的又一力证。我们的鲁文·达里奥摆脱了乌纳穆诺批判的那种传统西班牙式妒贤嫉能的习惯，也没有拉丁美洲人如疟疾般的愤恨不平。他是个有真才实学的人，熟知各路文学流派。他是天生的贵族，拥有傲视一切的权利，可他却从不自命不凡，绝不轻视众多后辈中的任何一位，不以自己文学砥柱的地位去压制任何人，对有才华之士也从不吝惜自己的赞美。像达里奥如此身份的作家本应该更加孤芳自赏，无需过多地赞颂他人，他的一些文章之所以饱受诟病恰恰正是由于这种孩童般的慷慨大度。

---

① 保尔·魏尔伦（1844—1896）：法国象征主义诗人，具有反叛精神，被称为“诗人之王”。埃德加·爱伦·坡（1809—1849）：美国诗人、小说家。

② 鲁文·达里奥 1896 年出版的文集，收录了他对自己十分赞赏的作家如爱伦·坡、魏尔伦、何塞·马蒂等人的文学评论及看法。

达里奥本可以像惠特曼[①]那样大张旗鼓地评价自己:“我灌溉了一切生长的根系。”[②] 可他的大家风范却令他像父亲一般慈爱:他鼓励身边每一位作家——一次有力的握手,一个热情的拥抱,不知振奋了多少有幸结识他的文学新手;他激励年轻人,给予他们最慷慨的评价,无论那人是否值得他这样做(总归还是有些配得上他赞誉的人)。他全心享受这种如园丁一般的收获之喜,像家长一样满怀深情地照看、宠爱着如自己血肉似的“孩子”。这种对同行的热忱提携应该可以算作是一位文学宗匠的真正美德,也是我们唯一可以向他索取的,而他的其它品德则属于宗教训诫的范畴,轮不到我们去评判或要求。

研究达里奥这样的大家,对文学评论家来说可谓一大盛事,但难度也不容小觑。因此孔特拉斯在这部作品中,针对有关评论的部分,无论是对作者还是对评论对象,他都极为谨慎小心地对待。他采纳了一直以来有关达里奥的主流评论,让时代的积淀发声,但作品中真正吸引人的无疑是他的个人见解。谢天谢地,这本书没像同类作品一样沉溺在千篇一律、令人厌恶的引用之中,当下的文学研究者们要么因崇敬而心生畏惧,只愿循规蹈矩,要么因懒惰而照搬他人的成果——这些现象再常见不过了。然而,没有什么比这种东拼西凑、含糊沉闷的“泥瓦工式引用”更令读者生厌了。

我们期待孔特拉斯的这部传记能成为同类作品中的典型,以此珠玉在前,未来必将会出现何塞·马蒂传、帕尔马传、内尔沃传等

---

① 沃尔特·惠特曼(1819—1892):美国著名诗人,著有诗集《草叶集》等。
②《自我之歌》惠特曼著,第22节。

佳作。它将填补我们缺失的空白：追求真实自然，因为文学评论不是一味吹捧；学会真正的评论语言，它应当是反抒情的，是中立的，有着玻璃的特质；把握好评论的力度，张弛有度，评论作品是分析它，而不是折磨它。

孔特拉斯的这部作品，比任何一场在欧洲和北美名校举行的经典作品讲座都要有用得多。它的价值在于拥有近似教科书般平和的基调，以及它所包含的丰富资料。作者一丝不苟地整合浩如烟海的材料，无论是其生平记录，或是文学研究，由始至终都保持着公正与真实的态度。我曾在自己美国的教学课堂上使用过它，效果十分理想。

趁便一提，我认为现在是时候考虑在西班牙及拉丁美洲的大学里开设相关的“鲁文·达里奥课程”了。现在我们已有专门研究卡尔德隆[①]、洛佩·德·维加、加尔西拉索[②]和贡戈拉的课程，但关于“鲁文·达里奥”的却还迟迟未出现。

这样的滞后无疑与近十余年来教育界和评论界一直流传着的对这位大师的无知成见相关。至今，我们一提起他还是舌头打结，无法落落大方地像贝纳文特[③]那样说：“鲁文·达里奥绝对是最优秀的诗人。”只有开设了这样的专业课程，为他献上应得的至高无上的荣誉，对他人和我们自己来讲，才能算是履行了对这位诗人应尽的义务。

---

① 卡尔德隆·德·拉·巴尔卡：十七世纪西班牙剧作家、诗人。

② 加尔西拉索·德·拉·维加：十六世纪西班牙诗人。

③ 哈辛特·贝纳文特（1866—1954）：西班牙剧作家，1922 年获诺贝尔文学奖。

我们要说："鲁文·达里奥是语言的革新者，在同领域里无人能与之匹敌。"为了不流于俗套，我们还要说："他是拉丁美洲最伟大的诗人，是卡斯蒂利亚语诗人中的佼佼者。"加尔西拉索仅靠《田园诗》无法使他黯然失色，豪尔赫·曼里奎①哀伤的《悼亡父词》也难以撼动他的地位，唯有《谣曲》② 才配在那无限荣光的天平上站在与达里奥分量相当的另一端。

一有机会我们就要无畏地高喊："鲁文·达里奥是最优秀的诗人，是二十世纪西班牙语诗歌之父。"托词不肯承认这一点的人是可悲的，不过是出于嫉妒罢了。

有人对孔特拉斯说，他这部作品的诞生正值现代主义土崩瓦解、破碎消亡之际。没错，最歇斯底里的狂热时期已经过去，曾带给我们许多或好或坏改变的现代主义已经失去了往日炫目的色彩。但我们不应忘记曾如何忘情地汲取过它的养分，无论是它劣质的肉体，还是那金色的骨髓。那些宣称现代主义已被彻底抹去的人，就像宴会上体面尊贵的食客，自己姗姗来迟，却质问他人餐盘中怎么连一块牛肉都没有，对这种人我们当如此回答："牛肉早已被我们吃掉了。"我们已经充分利用了现代主义的精华，余下的"残羹剩饭"便是那些弄虚作假之人。应当承认的是，现代主义赋予我们的血液、盐分以及活跃的能量，现在仍继续为美洲主义、未来主义、达达主义和新古典主义服务。是的，这头健壮的牛被我们吃掉了，它已不在炭火中冒着滚滚浓烟，却与我们的身体相交相融。

---

① 豪尔赫·曼里奎（1440—1479）：西班牙文艺复兴时期诗人。

② 谣曲是西班牙文学的重要源头之一，主要是民歌民谣、抒情诗以及同时期的英雄史诗，它们多以佚名散篇的形式，通过行吟诗人的游唱在民间流传。

墨西哥之子——阿方索·雷耶斯[①]

阿方索·雷耶斯是个谜一样的男人。他出身我们美洲，却丝毫没沾染上谷地人的缺点，比如冲动、偏执、单面文化性。相反，他待人接物非常热情，对世界、对万物都充满友爱，如此的博爱是源于他的博学。

人们记得漫画中雷耶斯那夸张的肥胖，也记得他的烟斗、他的微笑，但最让人印象深刻的是他的眼睛，那双湿润、亲切的眼睛，只要见过他的人，就再不会忘记。

与雷耶斯的交谈像一场盛宴。什么样的盛宴呢？就像他在散文中描绘过的绚烂的阿纳瓦克风景：刺眼的阳光、稀薄的空气、线条分明的植物。在交谈中，他的态度总是恰到好处，既不过分强势，也不过于亲昵；他善解人意，如果对方武断专横，他会深析其原因，抚平那些人太过尖锐的棱角。他的善良，指的不是举止夸张或是甜言蜜语，他也从来不用那些华丽的辞藻。他的善良就像血管中流淌的鲜血——虽然人眼看不见，却能感受到它的温暖一直存在。

雷耶斯的与众不同，当然不仅仅是因为他极富趣味的言谈，很多地道的美洲人都精于此道。他独特的品质还有很多，比如他拥有缜密的思维，说出的每句话都格外精致；他的内心生活丰富多彩，

---

① 阿方索·雷耶斯（1889—1959）：墨西哥著名作家、诗人、散文家、文学评论家，1914 年后多次出任墨西哥驻欧洲和拉丁美洲国家的外交使节。博尔赫斯称他为“有史以来最好的西班牙语散文家”。

无需刻意展示，只消一言一语，人们就能发现他过人的才华，而他对此却一直十分谦虚。他的笑容背后总是隐藏着一丝忧愁，我们称他这种常常反躬自省的人是“乌纳穆诺式[①]”的。听他说话，我常会想起鲁文所描述的那句话“……布满芒刺的铁衣穿在我的灵魂上[②]”。不过，这种品质总好过美洲人一直以来普遍在思想上过分贪婪的习惯。他不断挖掘“灵魂的肉体”，直到能够完全洞悉自己的内心，他触摸着自己灵魂的轮廓，就仿佛它是一颗塔巴斯克州橙子似的。

与三样事物的接触使雷耶斯变得更加丰富：英语、西班牙语和法语。它们就像三块蕴藏宝藏的土地，如果只在其中一块探寻，就算挖得再深，运气再好，也等于放弃了其它土地中的珍宝。雷耶斯的选择是同时挖掘三块土地，即孜孜不倦地阅读。就这样诞生了由他翻译的切斯特顿[③]、让他深深着迷的苦行的马拉美[④]和他热爱的贡戈拉。

他的成名是稳扎稳打的。《残酷的伊菲革涅亚》是他最好的作品，尽管在之后他还写出了同样令人惊叹的《阿纳瓦克的视角》。他的伊菲革涅亚并没有得到热评，是因为这部作品像一潭深不可测的水，若是不明白作者的心思，便对欣赏它的方式毫无头绪。

---

① 米格尔·德·乌纳穆诺（1864—1936），西班牙著名作家、哲学家、“98年一代”代表作家。他思想深刻，忧国忧民，经常在作品中提及生命的悲剧性。

②《忧伤》，鲁文·达里奥作，赵振江译。

③ 切斯特顿（1874—1936）：英国作家、文学评论家。

④ 马拉美（1842—1898）：十九世纪法国诗人、文学评论家，早期象征主义诗歌代表人物。

雷耶斯拥有绝佳的口才，他是一个欧内斯特·勒南[①]式的“老师”。他讲述墨西哥历史、墨西哥植物、墨西哥革命，他的讲解总是诙谐易懂。他有着做教师必备的敏锐的判断力和绝佳的表达力，如果他愿意从事这个职业，必会是其中的佼佼者。雷耶斯笔下的阿纳瓦克高原描述之精准，就连地理学家看了都会嫉妒！他的论述重点明确，有的放矢，拥有教学者该有的权威，他一贯的优雅也杜绝了权威可能招致的反感。

在索邦神学院的讲座上[②]，他娓娓而谈，为众人讲述自己祖国的历史。在不论多么紧张的情况下，他总是知道如何周旋应对，这对于一个外交官来说是多么重要的品质啊！

雷耶斯让人想起一个存在已久的争论：对一个民族来说，究竟是大众普遍拥有较高的平均水平更重要，以瑞士、美国为例，还是拥有几个凤毛麟角般的人物更重要？墨西哥一直以来都偏向于后者，更强调个人主义。有人认为这个民族发展不平均，墨西哥人总是用几个标志性的人物反驳他们，“看看我们的聂尔波、巴斯孔塞洛斯、阿方索·雷耶斯和伟大的索尔·胡安娜[③]！”

爱德华·贝略[④]曾对我说：“雷耶斯是西班牙语美洲最好的外交官。”

而我说：“他是墨西哥的外交官，也是整个南美洲的！”

---

① 约瑟夫·欧内斯特·勒南（1823—1892）：法国历史学家、哲学家、宗教学家。

② 1958年，阿方索·雷耶斯被法国索邦神学院授予名誉博士学位。

③ 均为墨西哥作家。

④ 华金·爱德华·贝略（1887—1968）：智利小说家、记者。

巴托洛梅修士[①]

行走于墨西哥的恰帕斯与危地马拉的维拉帕斯[②]这些气候炎热的传统地区，那里炙烤的骄阳与最为地道的风俗令我不禁感叹（从前大概也有人这么想过）：或许巴托洛梅·德拉斯·卡萨斯修士更应当在这里入土为安，如蜂儿回巢一样，他真正的家乡，在这里。

从植物落叶归根的观点来看，人应被安葬在自己出生的地方，倚靠在他最为熟悉的风景旁。可人与草木或铜铁毕竟不同，人们远赴千里之外，志在帮助那里的同胞，或是与自己不同种族的人民，他们的力量往往只是来自满腔的热诚，他们的馈赠遍布在世界各处的陌生土地上。人在自己的家乡也许听不到使命的召唤（无论是战士、智者或圣人），然而一旦来到不同的国家，则顿时意气风发，披荆斩棘。西班牙曾经将埃尔·格列柯[③]"卡斯蒂利亚化"，而我们美洲也正在逐渐将巴托洛梅修士奉为美洲庇护之父，同时我们也

---

① 巴托洛梅·德拉斯·卡萨斯（1474—1566）：西班牙多明我会教士、神学家、哲学家。他曾任新西班牙总督区主教，致力于保护西班牙殖民统治下的美洲印第安人，反抗暴力殖民，著有《西印度毁灭述略》，揭示了西班牙殖民者在美洲的种种暴行，因此获得了"印第安人守护者"的称号。

② 恰帕斯州为墨西哥东南部的一个州，维拉帕斯为危地马拉北部地区。二者皆为受土著文化影响较大的地区。

③ 埃尔·格列柯（1541—1614）：西班牙画家、雕塑家、建筑家。他出生于希腊克里特，"埃尔·格列柯"在西班牙语中意为"希腊人"。他1577年来到西班牙卡斯蒂利亚-拉曼恰首府托莱多发展，并在那里定居直到逝世。

因为他的无限柔情称他为美洲之子。

出于某些原因，巴托洛梅修士在获得了一个普通的学士学位后离开了西班牙，当时的他多少算是一个有着大好前程的青年。他乘着一艘帆船告别了故乡的海岸，带着美好的愿景启程前往遍地财富的西印度①，和世上许许多多的普通人一样，他掌握了置身他人的纠纷之外以求生存的本领。

巴托洛梅修士登上了一片对他而言完全陌生的大陆，这里物产丰饶，人民却贫困潦倒。他看到自己的同胞将这里视为囊中物，可以任意占有它所拥有的一切。他带着自己研习过的法律条款与古代典籍（本都是为行政管理或贸易利润服务的）来到了这个新天地，可这里的风俗与环境都与西班牙截然不同，近几年发生的冲突更是带来了天翻地覆的惊人变化（没人知道这种改变有多大影响）。就这样，巴托洛梅修士“脱去旧人”②，他过去的生活从此一去不复返了。

岁月就在丛林与种植园间流逝。多年后，当巴托洛梅修士经过了几个月的航行再次返回卡斯蒂利亚之时，他却发现自己沦落为一名述职者，为倾耳细听的国王、曲意逢迎的教士和诡计多端的“监护者”们③讲述他的美洲——那个仿佛已被他视为己出的孩子。

旅居美洲三十年后，巴托洛梅修士重返西班牙，或许是因为自

① 1492年哥伦布发现美洲新大陆时误以为自己是到了印度，后来欧洲殖民者便称南、北美大陆间的群岛为“西印度群岛”。

②《以弗所书》（4：17—32）中写道：“脱去旧人，穿上新人。”旧人指的是被私欲迷惑堕落的行为，新人则是照着神的形象改头换面，焕然一新。

③ 在美洲，西班牙殖民者将掠夺来的土地连同土地上的印第安人授予殖民地的西班牙贵族，即为“监护者”，是殖民地统治阶级的重要组成部分。

己的赫赫功绩如烈火一般灼热，令他心生厌倦，又或许是被某些长官头子借故赶出了殖民地。他在修道院度过了自己惨淡的晚年，与世间所有被战胜的人一样，拥有愤恨不悦的晚年乃是常态。但就在平静等待死亡降临的那几年里，百无聊赖之余，他开始在自己的小室里用纸笔记录起那段惊心动魄的探险，在愤慨与慈悲之间来回摇摆。人的心中怎么会同时怀有这两种情绪，又是如何做到在同一篇章中对一样事物既饱含憎恶，又尽全力维护？——他的对手曾这样问过，至今仍然不得其解。巴托洛梅修士的回答从没有变过：在这部巨著当中，多的是留与后人评说的空间。或许有过近似经历的乌纳穆诺能够理解这一切，向来以教士为榜样的他，极有可能洞悉了这其中复杂的因果缘由。

西班牙传教士人数众多，据卡洛斯·佩雷伊拉①及其他一些历史学家所言，这些人当中不乏在运筹帷幄及保护印第安人权利方面比巴托洛梅修士更加卓有成效之人。莫托里尼亚、佩德罗·德·坎特、路易斯·德·巴尔迪维亚，尤其是伟大的巴斯克·德·基罗加②，他们似乎都更有效率地履行了传教士的使命，然而，这是因为他们皆为社会的教育家，他们关注的层面远在巴托洛梅之下。

无论如何，美洲民众及知识分子群体都视巴托洛梅修士为杰出非凡的传教士、基督教徒的典范。这种观点已如钢钉、如铁环一般深入人心，没有人能将其拔起并抹去他的痕迹。

显而易见，西班牙传教士在新大陆获得了历史的盛誉，甚至在

---

① 卡洛斯·佩雷伊拉（1871—1942）：墨西哥历史学家。

② 皆为曾赴新大陆传福音的西班牙传教士。

同领域已登峰造极，不管是多么一流的航海家还是如何独当一面的探险者，没有谁能够夺走他们至高的声望。

长期以来，以巴斯孔塞洛斯为首的美洲教育家们呼吁的是恢复印第安人的基本权利，他们称体力劳动与简单教育结合的方式是最适合印第安人的（印第安人向来是个不好处理的问题）；左右逢源的政客则希望能令这些难以驯服的土著人焕然一新，并为其量身打造能使之融入社会的就业与福利的公共体制；文人们呢，则至今仍然佯装不知科尔特斯①、门多萨②总督的伟大，称这些务实的圣人们从一方面充满了“对上帝疯狂的爱”，另一方面则本能地充当着文明的传播者。如果教会曾将巴托洛梅修士封为圣徒，忽略他曾经有过的瑕不掩瑜的暴力行为，就如同曾经宽恕其他圣徒也犯过的冲动的错误那样，那么在他的影响下，天主教壁龛、中殿、乡间教堂与主教堂早已遍布美洲大陆。他那深刻的形象将会代替神坛上那些“外国”圣徒——帕多瓦的圣·安东尼奥、布拉格圣婴、诺曼底的小圣德兰——他们自然无从知晓如何抓住印第安人的心。

没人能想象得到，一位被罗马教廷宣布为圣徒的巴托洛梅修士，将会得到美洲这些神秘又敏感的民族怎样热诚与感恩的回应。当信仰的熔炉之火在欧洲逐渐燃尽、奄奄一息之时，在这片克里奥尔人的大陆上，那火焰却仍将熊熊燃烧。过去的罗马并没想过这样做，但可能未来的某一天……

---

① 埃尔南·科尔特斯（1485—1547）：西班牙殖民者，以摧毁阿兹特克文明，并在墨西哥建立殖民者地而闻名。

② 安东尼奥·德·门多萨（1490—1552）：西班牙殖民者，新西班牙区第一任总督。

正当美洲对巴托洛梅修士的推崇如日中天的时候，一些半岛西班牙人则开始将他归于“黑色西班牙”[①] 式作家，指责他为了彰显自己的神圣，虚荣地对待自己的祖国母亲，称他的文字为意图中伤西班牙的敌人打造了一把利器。

在我们美洲人的眼里，这些严苛之人是如此可悲，竟反复践踏一位如此卓越的民族伟人。

西班牙与任何一个大国一样，它的传统文化是多面的，拥有极为丰富的内涵。但这并不意味着局限，而是说明其中有大量平行存在的传统：战士与政客的、智者与文人的、圣徒的。这样百花齐放的局面是激烈的，也是幸运的，它广泛包括了社会中的各行各业；这也是一种狡黠而又慷慨的智慧，因为每一类人都是真实的，非要抹掉其中的任何一个，都未免显得小家子气。无论是科尔特斯或是巴托洛梅修士，都是以自己的方式存在着的。现下无论什么国籍的人，体内都奔涌着几股情感对立的血液，他们徒劳地挣扎着，反抗着自己所认为的丑恶（或许他们是对的），高谈阔论、奋笔疾书，试图把那些暴戾阴毒之气丢出历史，但尽是枉然。国家是一个骇人的合成之物，其中有肥沃的土地、健康的土壤、盐碱、碳素，当然也包括腐烂发酵的糟粕。

我依然期盼着巴托洛梅修士的圣骨回到我们土地上的那天，那一定会是整个美洲的幸事。难道这一天不是注定属于我们吗？他绕着回归线走了那么几遭，履行着“上帝的意愿”，与其说他是背负着福音书，倒不如说他是被它们深深地刺进了胸膛。墨西哥的恰帕

---

① 指那些反对西班牙和天主教会的作家、历史学家发表的著作。

斯那个以他命名的主教区、因他而得名的维拉帕斯[1]——难道我们不该将他留在这些他奋斗过的地方吗?

那里也好，这里也罢，修士的圣骨终会回到他真正的故乡。他的美德会默默地融进我们的土壤之中，无穷无尽地延续下去，庇佑那些至今仍然饱受苦难的印第安人与梅斯蒂索人[2]。

巴托洛梅修士驻守过的热带教区，那里的土地反射着璀璨的日光，与他的灵魂一样透彻明亮，再无他处可及；那里的土地除了奉献自己永恒不变的旖旎秀丽，再无以报答他曾付出的心血；那里的土地会渐渐清醒，喧嚷起来，呼唤着大地上的子民，迎接他的归来，这不应当如政府所言为“一国之幸事”，而应当是整个美洲的福祉。

布道、诵经之人若能铭记历史学家曾讲过的关于巴托洛梅修士的那句话，便能够心满意足地为他们的事业前赴后继：“巴托洛梅修士属于所有人，他终将与我们同在。”印第安人更是明白，他至高无上的姓名，近乎真理。

---

① 在巴托洛梅修士等人的治理之下，当地印第安人的生活条件得到了改善，城市的名字也因此由原来的“战争之城”改名为维拉帕斯，在西班牙语中的意思为“真正的和平”。

② 梅斯蒂索人（Mestizo），欧洲人和美洲印第安人的混血儿。

阿芳西娜 · 斯托尼[1]

曾有人对我讲过，“阿芳西娜长得不怎么好看。”所以一直以来，我总以为她的容貌一定不及她在电话里的声音那样令人愉悦——很多拥有非凡内在美的人总得付出另一面的代价嘛。如此一来，当走进阿芳西娜的家门，终于得以与她相见的那一瞬间，我竟呆住了，冒失地问了一句：“阿芳西娜？”

“是的，我是阿芳西娜。”她笑着答道，显得亲切又友善。

她的长相没有半点不讨人喜欢的地方，相反，一头银发令她的轮廓看上去仿佛只有二十五六岁。我再也不曾见过比这更为迷人的发色了，给人一种仿佛在正午观赏皎洁月光一样的奇妙感受。这头秀发已经褪去了曾经的金色，只留下几绺往日温柔的色泽，徘徊在银白色的发丝之中。阿芳西娜有着沉着的眼神，挺拔优雅的法国式鼻子，她红润的肤色更使她的样貌多了几分稚气，倒与我眼前这样一位谈吐睿智的成熟女人有些格格不入。她的身材娇小而轻盈，举止气度仿佛烙印着智慧的“纹路”（没错，就是纹路）。整整一日的交谈中，她没有一句赘言，由始至终都保持着我们相识第一眼时表

---

① 阿芳西娜·斯托尼（1892—1938）：阿根廷现代主义女诗人。她出生于瑞士，在阿根廷长大，少女时期移居布宜诺斯艾利斯，做过演员、教师，同时也进行文学创作。她的主要作品为诗歌、散文及戏剧，文风独具一格，是阿根廷女性主义现代文学的重要组成部分。诗人一生中大部分时间都饱受着疾病折磨，最终选择以自杀的方式魂葬大海。

现出的那种独特魅力。

这就是我们的阿芳西娜。她的样貌有几分异域风情，换言之，她不怎么像一个“美洲人”。我呢，是个对血统十分着迷的人，自然忍不住对此刨根究底……令我吃惊的是，阿芳西娜出生在瑞士的意大利语区①。说到这里，她对我讲起她认为阿根廷才是自己的祖国，也选择了这里的教育。具体说起来，她更像是布宜诺斯艾利斯人，因为在她身上找不到阿根廷克里奥尔人的影子。阿芳西娜是一个新美洲人，是放养在美洲阳光下的欧洲人的后代，辽阔的潘帕斯草原赋予了她宽广的视野。她是个优雅的网球高手，一点没有克里奥尔人常见的那种沉重与臃肿，她预示着美洲的未来。她的个性明朗，因为她母亲曾经尽览地中海的景色，而她的目光则沐浴在大西洋的阳光下。

我们与她共处了七天。我必须坦白讲，在这之前我一直对与她的碰面或多或少有些担忧，然而因为我向来对高人逸士都存有亲近之心，所以也对她心向往之。那种担忧是源于见面之前的书信往来很难拉近我们的距离，因为阿芳西娜和许多美洲女性不同，她不崇尚在信件里展示自我，反而总是执拗地将通信方引入歧途，这样做或许是她本能地抗拒文人在通信时偶尔会不幸发生的“灾难”。我在书信中看到的阿芳西娜总是以自我为中心，爱调侃人，甚至有时会刻意表现自己的平庸。之前，我心中对于这次碰面有不少未言明的恐惧。我的兴趣爱好相当有限，远不到满腹经纶的程度，更不能

① 1880 年，阿芳西娜的父母从瑞士的卢加诺移民至阿根廷，1892 年，她于父母返乡之时出生。

像我们富饶的土地那样包容一切，令众人如沐春风。于是很自然地，我的心情就像大路旁的客店老板，担心自己烹调的粗茶淡饭不合客人的口味。

这种忧虑并没有持续太久。阿芳西娜一点不认为我的话题乏味无聊，也没有提起什么我完全不曾涉猎的东西。我很少遇见像她这样擅长与人相处的女性，她言谈的方式既不会令交谈者感到疲乏，也不会令其如坐针毡。若是拿她与巴斯克人的杰出后代——胡安娜[①]相比，阿芳西娜更加健谈、豪爽，没有胡安娜的那种自我封闭。

我与阿芳西娜的友情建立在她的睿智之上。她不轻易表露感情，这也可以算是一个优点。我到过美洲的许多地方，都不乏冲动激昂的人，就好比人看多了一成不变的风景，难免会心生厌倦。阿芳西娜可以在特定的时刻变得非常深刻，却不至于虚无缥缈。她的深刻，是因为感受过痛苦的滋味，世上只有少数女性像她这样，背负着生命划下的伤口。而她是快乐的，与恣意狂欢的人不同，她的喜悦是优雅的，可以让她游刃有余地把控一切。她总是对周围的人关怀备至，这与她的聪颖不无关系，但也是她表达情感的方式。阿芳西娜是世间少有的博学之士，她总能为无论多么纷杂的事物给出最恰如其分的评价。她是胸怀开阔之人，愿意接触一切，也愿意融入其中。她理解事物既依靠头脑，也同样依靠感性，这也是一种典型的拉丁气质。

阿芳西娜很简单，我又要再次重复那句话：她的简单是优雅

---

① 胡安娜·德·伊瓦尔沃罗（1895—1979）：乌拉圭女诗人，被称为“美洲的胡安娜”，她创作的抒情诗对于拉丁美洲女性诗人有很大影响。

的。如今，我们周围总是充斥着粗俗之人，他们的“头脑简单”却偏偏与刻意雕琢风雅之人同样可憎，皆为虚伪和卖弄。而阿芳西娜不是这样，她内心坚定却不自负，这是她在生活的磨难中摸爬滚打之后最终对自我的认可。她微笑着，对我讲起那句印证了她本人性情的话：“‘阿芳西娜’这个名字的含义就是做好应对一切的准备。”①

没有言语能够恰到好处地评价这位女诗人，她可以算作是继卢贡内斯②之后最优秀的阿根廷诗人，许多国外的文学评论家都曾盛赞她（他们向来不会蓄意发起攻击，也不会因为功利心，为了获取相等的回报而赞誉他人）。阿芳西娜能够与受人敬仰的胡安娜比肩，她的诗歌内容丰富，情感充沛，闪烁着人性之慈悲、残忍、苦涩及戏谑。她配得上世人由衷的赞美。

当发觉我们二人对德尔米拉·阿古斯蒂尼③共同的热爱时，我与阿芳西娜之间有了更深的共鸣。她对我说：“德尔米拉是我们中最伟大的，我们不能让世界遗忘了她。”听到这里我深感欣慰，因为在我们美洲，无论是给予生者应得的荣誉，还是保持对逝者的敬仰，都属于稀奇的事情。

“没错，阿芳西娜，”我回答道，“她在过去和将来都是最伟大的，这一点不可改变。若人们真的将她忘却了，那定是因为我们的

① 阿芳西娜曾多次讲述过其父为她如此命名的含义。——原注

② 莱奥波尔多·卢贡内斯（1874—1938）：阿根廷先锋主义诗人，他的作品对后来的现代主义及后现代主义作家有着广泛影响，比如豪尔赫·路易斯·博尔赫斯。

③ 德尔米拉·阿古斯蒂尼（1886—1914）：乌拉圭伟大的女性诗人，被后世的拉丁美洲女作家奉为前辈。

民族仍然不懂得守护那些已逝的英杰，没有满含敬意地爱戴他们，以期获得他们的宽恕，原谅我们不够完美的致敬。”

与阿芳西娜在一起时，我的内心获得了极大的喜悦。在我们这样一个老气横秋的民族里，能有像她这样灵魂完整无缺的人是多么难得，而这些赞扬也绝对无法概括她的全部。她曾与生命的丑恶抗争，这颗热忱如斯的心灵，属于那些曾被人帮助，或是从无需相助的女性。

讲述梦想

祖父依旧不能起身，只得坐在扶手椅上，甚至无法出门观赏今春开得正好的杏花。三个孙儿陪在他身边聊着天。

路易斯很强壮，他有着古铜色的皮肤，声音洪亮，行事果决。他讲话极富激情，那对自信的黑色瞳孔中燃烧着异样的火焰。

豪尔赫的容貌与举止都很温和。他更像他母亲，生着一双浅色的眼睛，言语和善。

罗梅里奥皮肤苍白，但不是病怏怏的那种颜色，他的眼神，还有那薄薄的双唇都令人觉得亲切。此刻他正用手肘撑在窗台上，比起兄弟们的谈话，他似乎对窗外的风景更有兴趣。

祖父坐在他们中间，幸福地微笑着。尽管他的双腿还是那么沉重，再也没法踏遍门外那些遍地青草的小径，但春天已随着这些壮实又健谈的小伙子们来到了他的房中。

路易斯一边讲话，一边激烈地比划着手势强调重点，显得活力十足，他说：

“它就在外面，在那一排排高山的另一侧。虽然你们听不到，但我知道，它在召唤我。海洋，比任何沃土都更加美丽，它的活力让每一颗勇敢的心都爱那翻滚的海浪，浪花也祈求用自己晶莹的背脊载着人们奔赴他国。自从我见过了大海，我的男儿胸襟里就被那些英雄伟业填得满满当当！

“总有一天，爷爷，我要离开你的家和你的村庄。这儿也算是风光秀丽，但却与海洋是不同类型的美丽。我将与海洋签下契约，把生命献给那汹涌的海浪，而它，会还我一个伟大崇高的人生。

“我曾梦到一艘船，和咱们家的房子一般大小，它是属于我的。船的引擎咆哮着，在无垠的海面上飞驶，水手们在甲板上唱着歌，为那微咸又清香的海风欣喜若狂。我驶着那艘宏伟的船，载着阳光与大地最宝贵的创造物——回归线上珍稀的木材，芬芳的水果，甚至羽毛鲜艳的鸟儿。它们都来自温暖大地的馈赠，用来献给自己那多愁善感的姐妹——那些迷雾缭绕的地区。大海赠我好运，像母亲一样纵容我那大胆的船头在海面上划出一层层绽放的泡沫。海岸上，人们用赞颂的话语向我的船舶致意，而我年轻的心向往着更崇高的目标。”

安静的房间里似乎充斥着男孩想象中的宏伟景象，祖父则饶有兴趣地望着眼前的“场景”。在某一瞬间，他的眼神里也透露出一丝炽热和向往。

豪尔赫语速很慢，希望能用自己的话语为老人的心灵带去几分柔情：

“为什么你想去那么远的地方呢，和我们在一起过日子难道不好吗？

“我热爱祖辈们耕作的这片土地，也爱咱们亲爱的爷爷种下的那些芬芳的花草。我要忠于土地，因为它是如此肥沃，是如此忠诚地回应我们的辛劳。我必须将自己年轻的双手与心灵奉献给它。

“我全部的梦想就是投身于这项神圣的事业，将我们的土地变得更加美丽丰饶。所以，我要开动比人更厉害的机器去耕种，在大地疼痛的生产后为它松土。

“我满怀爱意地走向田地，爱护它，不让它因承受过多的劳累而精疲力竭；我满怀爱意地用肥料滋养它，为它开出深深的犁沟和道路。

“也就是说，我要打开它的胸膛，让它聆听那喜悦的歌声。我也会给它播撒种子，在炎热的盛夏为它带去清凉。

“土地是美好的，超越任何其它的美丽——小麦的粼粼波纹、被皑皑白雪覆盖着的开花的樱桃树、丰收的秋日里的枝繁叶茂。

“人们给予土地的所有的爱，和每一份寄托在它身上的希望都一定会在那神圣的泥土中得到回报。路易斯，你的大海也许有天会背叛你，但我的土地却会忠实于我，永远。

“我与土地同在，我醉心于它的奇迹，感激它对我们所有人长久的供养。”

祖父微笑起来，听到这孩子不愿离开自己，又有一丝感激。

罗梅里奥一言不发，兄弟们鼓励他也讲讲自己的梦想，他说：

“你们没看到窗外的美景吗？黄昏就像一朵正在逐渐凋落的鲜红似火的玫瑰花。

“我很确定，我的眼睛是幸福的，因为它正享受着如此美景，阳光所到之地再没有别处能比得上。正因为我为这美丽而自豪，我的志向就是要尽我所能将它展现出来。

“可能你们会觉得我是三人中最无用的，但这也是一种热爱土地的方式——对它毫无所求，只是安静地敬仰它。

“你们讲话的时候，我的双手虽然闲着，但思绪却无比活跃，我想把这天空与大地的美妙时刻全部收入眼中。

“有时候，景色是生机勃勃的，仿佛被夕阳染红了脸，如战歌一般令人振奋激昂。又有时候，它好似一首摇篮曲，展现出无限柔情。

“做一个热爱上帝的创造、深刻地感受与崇敬这一切的人，是无比神圣的。只要我眼前还有这种深沉又美妙的享受，我就再无他想。”

他甜蜜地说道，又继续着了迷似的看起了风景。

祖父又一次微笑，为这些话感到欣喜。因为他讲述的那种美丽，也长存在祖父那温和又豪迈的心中。

母 爱

我总觉得，母爱似一部宏图巨著。它精美绝伦，有着委拉斯开兹肖像画般的简明清晰，也有《奥德赛》① 叙事手法的自然真实，还有蒙田②那种近乎通俗的平易近人。母亲们的生活并非如戏剧一般跌宕起伏，也没有浪漫主义式的大惊小怪。她们与那阳光下的平原及农田无异——播种与收获都准时进行，带着最神圣的质朴。

从没有人感叹过哺乳的女性是多么不可思议。母亲的爱是手可触、目可及的，它如同一部佳作，既不会令作者意乱神迷，也不会因过分夺目而让旁观者惊慌失措。哺乳时母亲倾斜着的上身仿佛一棵棕榈树，就这样日复一日地奉献着自己的乳汁。然而，我们却从没有想过这个过程意味着多少痛苦。只见男人们漠不关心地从她面前走过，殊不知正是母亲的血水，才化成了那哺育生命的琼浆玉液。从没想到过这一点的人可能会因此感到有些惶恐不安，因为他们的鲜血只可能一次性地献予病人，绝不可能像母亲那样一连八至十个月无私地奉献。

也没有人为母亲在夜半三更时的无眠与喜悦而感叹称奇。男人一生中，至多不过是在军营中站岗放哨、在深海里撒网捕鱼或是为逝者守灵时才会彻夜不睡，他们无知地将母亲所承受的辛劳与自然现象画上等号，认为母亲的无眠与太阳在傍晚六点落山一样——再

---

①《奥德赛》：古希腊史诗。

② 蒙田（1533—1592）：法国文艺复兴时期作家、思想家。

正常不过了。直到精疲力竭的母亲终于忍无可忍，男人们才终于能体会一次这其中的滋味。然而，母亲的爱与丰饶的平原一样，永不疲倦。人们总说，她那瘦弱无力的身体生来便是来人间享受的，只应当做些轻活，然而她却强韧得像灯芯草、如葡萄的枝条，承受着果实的重负和修枝剪叶的疼痛。

我们看那些神经错乱或是发育迟缓的孩子的母亲，也不会觉得她们的母爱有何不同。母亲对孩子的耐心近似于上帝般的容忍，从不会对他们有哪怕一丝厌恶和反感，只是全心全意地爱护自己的“小怪物”，甚至比一般普通的母亲爱得更为深切。在母亲看来这并没半点可奇怪的，我们却视之为不合乎情理，是“真正的奇迹”。无论是作家长达多年创作出的《伊利亚特》，或是雕塑家花费数周才雕刻出的朱庇特头像，什么都比不上母亲们所承担的劳碌，她们为痴呆的孩子日复一日地擦拭嘴角的涎水，忍受着发起狂来的孩子对着她们脸庞一下下的重击。我与这样的母亲在一起时曾经历过一些无法言喻的瞬间，不禁令我油然生出战栗之感。因为在她们身上，我仿佛触到了人性的极限，亲眼目睹了人是如何将自己撕裂，爱就像是火焰，从那裂开的口子里喷涌而出，热烈得几乎能灼伤人眼。那火仿佛来自燃烧的智天使①，在天庭中代表无条件的爱。

我们不再继续挖掘那些不幸的例子了，现在只来谈谈那些最普通的母亲罢。她们的子女资质平庸，她们却始终与马可·奥勒留②、圣

① 智天使，音译为基路伯，屡次在旧约与新约中被提及。常常被描绘成长着小翅膀的孩童。

② 马可·奥勒留（121—180）：罗马帝国五贤君时代最后一位皇帝，同时，他也是一位有成就的思想家，著名的斯多葛派哲学家，有“哲人王”的美誉，著有《沉思录》。

奥古斯丁[1]的母亲对待孩子的态度没有半分差别。

大家都见识过母亲们为自己那一无是处的“小皇帝”准备早餐时的无微不至，也赞叹过她们为孩子梳头、穿衣时的细致用心，她们把曾经花在自己身上的精致打扮的心思，现在全给了孩子。我们难以找到词语来形容母亲成日里是多么欢欣愉悦地整理着孩子的房间，一件件熨平那些皱巴巴的小衣裳，令旧物焕然一新。为了自己那个可怜的小捣蛋鬼，她们花费了多少心思啊！世上有人把金粉误当作尘土一样把玩挥霍，母亲们却是把泥土里华而不实的云母认定为钻石，这不是更加令人惊叹么……蠢笨孩子的母亲却总觉得自己和圣胡安·德·拉·克鲁斯[2]的母亲一样备受上天的青睐，绝不相信自己已被命运嘲弄。她不断用心血灌溉的是一棵不会结果的无花果树，永远不能为她挡阳遮雨，因为树干已被象鼻虫蛀蚀干净。

一事无成的孩子的母亲永远认识不到自己的失败，哎，连失败也不能让她变得理智！她的胸口如有一束光，能让自己的孩子变得闪烁耀眼，她血脉中跳跃的力量令她更加坚信自己的宝贝是强健有力的。如果她读过神话故事，那么她的孩子就可能是赫拉克勒斯[3]；如果她听到别人讲“生命”，那她的孩子要不是玛丽·居里[4]，就是马赛兰·贝特洛[5]。固执的母亲，她眼中的孩子能由土

---

① 圣奥古斯丁（354—430）：即希波的奥古斯丁，早期西方基督教的神学家、哲学家，他死后被天主教会封为圣人。

② 圣·胡安·德·拉·克鲁斯（1542—1591）：西班牙神秘主义诗人。

③ 赫拉克勒斯：希腊神话中的大力神。

④ 玛丽·居里（1867—1934）：波兰裔法国籍女物理学家、化学家，曾两次获得诺贝尔奖。

⑤ 马赛兰·贝特洛（1827—1907）：法国著名化学家。

变金，能从海螺中听出合奏曲——尽管唯独她一人这样认为。

没有人会为母亲对子女的爱而感到惊奇，哪怕这可以算作是世上最持久的爱。二十年，甚至七十年，母亲的爱依然如故，这可是连自然界都做不到的——狂风总会停歇，湍急的瀑布有时也会变缓，其他动物的爱更是少得可怜，至多撑不过一个时节。人类的母爱完美地超越、打败了自然，但母亲却对自己创造的奇迹浑然不知。一个卑微的女子一旦成为母亲，就拥有了超越自然的能力，毫不费力地理解了永恒的意义——她怎么会不理解呢！男人们更是可以省了他们的一番说教，因为在那深沉的母爱中，母亲时刻都能感受得到何为永恒。无论身处何方，活着还是死去，她都会始终不渝地承担着自己的责任，无一刻停歇。从孩子出生那一刻起，她就像成了划桨的苦役犯，就此开始了一段长久的旅行。我忽然想到，母亲们所处的天国中也一定有一个不存在自由的地带，在那里，她们还是一如既往地背负着重担，只不过比人世间的她们快乐一些罢了。

母亲对子女的关怀也许和上帝对我们的爱一样荒唐。母爱有时被珍惜，有时被背弃，她没期待过所谓的“回报”，也不可能忘记这份爱。摩西曾被燃烧的荆棘吓坏①，但却从没有哪个子女因他们身边那持续燃烧、从未熄灭的另一种“荆棘”火而惊慌失措，那熊熊的火焰倒像是点燃了一整棵木棉树②。

智慧的恩赐如月光般贫瘠，而母亲获得的馈赠不在前额之中，而在胸口那股更为温暖澎湃的暖流。这份爱逐渐演化成谦卑，彻底消除了那种在男人身上最为司空见惯的骄傲。

---

① 摩西是公元前十三世纪时犹太人的民族领袖。传说一日，耶和华的使者从荆棘的火焰中向他显现，荆棘虽然被火烧着，却没有烧毁。

② 美洲木棉，又名吉贝，树体高大。

远方的母亲

母亲，你孕育了我，给了我眼睛、嘴巴和双手。你丰饶的血液哺育了我，就像水源灌溉了风信子的根茎。你赋予我感官，让我走遍这世界。你的恩赐，是一笔我永远也还不尽的债。我心上积蕴的一切美好事物，都归功于你。

母亲，我曾在你膝头成长，就像那茂密枝条上悬挂的小小果实。我在你膝上留下了永恒的印记，即使是你的其他孩子也无法将之抹去。小的时候，你总是抱着我轻轻摇晃。后来，我学会了走路和奔跑，你待在家里的走廊上，因为再无法将我拥在怀中而怅然若失。

世上最一流的乐师弹奏过成百上千支曲调，但是母亲啊，没有哪一支能比你哄我入眠时所唱的歌谣更温柔动听。我心灵中的恬静与平和，都是在你双臂和膝头那轻柔的摇晃中点滴而生的。

你一面摇，一面对我哼唱。你的歌词总是些俏皮的语句，因为只有这些话才能表达你对我的宠爱。

在那些歌谣之中，你教会了我万物的名称：山丘、果实、村落、田间的动物……为了让你的女儿了解这世界。你向我介绍我们的家人，这是一个多么特别的家庭啊！

就这样，我开始慢慢了解你生活的这个残酷又温柔的世界。我所知道的所有关于生灵的词汇无一不是你教会的，学校里的老师只不过是在援引你赋予它们的美丽名称罢了。

母亲，你让我靠近那些纯洁无害的东西：园中的一株薄荷或一粒彩色的石子。我从它们中感受到了万物的友好。有时，你为我买来玩具；有时，你亲手制作和我一样长着大眼睛的玩偶，还有那没多久就坏掉了的小屋……你一定还记得，我一向不喜欢那些没有生命的玩具，对我来说，最美好的是你的身体。

我抚摸你流水般的发丝，让它从我指尖滑过。我喜欢你圆圆的下巴，还有你的手指，我常摆弄着它们交叉又松开。你俯视的面庞对你的女儿来说就是整个世界。我好奇地瞅着你飞快的眨眼，和你那绿色眼眸中闪烁的光彩。对了，你伤心的时候，脸上的神情又是那么古怪，噢，妈妈！

是啊，你的脸庞曾是我的整个世界。你的两颊像蜜糖色的小山包，那两道伸向嘴角的纹路是苦痛刻下的印记，中间的凹地像两座小小的山谷。望着你，我学会了身体的各种形态：你的睫毛像微微颤动的小草，你的脖子像植物的茎秆，你低下头亲切地看我，脖子上就出现条条褶皱。

当我刚能牵着你的手蹒跚走路时，我总是紧紧地粘着你，与你一同出门去看那个我们生活的山谷，就像是贴你的裙子上的一块活动的裙摆。父母们总是过于急切，希望能尽早带着孩子们去远足，去攀岩。

我们不仅仅是你们的子女，更像是你们的共同体，如同杏核与果仁一般相生相扣。我们最爱的，并不是那清澈寒冷的星空，而是你们眼中的那片天空，它离得这么近，甚至我都能吻得到那婆娑的泪水。

我的父亲每天为生活奔波，谁都不知道他白天在忙些什么。我们只见他到傍晚才回家，常常拎回一袋水果搁在桌上，或是为家中添置些麻布和做衣裳的法兰绒。但是母亲，是你为孩子们削好水果，在炎热的午后榨好果汁。也是你亲手裁剪布料，为我们做出合身的衣裳御寒。是你，贫寒的母亲，柔情的母亲！

等孩子们学会了走路，开始咿咿呀呀地讲话，口中的单词仿佛是拼凑起来的彩色玻璃，这时你开始教我们做简短的祷告。那些语句，我们直到生命的最后一天也不会忘却。那些祷告的话语像百合花一般简洁，我们用它来祈祷恬静淡泊的生活所需的一切：感恩一日三餐的面包，宣告世人都是我们的兄弟姐妹，赞美上帝坚定的意志。

就这样，母亲向我们展示了这个世界，仿佛它就是一块被徐徐摊开的亚麻布，颜色绚丽，多姿多彩。同时，她还带领着我们认识了冥冥中的上帝。

母亲，小时候的我性情孤僻，就像一只喜欢躲在阴影中的蟋蟀，一只独饮阳光的绿蜥蜴。你因为女儿与其他同龄孩子的不同而苦恼万分，每每碰到我在后院与盘根错节的大树交谈，或是与那棵如俊秀少年般匀称的巴旦杏树窃窃私语，你总说，这孩子准是生病烧糊涂了。

如今，你的女儿还是这样在同你聊天，可你却不答话。若你现在看到她，一定会像过去一样把手搭在她额头上，说一句："女儿，你是发烧了吧。"

母亲，在你之后，别人对我讲的东西都是你早就教会我的。他们的长篇大论，只会让人兴味索然，还不如你的寥寥数语那般清楚明了。当年，你抱着我这个小女儿，教予我知识时，学习是那么妙趣横生。你的教导总是亲切温和，从不强迫或是紧逼我，而是满含浓浓的爱意。你从不要求我规矩地坐在长凳上一动不动地听你讲话。相反，你容许我一边听，一边搓揉着你的衣角，或是你袖口的一粒贝壳纽扣。母亲，那是我所体会过的最惬意的学习。

之后，我长成了少女，再之后，我变成了大人。我孤身一人，没了你做依靠，这才明白那所谓的自由，原来并不美好。我走在田野上，没有了你那瘦瘦小小的身影做伴，我看到自己的孤影又凄凉又丑陋。我讲话时，也再没有你从旁协助，我多希望能像从前一样，有你帮我补充润色，让我说出的每句话都像是我们两人共同编制的美丽花环。

现在，我只能闭上眼睛与你交谈，好忘掉自己身居异乡，也好忘记你在那么遥远的地方。我只有紧闭双眼，才能忘记在你的怀抱与我的面庞之间，隔着一片多么宽阔的海洋。这样，我就好像还拽着你的衣角，我将手掌微微合拢，因为我想，你应该正紧握着它。

我说过，你的恩赐，是一笔我永远也还不尽的债。我用你给的嘴唇讲话，用你给的眼睛观察这异乡的土地，而你也借着我的目光看到这里的热带果实——硕大芬芳的凤梨和光芒四射的甜橙。透过我的眼睛，你会看到这里的山脉与你抚育我长大的那贫瘠的山谷是多么不同啊！你也能通过我的耳朵，听到这里的人们讲话，他们的口音比我们要温婉柔和，你能听得懂他们的语言，并也会喜欢他们的。有的时候，思念就像我心上的一道伤口，那痛楚你也能真真切切地感觉到。我大睁着双眼，心痛得再也看不清面前的墨西哥风景。

每一天，我都感谢你给了我发现美、汲取美的能力，就像干渴的双唇渴求着清泉。你也给了我体味痛苦的财富，让我可以背负这深深的痛苦，却不致死亡。

为了确定你听到了我的声音，我闭上眼睛，想象清晨已经过去，因为你那边已经是下午。我还有千言万语想说与你听，却再也开不了口，便就此作罢……

语言的探险

在这里的每一日，每到一个地方，我都要感激你们——加利福尼亚人民，感激你们对西班牙语的兴趣与热爱。

我曾走过一段蜿蜒曲折的语言之旅，沿途目睹了卡斯蒂利亚语[①]的纽带连接着巴西、瑞典、英格兰与美国。这不得不可谓是一件幸事。

在这段旅程中我察觉到，对我们这门语言热情度最高的是两个大相径庭的地域：瑞典与加利福尼亚。我欣喜地发现，在这两个地方，我们的卡斯蒂利亚语仿佛一个挥舞双臂播种和收割的人，用辛勤赢得了人心。这个发现令我体验到了一种真正的兴奋。

眼下世界上依然存在着对不属于自己的土地与人民的侵略。古往今来，粗暴且贪婪的掠夺从没有落下帷幕。众所周知，这是一种充满暴力与胁迫，肉搏与战争的行径。如今，尽管侵略者打起了权利与正义的幌子，实质却仍然可恶。相比掳掠抢夺中无穷无尽的尔虞我诈，我更欣赏灵魂的征服，即语言的传播。这是一个与他人共享同一种精神的过程，一门语言在陌生未知的土地上静默无声地扩张，这不是强取豪夺的侵略，而是正直且美妙的相交相融。征服一门语言能激发我所有的潜力，令我踔厉风发。

理解是一种享受。如果说懂得植物生命机能的原理，或是理解

---

① 卡斯蒂利亚语即西班牙语。

动物天性的种种技能都能令人兴奋不已，那么在掌握了一门语言后，从字里行间去探索一个民族的灵魂难道不更是一件乐事吗？

在我们这个可怜的星球上，人们该做的是撕破许多神秘民族那些古箱上封存已久的印条，往那黑暗的洞穴里去一探究竟，寻找解开中国、印度斯坦[①]、南美洲……所有那些象形文字之谜的密码。

“知识的求索”是人类的使命，为此我们需要拥有一些缜密精确的工具，首先就是语言的学习。你们美国人早在那场天翻地覆、惊醒梦中人的第二次世界大战之前就已经开始了这项精巧且细致的事业。五年之后，诸位将能够针对那些与世隔绝、不被外人所了解的国家（比如我的祖国），为美国领导人提供许多清楚准确的信息。把其他民族的精神用自己的语言翻译出来是一种极其高超的能力，同时也是一项曼妙愉悦的工作。因为通过语言，我们能够观察并触碰到文化之根基，并得以将之公布于世。

一直以来，语言的学习就像是迷人的探险，任何旅行都无法与之媲美。在那些陌生的门前，我们寻求的不是饭桌或床铺，而是语言的交谈，是诚挚深情的对话，轻柔却能够洞穿一切。

我们南美人并不是一个顽固闭塞的民族。在面对伤害或背叛时，梅斯蒂索人和白人都有着易怒的性格（我们中只有惯于退避三舍的印第安人是个例外）。也许是源自哥伦布寻找新大陆的那种好奇心，我们喜欢新鲜事物。我们常常远行，是热爱与人相处的基督徒。如果借用法国人瓦莱里[②]打造出的极富商业气息的词汇来

① 即印度。

② 保尔·瓦莱里（1871—1945）：法国诗人、散文家、哲学家。

说——我们尤其热爱灵魂之间的交流与往来。

倘若各位带着我们的语言，来到我们的村庄，我们会用最诚挚的热情与忠实报答你们曾为西班牙语学习付出过的一切艰辛。我们可以谈谈两个美洲之间存在的问题，一同修正过去犯过的低级错误，就像是教师批改作业那样……

西班牙语拥有极为丰富的内涵，学习这门语言的人会感觉自己就像在河中洑水时被卷进了激流之中。倘若以水为喻，那么卡斯蒂利亚语蕴含的巨大财富可以称得上是湍急奔涌的瀑布了。这股垂直落下的水流，经过了一代代人汇入其中的涓涓细流，直至如今形成了如此壮阔之势，在加利福尼亚少年面前一倾而下，他的双眼被那光芒刺伤，在磅礴的珠玑四溅声中几近眩晕。

与语言之旅相比，其它所有探险都显得微不足道，只能算是四处游走罢了。在探索语言时，人终于再次回到幼年，挑战自尊，不得不接受自己讲话时的磕磕绊绊、处处卡壳与旁人的哄堂大笑。遭遇嘲笑的学习者不能像虚荣之人那般气急败坏，而应当与同伴们一笑了之（我们美洲人的好脾气对学习语言来说倒是一种绝佳的美德）。

你们加利福尼亚人应该从来没尝过在战场上失败的滋味。你们像孩子一样，不知不觉地在学习中逐渐增强着自己的能力，四处披荆斩棘。很少有事物能比语言学习更酷似人的童年，在学习一门语言的时候，成人身上成熟持重的气质戛然而止，仿佛按下了人生的暂停键，回到了学习拼字与蹒跚学步的孩童时期，在充满稚气的空间里嬉闹跑跳。

自然了，必须先有“爱”，才能有“得”。要征服一门困难复杂的语言，与战场的拼搏毫无差异，同样需要美洲式的勇敢与坚持。

每一种外语都像是与瓦尔基里[1]只有几步之遥的人。高贵的她被烈火包围，这火焰虽看起来令人恐惧，实则要不了人命，只有英勇无畏之人才得以跨过，是勇气使他得救。

在灵魂的种种功绩当中，最令我觉得奇妙的就是它获取原本完全陌生的语言的能力。可能这恰恰是因为它不会被血液干扰，只能被勇气触及的缘故罢。在灵魂里绝没有马刀的悉索声响，只能听得到人努力时紧咬牙关发出的吱吱嘎嘎声……灵魂的征服是最迷人的"交易"，一整座大得看不到边的庄园都比不过它。

学习语言与船舶登陆也有相似之处，它就像是哥伦布或瓦斯科·达·伽马的幽灵[2]。学习伊始，研习者会觉得步入了全新的世界当中，无数前所未闻的事物铺天盖地而来，令我们应接不暇，似乎就快被那重负压倒。在这门陌生的语言中，我们左右徘徊，就像是晕船的水手，一次次跌倒后又爬起。有些东西在这里说得通，在那里却又风马牛不相及。有时候我们对一门新语言不同的发音和节奏颇感兴趣，有时候又觉得乏味透顶，就这样在爱与恶之间来回游走。人真正反感的其实是与自己不同的东西，"习惯"就像是懒惰守旧的老太婆，她厌恶一切新鲜事物的根本原因就是其外来的身份。

在这一点上，年轻的美国人有着无与伦比的可塑性，不需要负担殖民地美洲人锈迹斑驳的往昔。你们对"未来主义"这种标新立

---

① 瓦尔基里：北欧神话中奥丁的侍女，被派赴战场，选择那些有资格进入瓦尔哈拉殿堂的阵亡武士。

② 哥伦布与达·伽马皆为航海家。

异的精神思想也从不会嗤之以鼻，只会像对伙伴一样报以亲切的微笑。在我看来，包容的心胸、宽阔的眼界与广博的阅历——正是这些卓越不凡的品质，才使得我们通过联合国的成立开拓出新的局面，是值得我们所有人为之奋斗的美德。诸位都认为美利坚合众国的世界使命是明确且刻不容缓的，要贯彻这种新时代的“骑士精神”就需要对外国语言的学习，这同时也是对智慧、教学准则与青年信念的培养。

二十四年漂泊的生活让我明白，要了解一个地区的真实情况无法靠他人传授，唯有在它的传统与习俗中才能找到答案，这指的就是书籍与真实的生活，换言之，就是要对该地区已逝的与现存的一切都有所了解。我对法国的理解就是来自这两个对立面，对意大利的激情同样也是如此。

如果您愿意，就阅读吧，我们会在西班牙或是南美的书籍当中相遇。我们的一切，好的坏的，都在那儿了。想要分清不同的民族，语言的印记要比护照上的信息更加真实可信。

与绝大部分惊心动魄的英雄历险不同，语言的冒险只在课堂上演，它以沉默且长时间的汲取和积累为开端，逐渐过渡到愉快的互动阶段。在语言的课堂上，除了教师细致入微的讲解（逐一理清繁多的单词）与学生注意力的“忠诚”（通俗讲就是绝对的全神贯注），什么都不再重要。

学习者克服了文学阅读过程中最开头的陷阱与挫折后，就来到了圣德兰形容的“超凡的温柔奇境”。一旦理解词汇有如庖丁解牛，甚至能把那牛肉磨碎吞下、融会贯通之后，边界的障碍就被拆除了，通向陌生国度的道路会变得开阔无阻，一场缓慢而自在的遨游之旅就这么开始了。接下来，学习者可以尽享各类珍馐美馔。那些美食绝不沉重或酸涩，相反却是鲜美至极的西班牙“金鸡”：到达神秘主义的殿堂①，敬仰这一世界基督教之荣耀；因洛佩②和克维多开怀大笑；以格拉西安③与贡戈拉来磨炼敏锐的理解力。

各位就像哥伦布三桅帆船上的水手，你们艰辛的付出终会得到报偿。待到漫步在安的列斯群岛上茂密的棕榈树间、阿纳瓦克高原的玉米地与智利的葡萄园中时，你们必会感到怡然自得。

现在我想与各位谈谈美洲主义，这个话题我曾在索邦神学院④讲了整整一个晚上，并坦率地承认了自己语言中的“克里奥尔特性”。我一开始就毫不羞愧地阐明，自己不是一个重视语言纯粹性的人。在语言方面我极尽杂糅，算不得一个“纯洁”的人。主张纯粹主义的人永远也无法理解智利，或是其它十二个克里奥尔国家⑤里任何一个浇地小工、商贩、水手或从事其它职业的芸芸众生的丰富语言。西班牙语美洲至少百分之三十的人的语言都是粗糙的、长着肉赘和老茧的，它沾染了工厂机油、清新或腐烂泥土的味道，美洲是这样，放眼世界也皆是如此。然而，那才是真正有生命的语

---

① 神秘主义文学是西班牙十六世纪兴起的一种文学形式。

② 洛佩·德·维加（1562—1635）：西班牙“黄金世纪”期间的著名剧作家、诗人。弗朗西斯科·德·克维多（1580—1645）西班牙巴洛克主义著名作家。

③ 巴尔塔沙·格拉西安（1601—1658）：十七世纪西班牙作家、哲学家、教士。

④ 巴黎大学的旧称。

⑤ 指的是拉丁美洲的西班牙语国家。

言，无论是在佛罗伦萨或西西里，不管是塔拉乌马拉人[①]、奇洛埃岛[②]人抑或是亚马孙印第安人（就好比若没有了马丁·菲耶罗[③]或西班牙、克里奥尔的民间传说，诸位也不会再在西班牙语中驻足停留）。

我十分确信，要深入了解一个民族的唯一方法即是用那语言的利针，体会针刺的疼痛，除此之外再无其它了。但我所指的是，在彻底驯服和掌握了这门语言之后，如果学习者对它没有深入骨髓的理解，就无法获得真正的精粹，只能像挂在枝头的果实一样摇摇欲坠……这项劳动要像潜水员一样直入海底，尽收珍宝后才能浮出水面。

对拉丁语系语言的学习除了相关的政治和宗教重要性以外，也能够锤炼人的能力。它为灵魂注入独一无二的叶绿素，运来神秘莫测的矿物质，甚至包括一整条尼罗河蕴含的精神养料。

大量的口头及听力练习、数月至数年投身于语言学习中，有时会令人恐惧，仿佛自己原本固有的东西已弃我们远去，但事实并非如此。即便偶尔我们以为外来语言似乎已经占领了我们的家宅，可实际上它从未被撼动过半分。相反，未来的我们可能会和富人们一样拥有两栋房子，数处居所，我们将和圣德兰一样，走遍这宽广的世界，感恩上帝赐予的智慧、文化与庇佑。

---

① 墨西哥北方的印第安人。

② 奇洛埃岛是智利南部太平洋上的岛屿。

③《马丁·菲耶罗》：阿根廷的长篇民族史诗，阿根廷文学之瑰宝，讲述了高乔人马丁·菲耶罗一生中的不幸和他顽强的斗争。

我如何写作

我们女性在写作时不会格外地郑重其事，不像布封[①]那样，一写到关键情节总是要精心打扮一番，穿上绣有花边袖的外套，坐在那张红木书桌前，庄严地开始写作。

无论是在智利、巴黎还是伦敦，我写作时纸就摊在膝头，写字台对我来说毫无用处。

我一般在早晚写作，下午时分我从来没有任何灵感，总是无精打采，状态不佳。

在我的印象中，我从没在封闭的，或是窗头对着高墙的房间里写过一句诗。总得要有一小片蓝天，才能让我踏实。智利的天空是湛蓝的，欧洲的则布满写意的云朵。我这历经沧桑的双眼前若还能有一片树木为伴，写作就会事半功倍。

当我还未走出家门，仍生活在祖国和同胞身边时，我写作的主题大多是身边的见闻或是手头现有的东西。自从我把自己流放在外，成了一个漂泊的异客，我写作的内容就开始变得虚无缥缈。美洲的土地和人民，无论是现存的还是已故的，都时常来到我面前，引得我无比怀念。它们围绕着我，紧紧地粘着我，让我无法再去欣赏国外新鲜的景致和人群。通常情况下，我写作的节奏都是不紧不慢的，但偶尔也会一气呵成，快得就像是安第斯山上垂直滚落的石

① 布封：法国博物学家、数学家、生物学家、启蒙时期著名作家。

头。不管什么时候，我最讨厌的就是被别人打断思路。因为懒惰，我手边总是备着五六支削好了的铅笔，这同样也是因为我的一个娇生惯养的旧习：除了诗句，我总希望别人替我把别的一切都准备好。

过去，我喜欢追求语言的力度，所以常在写作时与文字较劲。那时，我总能听到内心发出一种咬牙切齿似的吱吱声——那是文字被“砂纸”打磨时发出的愤怒又沙哑的声音。

如今，我不再与词句纠缠，而是和别的东西……我对自己的作品越来越不满意，再读自己写过的诗，我竟会觉得那种用力过度的笔调一点不似我的风格。唯一的例外是那些我用生活化的语气写下的诗歌，这种风格被堂米格尔称作“交谈式语言”①。

常人无法想象我是如何反复修改自己作品的。即便如此推敲，有些诗作最终面世的版本仍让我觉得有欠雕琢。我虽然已经走出了曾经那个迷宫似的怪圈，但终究难以彻底摆脱它的影响，有些习惯仍存活于我的诗歌和散文中。

写作能让我快乐，为我带来平和与安宁，赐予我纯净、温和、童真的生活。对我来说，每天几小时的写作就像是回到了自己真正的故乡，沉浸在自我之中，随心所欲，自由自在。

虽然我本人极不擅整理，可我喜欢在整洁的房间中写作，井井有条的环境能给我更多空间，而空间，又正是我的视野和灵魂一直渴求的。

有时候，我会随着屋外管道里流水的节奏，或是追随自然中的

---

① 堂米格尔：指的就是著名作家、思想家米格尔·德·乌纳穆诺。

声响写作，它们都汇聚在我心上，成为一首摇篮曲。

另一方面，我至今仍然认可“轶事型诗歌”[①]，虽然很多年轻诗人对此非常不屑一顾。

诗歌可以宽慰我的思想，和那个被称作“灵魂”的部分。在这一点上，别人的诗歌要比我自己的作品做得更好，它们更能让我心旷神怡，保护着我性格中纯真的东西。有了诗歌，我就焕然一新，再不会受到世界的干扰。

诗歌于我，是一种慰藉，我能在那儿找到已逝的童年痕迹。我所作的诗歌尽管有时苦涩，有时沉重，但它却洗掉了我身上沾染的尘土，甚至免除了我身上背负的“原罪”，让我不再痛苦。原罪，或许也可以指人类曾堕入的那种过分理性、毫无美感的表达方式。这种罪责对我们女人的伤害更甚，致使我们失去了如音乐般美丽的语言的天资，而那种语言，本应该属于整个人类。

这就是我所了解的全部的自己，你们也无需再多问……

---

① 米斯特拉尔经常从大自然中汲取灵感，进行诗歌创作，她称这种诗歌形式为“轶事性诗歌”，她希望诗歌尽可能地贴近生活化的语言，厌恶刻意追求华丽的辞藻。

关于童声的短笺

我曾在美洲的角角落落、街头巷尾看过和听过的，那些我视如己出的孩子们，在他们的声音深处，我依稀恢复了对这世间童真的记忆，可能也是为了应和他们可贵的顽皮。我曾听过这些孩子们的歌声，断断续续、自我陶醉地唱着：他们是那些对秘鲁普纳草地了如指掌的孩童[①]；他们也是声音如泉水叮咚般的印欧混血儿，在那如明镜一般干燥的土地上歌唱，让阿纳瓦克为之一振[②]；他们同样也是的的喀喀湖边的小印第安人[③]，一边歌唱，一边划动小船，给水面留下层层涟漪。

我的孩子们，这些在大雾里、在阳光下的孩子们，他们的身躯幼小到甚至不真实。他们如小鹿般警惕，机敏地环视四周，探听着“猎人”的声音。正因为如此，想听到他们的歌声，就要像偷窥饮水的鹿群一般，静静地不出一点声响，甚至要止住叶子的婆娑声，不让他们发现自己的存在。只有这样，他们才能毫无保留地展示出自己的纯真可爱。这些孩子天真又乖巧，憨厚且淳朴。正如雅拉里的巫师们讲的，正是一种高于成人的东西，一种与石器、与原始崇拜同时代的神秘之物，令他们小麦色的面颊上有了那种纯真却若有

---

① 普纳是安第斯山脉中部特有的高原地区，植被以草地为主。

② 阿纳瓦克高原是墨西哥中部的高原地区。

③ 的的喀喀湖是南美洲最大的淡水湖泊，位于秘鲁与玻利维亚交界的安第斯山脉，湖面海拔 3812 米。

所思的神色。

我模仿上帝那种闲庭信步的样子，漫无目的地行走在巴西海岸那开满虞美人的街道上。那里处处洋溢着可可与青蒿籽的味道，微风传来一阵阵兰花的清香和鹦鹉似的交谈声。在那里，我听到了我的黑孩子们如沙球般簌簌的笑声。他们口中的词汇丰富且柔软，瞳孔与言语中满溢着稚气，仿佛不是在讲话，反而是要融化一切。有时候孩子们游戏得正酣，在“法维拉”[1] 的棚屋间你追我赶，穿行于狭窄的巷道之中。他们尽情地欢闹，时不时将周围的黑妈妈和巡视的警员们惊得一怔。

太子港[2]、卡马圭[3]、巴尼[4]——我那些加勒比的混血孩子们是多漂亮，多灵活！他们的身影在我记忆中，如同光亮的源头，永远不会熄灭。他们和着自己血液里流淌的节奏轻声歌唱，他们的音乐来自那些装满椰子的推车、大块头老妈妈的巨大裙摆和手鼓的拍打声。有时候，在正午狂热的阳光的炙烤下，广场与棕榈树下的声音显得格外低沉，近乎沉默。我们甚至能在这静谧之中听到克里斯多夫[5]的马刺声、马蒂[6]手捋髭须的摩擦声。

---

[1] 贫民窟在巴西被称为“法维拉”（Favela），指的是临时搭建的简陋住房集中地。

[2] 海地首都。

[3] 古巴省份。

[4] 多米尼加共和国南部城市。

[5] 亨利·克里斯多夫（1767—1820）：海地革命将领。1811 年，克里斯多夫将海地改为海地王国，自己成为海地国王，号称“亨利一世”。后因患病及国内叛乱自尽。

[6] 何塞·马蒂（1853—1895）：古巴杰出诗人、民族英雄、思想家。

在危地马拉，一只嘲鸫[①]告诉我，它们会在夜里吓唬小孩子。这里的玛雅[②]母亲们用肉桂与香蜂花的汁液为子女编织衣物，用来守护他们的歌声，让他们在那些古老的清晨无比愉悦。啊，我的游历、我的合唱队、我那些微咸的空气、我往昔听到的声音和我今日的惊叹、我心中永恒的家乡埃尔基和那些提醒我永远不要遗忘的孩子们！他们的歌声纯洁无瑕、未经雕琢，是令我们无限自豪的珍宝。感谢女性在痛苦与无奈的生活中，依旧给了她们幼子如此宝贵的声音。而我这个迷失者，能做的只是保持安静，用心聆听，盼着孩子们，我的孩子们的歌声和这春日一起，融进我的血肉之中。

---

① 嘲鸫是一种善于模仿的鸟类，主要分布在美洲。这种鸟具有音乐天赋，歌声如流水，擅长模仿各种声音。

② 玛雅文明是拉丁美洲古代印第安文明，主要分布在今天的墨西哥、危地马拉和洪都拉斯等地。

智 利

智利是一个疆土狭长的国家，从地图上看像极了一片夹在山脉与海洋中间的沙滩，这两股强大的力量把它框进了一对形状特异的括号中。这里自然区域的划分极为清晰明确，恰似智利人民的性格。

智利南部是碎片般的群岛，它们使着鬼斧神工，把天鹅绒般的大海割出一道道伤痕。北部是沙漠地带，阳光下耀眼闪亮的硝石矿，考验着人们吃苦耐劳的精神和毅力。紧接着，是连接矿区与农业区的过渡地带，那里朴素而悲凉的风景，仿佛证明大地也在压抑着自己的激情，过着苦行僧般的生活。这种环境赋予了我们民族坚韧的品格。再往南是农业区，那儿的风景怡人，有讨人喜欢的果园及人口稠密的工业区，农夫们沉静的身影在起起伏伏的谷地间若隐若现，工人们在都市熙熙攘攘的街头穿梭行走。

南回归线区的最南边，是堪比巴西雨林的茂密丛林，但我们的丛林看起来是黑压压的一片，缺少热带雨林那种绚丽的色彩；那里有许多渔业发达的岛屿，笼罩在紫色的烟雾之中；还有巴塔哥尼亚高原——我们唯一宽广寥廓、一望无际的地区，悠悠的白云下放牧着数不尽的牛羊。

智利面积狭小，却孕育了一个伟大的民族。她的土地面积有限，远不能同她养育的孩子——那些既胸怀大志，又有英雄气概的人民相提并论。国土狭小无关紧要，因为我们有无尽的海洋，海洋！

我们是一个年轻的民族，没能获得幸运女神慷慨的赐予。出于生存需要，我们拥有的是一位严格的斯巴达母亲。印第安时期，我们未能建立任何“王国”。那时的土著部落四处游荡，对自己的命运一无所知。就这样，他们不知不觉地为这个独特且充满活力的民族的形成奠定了基础。

哥伦布发现新大陆后，这里与美洲的其他地区一样，也遭受了血腥且残忍的征服战争。火枪手们的子弹穿过阿劳科人①的身体，打得他们像鳄鱼的脊背一样坑坑洼洼，最终倒地不起。印第安人的不断抗争，使得智利无法拥有像美洲其他殖民地那样宽松的氛围，相反，却总是出现那种墨西哥夜晚最常见的电闪雷鸣式的斗争，划亮整个夜空——印第安人的不断反抗，令殖民者们只得枪不离手，时刻戒备，从没有机会悠闲地在舞池里跳一曲帕瓦纳舞②。

终于，共和国成立了，各种制度被缓慢而平稳地建立起来。在几任毫无特色的总统任期结束后，终于有几位满怀热情、有创造力的执政者脱颖而出：奥希金斯③、博塔莱斯、毕尔巴奥、巴尔马赛达④。

在我们美洲，再小规模的革命也可能引发巨大的动荡。在两场

---

① 阿劳科人：智利土著居民。在殖民时期与西班牙入侵者斗争了三百多年。

② 帕瓦纳舞：十六世纪在欧洲非常流行的一种舞蹈。

③ 奥希金斯，智利民族独立运动领袖，独立后第一任最高执政长官，任期为1817—1823。

④ 均为智利总统。

战争中[1]，我们的人民表现得英勇无畏，就像最终成为斗士的牧羊人大卫[2]，拯救了他的子民。

人们原本以为被群山包围的智利是与世隔绝的，但如今，世界的轰鸣也开始在这里回响。智利人民感觉到了喉咙中热切的喘息，在通向共和的道路上，他们的步伐就像一头威严的雄狮：审时度势，量力而行。

智利人拥有独一无二的气魄和崇高的精神。这片土地上的原住民——印第安人很快就会因为数量稀少反而成为“异域风情”，我们民族可以说基本全部由印欧混血组成，但这却没有带来任何所谓“血统不纯正”的弱点。

我们并不讨厌欧洲人，更不怀疑白种人一直以来都充当着“教化者”的角色，因为他们总是能够有条不紊地建立起各种社会机制。在智利，德国人与智利人一同建立了南部的城市，他们向我们传授了自己严谨的规划方法；在麦哲伦省[3]和安托法加斯塔省[4]，英国人和南斯拉夫人也在做着同样的事情。我们毫无怨言地与欧洲人合作，因为我们清楚，他们能帮助我们坚实地打造这个国家的基础建设。这样的民族精神值得赞美！

我们不如那些古老、富庶的种族那般优雅，我们身上有着原始

---

① 也称南美太平洋战争（1879—1884），是智利同玻利维亚、秘鲁争夺南太平洋沿岸阿塔卡玛沙漠硝石产地的战争。

② 牧羊人大卫：据《圣经》记载，以色列人大卫年少时是一个牧羊人，当时他的族人不断与外族交战。在一次交战中，他机智地战胜了敌人，自此成了以色列人的英雄。后来，大卫当上了以色列的国王。

③ 智利南部省份。

④ 智利北部著名海港，濒临太平洋。

瑞士民族的某些特征，严酷的自然条件赋予了大山子民坚韧不拔的品质。海洋对希腊的召唤，也在我们耳边响起，点燃了我们的灵魂。我们应当穷且弥坚，不附庸于强国，不贪图那些看似慷慨的诱惑。考波利坎[①]在面对酷刑时决不妥协的精神，早已深深烙在我们民族的灵魂深处。

---

① 考波利坎：智利印第安阿劳科人首领，反抗西班牙殖民侵略的英雄。被俘后英勇就义。

赞美智利大地

我要赞美的是智利土地上最美好的事物。我在祖国的三十二个年头里一直把它们紧拥在胸前，后来漂泊在外的十二年间则只能靠过去的记忆。这可能是所有的，但也许我还有遗漏。

1. 山脉

第一篇赞美我要献给智利的山脉，她是我们威严的女主人，是智利人真正的母亲，是孕育我们的地方。我们呱呱坠地后，大山甚至比我们的生母还要尽心，将孩子们永远抚育在她的身边。我们活着时，她就像是遮盖在甲虫身上的保护壳；死去后，我们就躺在她巨大的掌心之中。她把我们这些山谷上方的天空遮挡得严严实实，只将广阔的空间留在了条条隘道中。

所有需要水源的地方都得到了山脉的馈赠，她带来的礼物总是白雪，而不是雨水。另外，一些山峰也得到了她赐予的烈火，现在的它们只是暂时休眠，而不是永远沉睡。她同时也是随心所欲的，有时会突发奇想，来一支旧时酒神狂女①的舞蹈，于是我们就被她那原本安稳的脊背托着，一起跳动、旋转。

2. 海洋

若说智利的第二大美景，在我看来当属海洋。麦哲伦为这里的

---

① 酒神狂女：也叫作迈那德的狂女，在希腊神话中指的是那些酒神狄俄尼索斯的狂热信女们，在酒神节狂欢的时候她们疯狂地舞蹈庆祝，因此而得名。智利是一个多地震的国家，作者在此用酒神狂女的舞蹈来形容祖国的这一地质特点。

海洋取了一个魔幻般的名字[1]，似乎是期盼着这个带着些许谄媚味道的名字能够驯服，或是感化这片海域。

这片浩瀚的海洋呈壮观的青绿色，直通向亚洲。在靠近南极的地方，坐落着数不尽的岛屿，虽可通航，却不易行进，那里可以算是“最海洋”的地域，极具海洋那专横和写意的风采。

拉塞雷纳[2]的海岸线上波涛汹涌，仿佛堆起了一副古时人们穿的褶皱领。南回归线以南的海域壮阔无垠，但海水却冰寒刺骨。沿回归线北上，碧绿的海水渐渐消失不见，取而代之的是完美的湛蓝色。

相比热带海洋，海鸥们似乎更钟情于这里；企鹅们要么排成造型可爱的舰队，要么用它们软绵绵的胸脯伏地而行，仿佛是驻守在火地岛[3]上的卫士；鲸鱼时不时就在人们想得到的和完全意料之外的地方出现；座座冰山濒临融化之时，会梦幻般地出现在水面，好像布满了列阵的兵团。

3. 矿工与航海者

自然了，我要赞美的第三样事物就是矿工与航海者。智利大地可以说是包罗万象，但有一样是自始至终以各种不同形式存在着的，那就是矿工与航海者。他们攀爬着崎岖陡峭的道路，也漫步在

---

① 麦哲伦（1480—1521），葡萄牙航海家，1519—1521 年首次环球航行。他在横渡大西洋、穿越美洲的航行中遭遇许多恶劣极端的困境，最终走出麦哲伦海峡，进入太平洋水域后，历经一百多天，海上一直风平浪静，他便为这片海洋取名为“太平洋”。

② 拉塞雷纳：智利中北部城市，科金博区首府。米斯特拉尔十五岁起在这座城市工作、生活多年。

③ 火地岛位于美洲的最南端。

平缓坦荡的土地上。

出生在阿塔卡马和科金博大区①的人们似乎被造物主刻上了某种标记，天生就使得惯小锤、尖镐，终生在矿井之中摸爬滚打。他们生就了一双山地人特有的大眼睛，眸子里闪烁着金属的光泽。他们在童年时尽览饱满的阳光，成年后却只能屈服于黑暗，唯一的光亮只剩下金属工具敲击的瞬间迸发的火星。

步入老年的矿工们讲起话来的节奏十分独特，是我们这些生活在矿井之上的人不曾拥有的，听起来如小锤敲击出的原始音乐一般抑扬顿挫。我曾在埃尔基夜晚的篝火旁听到过他们的交谈，仿佛是一种奇特的催眠曲。哪怕放下工具十余年，那段岁月仍然使他们哽咽。

说到水手们呢，在美洲还没有产生“航海热”之前，智利人就已经在自己的海域乘风破浪了。我们在回归线以北航行，是为了交换那里出产的作物；我们向南方航行，是为了搜寻巨鲸和海豹；向西，是为了在那遥远的大洋洲找到故事中的复活节岛②，也许，它的存在正是为了提醒我们不要遗忘那无尽的西方。

---

① 阿塔卡马大区是智利从北至南的第三个行政大区，有丰富的铜矿资源。科金博大区是智利的第四个行政大区，已探明的资源有锰、金、银、铜、铁、铅等金属，拥有世界最大的铜矿。

② 复活节岛是南太平洋上的一个岛屿，位于智利以西外海约三千六百公里处，为智利的特殊领地。1722 年被荷兰西印度公司探险家在复活节当天发现，故得此名。1888 年，智利并吞复活节岛，在之后很长一段时间内，该岛被租借给牧羊公司放牧。

我们在塔尔卡瓦诺[1]和科拉尔[2]建立了帆船和轮船工业，我们的祖国拥有如此广阔的海域，自然也就离不开各式各样与海洋相关的手工业。在智利的任何一个海湾都能见到编制渔网的人，做工的手艺匠前赴后继，孜孜不倦。从塔尔卡瓦诺港驶出的有那些能傲视暴风雨的轮船，也有最新流行的纵帆船。

4. 杨树林

这篇赞美的第四段，我要献给杨树林。

科尔查瓜[3]和康普赛西翁[4]的田野是彬彬有礼的，仿佛一切粗野的东西都被彻底摒除，触目所及都是干净整洁的片片绿荫。我们没有用低矮的围墙或粗劣的铁丝网把它们割得四分五裂（真是万幸），相反，我们用杨树排成了双剑的形状，那些数不尽的加利福尼亚杨与西班牙黑杨长得繁茂又高挑，将田野分割开来。

我们早已习惯了道路两旁的杨树林，行走时就仿佛置身于茂盛树荫形成的隧道之中。就这样，人们从一个村庄到另一个村庄，跨越了一里又一里，由东向西，从杨树遮天蔽日的清晨，走到月朗星稀的夜晚。

载着金属或水果的赶脚人，就在这两排忠诚的杨树林的庇护下前行赶路。我们的每条道路，都是以一片杨树林始，以另外一片树林终。

我们在海外徘徊时，异国人会看到我们在歇息的片刻里，灵魂

---

① 塔尔卡瓦诺：智利中部比奥比奥大区的海港城市。

② 科拉尔：智利南部的港口城市。

③ 科尔查瓜：智利中部省份。

④ 康普赛西翁：智利比奥比奥大区的首府。

似乎都浮现到了脸上，有个阴影或走或驻——那可能就是裂开的杨树果实，或是飘落在我们身上的杨絮留下的痕迹。

5. 南美杉[1]与角豆树

第五句“哈里路亚”，我要献给智利的两种植物：一种是树高千丈的南美杉，一种是生长在荒野之中的角豆树。

南美杉直插云霄，有股勇猛的冲劲，也有着丰盈的柔美。除了它与大王椰子树，其它所有树木只能算作是植物界的平民，比起它们两位总是或多或少地显得不够优雅，少了几分幸运女神的宠幸。南美杉与棕榈树展示出自己绝佳的姿态，消磨着时光。对一个来往于卢瓦尔[2]和沙特尔[3]的人来说，看到南美杉穿进有时阴沉有时温柔的天空后，他无疑会感到内心的平静。

在阿劳科，南美杉拔地而起，穿透了那里低沉的天空，直高出地面四十多米，低空的云朵就在它上方飘动，既不会使它看上去压抑，也丝毫无损它的美丽。雾气几乎笼罩了杉树的上半身，二者一同创造出了一幅壮阔且惟妙惟肖的梦幻图。粗壮的南美杉一旦置身开阔的谷地，也会变得十分苗条，只有那些沟壑中的才会长势惊人。无论多么枝繁叶茂的杉树也会在被分割得零零散散的天空下变得稀疏，只能尽力去吸收那些稀少的阳光。南美杉在黑灰色的天空和土壤中生长，却仍旧像一位真正的淑女一样保持着苍翠欲滴的色泽，绝不像其它那些灰心气馁的植物一般轻浮放纵。

---

① 南美杉是智利的国树。

② 卢瓦尔省：法国罗讷大区所辖省份。

③ 沙特尔：法国中北部的一座城市，为厄尔-卢瓦尔省的首府，坐落于厄尔河附近。

南美杉的果实不是为了满足他人，它长在漂亮可人的松塔之中，印第安人口中曾常常咀嚼着那清香四溢的果仁。人们一般只有在冬天的时候才食用松子，因为在那时节，蜜桃已经过季，而最后一批葡萄也已经被晒成了葡萄干，或是酿进了美酒。

在有些降雨稀少的地区或是光秃秃的山区，人们无法欣赏南美杉的英姿，他们拥有的是那些能够忍受孤独与干旱的角豆树。

在角豆树那坚硬如铁的树干内流淌的却是悲哀的浆汁，供应着那些被宠坏了的叶片。它结出的果实包在硬邦邦的豆荚内，风吹过时吱吱作响。

可怜的角豆树却想要永生不朽，它那坚硬的树干是可用百年的木材[①]。然而年轻的人们不会专门去寻觅它那稀薄的树荫；赶路人也只会在用餐或是为骡子系肚带时才会需要它；打柴人呢，则不知对它是爱是憎，因为每每砍它的枝干就像是两人的肉搏、两头野兽之间的厮打，持续好几个小时，到最后，砍树的累倒下了，遭砍伐的却还站得笔直。

科金博霜降的时候，我们常在夜晚用角豆树的枝干做柴火。与它打交道，同矿工与金属搏斗可真是没什么差别。

6. 水果

第六篇赞美我要献给智利的水果。

在智利的果园里，妇女与男人做着毫无差别的农活。

也许在那些拥有两千多年历史的地方，桃和杏，梨园与苹果园可以算得上是美丽动人，但在智利，这些果实长得像是被施了魔法

---

① 角豆树是一种能耐干旱的树木，木质坚硬，具有非常好的耐潮性。

似的挂在空中。

考廷[1]与瓦尔迪维亚[2]的苹果个头很大，但不会淡而无味。比起它的追求者——加利福尼亚品种的苹果来说，它可谓甘甜至极，丝毫不知“酸”为何物。苹果的果香淡雅且绵长，若不是因为它如此可口，我们可能会将之置于衣柜或碗橱中，好享受它散发出的不绝的幽香。苹果不如菠萝那般奢华，它更像是一位体面的女士，在忠诚上更胜几分，经得住耽搁和存放。一年过去，它依旧保持着往昔的容貌与品质。

梨紧随其后，且更有自己独特的风骨。比起苹果朴素的干脆，梨有着丰盈的汁水；相较苹果那传统的果实形象，它则长着小小的驼峰和孩童般的轮廓。

蜜桃是一种拥有千变万化的色泽与味道的水果：桃树那绿油油的枝干上挂着的果实色彩缤纷，有鲜红的，有暖黄的，还有呈白色的。一来到这片迷宫般多样的大陆，桃子原先的欧洲名字便不再适用，现有的名词也不足以充分衬托它的形象，我们只能尝试用一些形容词来描述它：丰盈、柔和、壮实、细滑、入口即化。

7. 群岛

我要赞美的第七样事物，是智利南部的群岛及那些纵情肆恣的半岛与运河。

传说中，曾有一条庞大无比的巨鱼，从南极游向赤道，它在旅程约莫四分之一的地方停下产卵，而后又一路上行，如此便留下了

① 考廷：智利南部省份，盛产苹果。
② 瓦尔迪维亚：智利中南部省份。

这一连串形态特异的小岛。这条巨鱼在热带的海水中消融了，而它留下的鱼群却没有能继续它的航行……那里灰色的海洋仿佛宇宙，群岛们就是闪烁着莹绿色光芒的大熊座和仙女座，那一抹不同的颜色看上去就像是企鹅的前胸。它们现有的名字是阴郁的，带着异域的味道——汉诺威岛、威灵顿岛、阿德莱达皇后群岛[①]……而它所包含的事物却都是真真实实属于我们智利的。

崇尚安稳的人们喜欢在温暖的夏天航行，享受明亮的天空与平静无诈的水域。然而只有在冬季，南极的海洋才是最真实的，毫无保留地展示它们易逝的、如神灵一般的特质。在那个时候，伴随人们航行的是一座座耀眼的冰山，它们要么排成神圣的矩形，要么列队行进，将好奇的我们引至那些水手们不屑前往的奇境。

或紫或黄的浓雾笼罩了群岛，使航船失去了方向。狡猾的雾啊，就像船员们说的那样，它可真是变幻莫测，诡谲而怪诞。

但这里的海并不像人们所说的那样邪恶，也不像厌倦了冒险的船长所言的那般野蛮。这里普照着世上最温柔的阳光，当太阳逐渐消逝在稀疏的雾色之中，它眼中只剩下最后一块智利大地，在离开的最后时刻，它挣扎着是否坚持到南极去，抑或是就此沉入虚无。

8. 手工艺

第八篇赞美我要献给智利的克里奥尔和阿劳科手工艺品，献给奇廉城[②]集市上售卖的泥偶、圣地亚哥主教堂阶梯上人们大声叫卖的兽角杯和阿劳科尼亚特色的手工地毯。

---

① 均为麦哲伦—智利南极大区的岛屿。

② 奇廉是位于智利比奥比奥大区的一座城市，处在智利的地理中心位置。

制作泥偶的材料来自黑色的泥土，这颜色与纯白色一样亲切好看，可供人们尽情创作。

人们用脚下的泥土制出了前所未见的动物形象：像鹿一样奔跑的马群、像公鸡一样跳跃的火鸡和类似羊驼的母牛……动物们排演着各式各样的行进队伍，因为这些模特们不拘泥于任何一种形式，所以造型也就千变万化。那些“陶艺师”、“造型师”和“雕刻家”们在勾勒线条、捏制世间最初的形象时，万物还没有固定的造型。他们在两三种自己偏爱的形象中犹豫不决，也就是在不久前，事物才最终以现在的样子确定下来。

兽角杯中嵌着几道分布随意的金黄色条纹，像燕麦、果皮，也像玉米。它能使杯中盛放的清水勾起人饮下的欲望，让人在口中啜饮时还会津津有味地将目光停留在它身上。

这种杯子方便携带，因此相比居家之人，它对旅人要有用得多。它的大小让人一只手就可以抓得住，塞进口袋里也不会撑得鼓鼓囊囊。

坚硬又难看的兽角到了工匠们的巧手之中，就变成了全新的材料，半似孩子的躯体，半似溪中的卵石。用它饮水，手掌既像捧着水做的黄金，又有着柔软的触觉。

阿劳科印第安妇女手工艺刚刚出现之时，就已经开始编制手工地毯了。她们将材料放在膝头，织机的节奏合着她们口中奇特的阿劳科民歌，就那样织啊织，不停不休。

这种地毯并不是大到像挂毯一样，也不是小到无处可用。它被剪裁成四乘六米，或八乘十米——因为矩形总是比正方形更为美观，也要比编织圆形简单得多。毯子上总是点缀着几个石榴红或宝蓝色的卐字样①、一些深红色的菱形方块和天蓝色的希腊回纹②。这种地毯上从没有花朵或绿叶，没有动物的翅膀和双爪，也无任何因装饰物的阻碍织出的曲线，有的只是笔直的线条，相交而成。

手工地毯可以满足妇女们各式各样的需求：在考廷的雨季来临时，人们可以懒散地坐在家中，用它来温暖双脚；也可以用它做桌布，否则毫无遮盖的桌面会显得光秃秃的，不够正式；用它做靠垫，对头颈是一种享受；又或者，仅仅只是用它来装饰墙面，也必会吸引那些空洞的眼神，供他们欣赏那纯粹的色彩。然而今不如昔，现代梅斯蒂索人制作手工地毯的手艺已经逐渐衰落。一块地道的手工地毯应该有那鼷鼠的黑、马鹿的棕或是蟒蛇的灰，只有这些颜色才能搭配阿劳科人庄重肃穆的灵魂，因为在他们充满雨水、浓雾与白雪的土地上，不存在阳光、飞鸟或宝石那样绚烂的颜色。

这样的地毯是肃穆的：它的造型简单，散发着男子气息；它使用羊毛织成，这种材质能为之增添几分柔软。羊毛被纺成上好的丝线，整齐地盘成球状，就算梅斯蒂索人再想要以假乱真，只要人手一摸，就能从地毯正面的柔软程度与背面完美的针脚上辨认出哪块是真正的阿劳科人手艺。

9. 昆卡舞③

我记忆中的第九件事物是昆卡舞。

---

① 卐字有很悠久的历史，在很多文化中都有出现。智利土著居民认为该字样代表宇宙与世界。

② 希腊回纹：是古希腊艺术中常见的纹理设计，也在其他文化的艺术中出现。

③ 昆卡舞：智利的国舞，是一种热烈欢快的节日舞蹈。

当九月来到①，寒冬已不再，天气开始转好之时，在葡萄园或麦田中举行的葡萄节②和收割节③上，人们对昆卡舞的热情就像那待发酵的葡萄汁一般逐渐高涨起来，舞动的身影在山谷中来来回回，仿佛织机上不断旋转的梭子。

无论船夫还是农夫，是照看孩子的母亲或是修枝剪芽的妇女，所有人都被酒神杖④搅得神魂颠倒。在打谷场上，或就在自家的小院中，昆卡舞就这么跳起来了。这种舞蹈是两个主题与两种表现力的碰撞。歌声与舞步先急后缓，调子从激烈转为忧伤，狂热融化在柔情当中。两种力量由始至终旗鼓相当，没有哪一方是最后的胜者。

中部平原的泥土地、草原上硬实的大地甚至海滩都在震动、呻吟，就像一面被舞者的脚跟踩得砰砰作响的大鼓。鞋跟的踢踏声响彻智利大地，像是作坊里踩压葡萄的声音⑤。

昆卡舞拥有两个灵魂、两种性情，因为跳舞的总是一男一女，两人都需要使对方愉悦，向对方展示自己。因此，昆卡舞既像烈火，又像空气，既有挑逗，却也不能有失分寸。

---

① 智利位于南半球，九月为春季。

② 智利盛产葡萄，每年的三月到四月，在葡萄成熟采摘的时节，智利中部葡萄产区的人们会举行大型的庆祝活动。

③ 收割节是智利的一个农村传统，在小麦收割的季节，人们将脱缰的马群赶入打谷场，以此来为小麦脱粒。

④ 希腊神话中的酒神狄俄尼索斯，头戴葡萄藤结成的冠冕，手持常春藤缠绕的手杖。酒神杖即象征着美酒。

⑤ 在酿酒业进入工业化之前，人们把成熟的葡萄放入大桶或其它容器之中，光脚将葡萄踩踏出汁，以此完成酿酒的一道工序。

舞蹈伊始，男人热情地旋转着，女人也迎上前去，对他的激情几乎是半推半就的。没过一会儿，她又嘲弄起他来，却没有要赶对方走的意思，视线还始终追随着自己的心上人。

女歌手弹拨着吉他，用歌声挑逗着舞池中“英勇”的搭档；这时候伴唱的人们也不是默不作声，反而是把一句句火辣辣的奉承话抛给女舞者，半带取笑，半带赞赏。

他们挥舞的手帕、酒精与激情，飞掠过狂欢酩酊的人群。

这个不朽的民族，流淌着亚热带的血液，拥有海洋与高原阳光赋予的热情似火的身体。他们带着生命的骄傲舞蹈着，他们不愿沉默的灵魂在拍打着。那舞蹈跳的是古老爱情的丰功伟绩，大海赋予它狂热，高山将它变成永久的仪式。

墨西哥风景

墨西哥谷地的风景对我来说非常新鲜，它有时会令我诧异，但更多时候是让我惊叹不已。我在大山中居住了多年，在我的家乡，山是崎岖陡峭的，有种被我称作“希伯来式”的顽固气质，既阴森又伟大。

在墨西哥，我也被大山围绕，但它却是多姿多彩的！

众所周知，阿纳瓦克高原的平均海拔有一千八百多米，波波卡特佩峰、伊斯塔西瓦特尔峰、阿胡斯科峰在高原上拔地而起，但它们却不似我们圣地亚哥的山脉那样，有着骇人的重峦叠嶂。虽然这三座山峰都高达五千多米，却因为分散各处，人们从高原上远观的时候，并不觉得它们是如此高大。这些山峰线条纯净，好像出自雕塑家多纳泰罗之手①，温婉柔和至极。宽阔雄壮的山麓把整个高原托起，但低矮的丘陵和山峰却挡住了大山的基座，就好像整条山脉只有那几座高峰，被凿刻进蓝天中。对，就是这个词，凿刻。创造这些山脉的神，不是至高全能的耶和华，也不是造就了罗丹的那位双手孔武有力的神明。这些山脉的创造者，用他温柔的手指创造出了阿纳瓦克高原的土地。望着这美景，我想起了阿纳托尔·法朗士②笔下的佛罗伦萨。这里虽说是山区，是高原，却丝毫没有那种

---

① 多纳泰罗（1386—1466）：意大利文艺复兴时期杰出的美术家、雕塑家。

② 阿纳托尔·法朗士（1844—1924）：法国作家、文学评论家。

大自然中常见的险恶环境，倒更让人觉得是一件艺术品。

我最钟爱的是伊斯塔西瓦特尔峰，也被叫作“白衣女子”，因为她的线条像极了一位平躺着望向天空的女子。主峰是她蜷起的腿，另一座矮一些的是她的胸脯。她身上覆盖着永恒的白雪（这是确确实实的永恒），让这景致更加美丽动人。

我在墨西哥城郊外米斯克阿克的家就对着这座山峰。我一打开窗，就好像在向我的守护女神致意问候。云层不厚的时候，我能清晰地看到太阳温柔地从山峰中升起。

墨西哥的天空十分奇妙。大多数时候，上午的几个小时它都澄净无瑕，但总有几片云在地平线上游走，或停留在山峰旁休憩。

慢慢地，云层逐渐密集，颜色也暗淡了下来，直到包围了整片天空。终于，雨下起来了。每个下午皆是如此。

这雨小且短暂，好像是远方降下的暴雨传来这里的回声。暴雨应该是在那高山之中，降下的时候壮美又可怖，但等传到了谷地的中央，就只剩下回声，只是回声。

从古巴开始，我渐渐习惯了那种气势恢宏的电闪雷鸣，听起来像是瓦格纳[①]的音乐。最初，别人都镇定自若，我却被吓得面色苍白。我记得就在我们乘坐的船靠近古巴岛的时候，看着闪电在空中划出奇异狂野的线条，我靠着船舷瑟瑟发抖[②]。如今，我可以伴着马德雷山脉[③]如战鼓咚咚的雷电声安然入眠。它就像一首雄壮磅礴的摇篮曲，在这曲声中，我安心地合上双眼……

---

① 瓦格纳（1813—1883）：德国作曲家。

② 米斯特拉尔曾赴古巴旅行、讲学。

③ 马德雷山脉：墨西哥的主要山脉，是环绕墨西哥高原的几条山脉的总称。

刚才提到的每日之雨，是上帝对这片土地的馈赠。虽然高原上从不会热浪炙人，这小雨却会带来更多清爽。下午六七点左右，雨停了，泥土的清香飘散而出。墨西哥城周围的湖泊早已干涸，据说这是自然现象，只不过提前发生了。沙化的范围越来越大，城市上空总是飘浮着细细的尘土。雨水能减轻沙尘，让天空重归明净。这就是我最喜欢的墨西哥风景。

我之前说过，这里的天空十分奇妙。但是可惜，我还从未见识过墨西哥人说的那种冬季下午特有的瑰丽色彩。在我眼里，天空之美在于它的无边无尽，也在于云朵们的追逐嬉戏。

智利的山脉像连绵的城墙一样，遮挡住人们的视线。但墨西哥不是这样，这里的天空宽广寥廓，云朵看起来蓬松又轻柔，似乎也更加灵动，不像我们南美洲的云那般厚重。我常常花整个下午待在家里的天台上，看云朵在空中编织出一个奇妙的宇宙，好像在玩着什么有趣又无穷无尽的游戏。等它们围满了整片天空，这场游戏就以每日必到的雨水告终。

我在墨西哥很少能碰到晴朗的夜晚，据说一般只在冬日出现，这一点也和我的家乡大不一样。

对我来说，享受高原的阳光是每天最愉快的事。刚来的那几天，这里的阳光让我欣喜若狂，程度仅次于海洋带来的喜悦。虽然强光让人睁不开双眼去观察，但我还是能清楚地感受到它的存在。我想，曾经的阿兹特克人①应该也是以这种神秘的方式来感受阳光

① 阿兹特克人即墨西哥的印第安人。阿兹特克文明为美洲古印第安文明的重要组成部分。

的。这阳光曾是我童年时的玩伴，时隔多年，终于又回到我身边，与我做伴。

我出生的山谷也有这样的阳光，她赐给我丰富的血液和炽热的心灵。后来在苦寒地区多年的生活对我来说像一种惩罚，我的双眼一直渴望阳光，因为它们早已习惯了与光为伴，把光当作生存的根本。现在，虽然我再次回到阳光照耀之地，却不能久留，因此我不想错过任何一天，渴望阳光像甘霖一般灌溉我的身体。我很难向墨西哥人解释我为何如此竭力赞美这里的阳光，因为他们不了解南极地区的我们承受着怎样的荒凉和忧伤。

古巴的阳光强烈得能灼伤人眼，因此我几乎从没真正看清过那个被我称为“火舞玫瑰”的岛国。她惊人的美丽就像赤裸的炭火，在那里，我觉得自己之前似乎都不能算见识过太阳。

但这里的阳光不同，它炽热，却不伤人。在它的照耀下，风景的色彩毫不生硬刺眼。从巴拿马到古巴，我一直在想，画家们要如何下笔，才能真实地绘出这里的景色？因为大自然是如此绚丽多姿，但放进画框里又难免过分鲜艳。

现在我们来谈谈气候。这里的气候是刚才我提到的几种因素共同作用的结果：海拔、雨水和光照。

维拉克鲁斯气候炎热，仅次于哈瓦那。听说它东面的尤卡坦州是真正的热带地区，与塔巴斯克州、坎佩切州，组成了尤卡坦半岛的东南海岸。从维拉克鲁斯[①]出发大约四小时后，我来到了一个气

① 维拉克鲁斯：墨西哥东部州。

候无比温和的城市——哈拉帕，这座城就像是墨西哥致以游人的亲切问候。这里的高原气候极其温和，但我不会说这是世界上最宜人的气候，因为在我看来，这种“世界之最”的句子本身就是无意义的。总爱这样评价的往往是那些连世界四分之一都没有走遍的人，或是喜欢夸口的爱国地理学家。

但是我会说，这里的气温绝佳。要定义什么是宜人的气候，我首先要提到一段往事：有一次，我与一些朋友谈论道，一件杰出事物的最高境界，应当是能让人忘记它的与众不同；最上乘的风格，是让人忽略了那些定义风格的条条框框；真正的圣洁，则是克服了精神斗争后获得的道德境界。因此我们可以说，最好的气候，能够令身体完全忘记了冷和热的概念，也就是说，气候本身的边界也都变得模糊了。迄今为止，我在这里还从没有感受过寒冷，哪怕是在田野上被大雨浇了个湿透。这儿的温度总让人感到舒适，哪怕走了一大段路，也只会感觉到高海拔带来的疲惫，却绝不至于酷热难耐。

我羡慕这里得天独厚的气温。我原来常说，智利阿雷纳斯角那刺骨的寒冷对人的品质没有太大好处。它曾让我变得自私，成日里只关心自己的炉火和冻僵了的身体，再无暇他顾……在哈瓦那的四天时间里我一直忙于消暑，只想要稍微凉快一点。当然了，收效甚微。在墨西哥，我终于可以不再关注自己冷热的感受，得以放眼观察身边的人与事。这里温和的气候不会让人烦闷，我反而觉得，对于无福消受世间种种享乐的穷苦人来说，它可能是他们所拥有的最大幸福。然而，这话也不尽然，因为在这里出生的人们不会像我一样，觉得这气候是这么难能可贵，也不会理解它为何会带给我这么大的快乐。

从柔美的山峰到幻变的天空，接下来我们把目光向下移，来看看山谷。我用“山谷”这个词，仅仅是在沿用一个地理概念。阿纳瓦克山谷和我们智利的山谷有着天壤之别，这里的山谷更像是辽阔的平原，拥有几近完整的地平线。

这里的景色是温柔美好的，山脉在成百上千年间形成了一个个起伏的缓坡，像是做了一个精巧的游戏。墨西哥城周围有着大片广阔的田野，覆盖着青草，点缀着一些孤独的树木：高大的白蜡、挺拔的黑杨和邦普朗柳树（这种树很像我们智利的那种体型匀称的杨树）。它们让我想起柯罗①所绘的树木，优雅而朴素，一如人类的形象。

我们智利的田野被山脉分割得支离破碎，还有许多长满灌木的洼地，像幽暗阴冷的山洞。相比之下，这里更像是平原，每个角落都接收着阳光的照射。

乡间民居被一排排龙舌兰隔开，这是墨西哥地区最具代表性的植物，很值得细细品味一番，哪怕是我这样蹩脚的描述者，也想斗胆一试。

龙舌兰有无数叶片，每片都有两三米长，非常宽阔，呈青灰色。叶片的尖角垂向地面，像是喷泉落下的无数道水柱。它的高度也有两三米，叶片坚硬且厚实，从叶片中提取的龙舌兰纤维，是一种工业纤维的原材料。在这座高原上，印第安人拿它来制作那些精

---

① 柯罗（1796—1875）：法国画家，以风景画著称。

美绝伦的纺织品。另一种尤卡坦半岛上常见的植物，是黄心龙舌兰，从它身上提取的赫那昆纤维，可加工成人造丝，用来制作最上乘的索具。

在哈拉帕到墨西哥城的途中，我一直在赞美这些美丽的龙舌兰，感叹它们装饰了旅途中的风景。这时候，一个同伴打断了我：

“它们是漂亮没错，却也有着恶魔的一面。它们和你们国家的葡萄园一样，美丽中透着邪恶。印第安人最早是在割开龙舌兰的根茎时发现了清甜的汁液，再后来，人们就用它来酿造龙舌兰酒，逐渐演变成了这个民族最独特的烈性饮料。”

的确如此，但这美丽又高贵的龙舌兰并没有过错啊。

龙舌兰的中心部位，被称作龙舌兰心。印第安人像举行宗教仪式一般吸吮它的浆汁，与诺亚①一样，他们让这汁液发酵，直到最终获得了这种度数很高的烈酒。这种植物数量极多，又无需耕种，对受尽磨难的印第安人来说，这是他们能获得的最廉价的美酒，所以就别再指责他们这小小的嗜好了。

这就是最简单不过的墨西哥谷地风景，极尽柔美与朴素。

然而我即将离开这里，去寻找下一段崎岖而多彩的风景。

---

① 据《圣经》记载，诺亚乘方舟经历了大洪水后，建立了最早的葡萄园。

墨西哥印第安妇女剪影

这是一位形象十分优美的墨西哥印第安妇女。她的美丽与我们见惯了的那种有所不同：她的皮肤不像贝壳般红润粉嫩，而是带着被阳光灼伤的小麦颜色；她的眼神炽热又温柔，脸庞像是一幅精致的图画；她的额头大小标致，嘴唇薄厚适中；她的口音甜美，声调忧伤，说起话来仿佛喉咙深处含着一滴大大的泪珠。印第安女性很少有肥胖的，她苗条灵活，常用头顶着、用胳膊夹着一只水罐，或是将如水罐一般幼小的孩子负在背上到处奔忙。她与自己身边的男伴一样，有着完美且精致的肩膀。

她身上盖着的大披肩给了她如圣经般简洁的线条——它没有任何厚重的褶皱使人显得过分宽大，而是如水流一般从她的脊背和膝盖上倾洒而下，还在边缘处卷起水花似的流苏，异常可爱。这披肩极长，仿佛在展示着自身的优雅，其编织的技艺则更是无可指摘。

她几乎一直围着一条蓝色的披肩，中间点缀着白玉色的条纹，这图案可与我见过的最漂亮的彩蛋画媲美。还有些时候，她会使用另一条交织着鲜艳细纹的披肩。

披肩将她完美地包裹起来，让她看上去像是香蕉树的粗茎，长着还未伸展开的新芽。有时候，她的头也被披肩盖着，但这可不像那些妖娆的丝巾，戴上去后仿佛是一只停在女人金发上的黑色蝴蝶，它也不是热带地区常见的那种巨大又华丽的斗篷。印第安女人的披肩，只是朴素简单地装点着她们的头发。

这位印第安妇女用披肩轻而易举地把孩子舒服地绑在自己背上，她属于传统的女性，绝不会对孩子不管不顾。她用披肩包裹着孩子，正如她在他未出生前用血液孕育着他。每到周日，她就这样背着孩子上集市去。她叫卖商品的时候，孩子就在一旁玩水果或者别的什么吸引人的小玩意。无论是翻山越岭或是长途跋涉，她总是把孩子背在身后。她从未学会如何从这重任中解脱，相反，却希望能背负着这甜蜜的负担，直到永远……

印第安妇女的裙子总是深色的，只有在少数一些气候温暖的地区，才偶尔能见到像加拉巴木那样颜色喜庆的衣裳。她提起裙子走路的时候，裙摆散出的褶皱就像一块耀眼的扇面。

若将女性比作花朵，那么她们的剪影应有两种类型：一种是宽阔的，由繁琐的裙裾与臃肿的衬衫组成——那是玫瑰盛开的形状；另一种由挺直的裙摆与简洁的上衣组成——那是茉莉花细长的叶柄形状。印第安女性的剪影就属于后者，她们几乎一直如此，简单而精炼。

她赤着脚走啊走，从普艾布拉①的山区、乌鲁阿潘②的果园来到大城市。那双小脚尽管行过了千里迢迢的道路，却丝毫没有走样变形。(对阿兹特克人来说，大足是野蛮人的特征。)

她不停地走着，走在滂沱大雨和晴空万里的天空下。她黑亮的发辫高高地盘在头顶，在阳光下闪闪发亮，有时，她还会用彩色的纱线为自己做成一顶光彩夺目的金刚鹦鹉羽冠。

---

① 普艾布拉：墨西哥中部偏东的一个州。

② 乌鲁阿潘：墨西哥城市，属于米却肯州。

我看到她在田野中停下，她的身形窄小，比起双耳瓶，她更酷似一只杯子，就像是瓜达拉哈拉[①]特有的那种金色杯子。她的脸颊仿佛被炉火“烧制”出了颜色——那炉火，就是墨西哥的阳光。

与她同行的是一个印第安男人，头上戴着一顶草帽，宽大的帽檐在女人的肩膀上投下阴影，他身上的白衣就像是田野间的一道闪电。两人静静地走着，走在那令人心神恍惚的风景之中。他们时不时地交谈几句，我虽不明白含义，却感受到了其中的柔情。

这个民族一定曾经是幸福快乐的，上帝把他们和世上第一对夫妻一样安置在花园中。他们曾与这片土地上的阳光和果实一样，拥有无上的荣耀。然而四百年的奴役已使那一切褪色，如今，这里的土地尽管依旧柔软得像溢出的果肉，他们的道路却无比艰难。

诗人们从没有赞美过这位女性。她类似亚洲人的轮廓一定与摩押女子路得[②]有所关联，她那黝黑的脸颊，来自麦田中成千上万个日日夜夜的辛劳。

---

① 瓜达拉哈拉：墨西哥第二大城市。

②《路得记》是《圣经·旧约》中的篇章，围绕路得这一人物，讲述大卫的曾祖父和曾祖母的故事。

赞美波多黎各岛

接下来我要赞美的种种事物，都与我心爱的波多黎各有关。这些回忆，只要我一合上双眼就会在我脑海中浮现，它们已成为我心中波多黎各的象征。我从来无需费一点功夫，就能轻易地分辨出她与她的姐妹岛——古巴的区别。要知道她们两个是如此相像，要区分清楚可不是那么容易的。

飞机跨越了加勒比海，那个亲爱的小岛，岛上那些我爱的和爱我的人，都已离我越来越远。我口中不断念叨着这些波多黎各的事物，期盼自己永远不要忘却它们，不论是现在，或是遥远的未来。

若我此生无法再回到波多黎各，我要恳求大家不断为我描述这些事物，以免我总是急切地想要重现往日的回忆，而一旦回忆被想象加工，就不再是它们原本的模样。每当这个时候，我都会让朋友们给我寄几张那里的照片，或是十字绣，或是刻在椰子壳上的图画，又或者只是几封埃皮纳勒①风格的信件。

如果真像人们所说，人在弥留之际有那么一段时间，既不属于纯净的天空，也不归于厚实的大地，那么在我垂死之时，在那凌晨五点的浓雾之中，我一定要像亡人流浪者常做的那样，再下来看一眼波多黎各。

---

① 埃皮纳勒：法国东北部城市，为法国知名的版画生产地，埃皮纳勒版画以构图简洁著称。

我要记录的有十四样事物，全都来自我记忆中的角角落落。它们每个都是那么与众不同，互相难分伯仲，共同构成了我幸福的源泉。

请读者在阅读的时候别觉得我这些简短的篇章拙劣平庸，请理解这些赞美有时候是我一挥而就的，来不及细细斟酌推敲。

土 地

我首先要赞美的，是波多黎各的土地。我要拿它作桌台，用来安放之后提及的其它事物。在这片土地上，一切都显得格外熠熠生辉。

波多黎各的土地极其松软，除了高原上的一些小山，大部分地区的土壤都比陶土还要柔软。造物主一定是在创造了坚硬的石英土和毛石土后甚是疲乏，需要这样柔软的黏土让双手休息片刻。

耕种这样的土地，人不会疲惫不堪，它柔软得仿佛在爱抚行人的双脚（切弗雷蒙特、托伦斯[①]，人们常说的“被路面硌伤了脚”，对你们波多黎各人并不适用）。每天八小时的闷热让土地裂开了缝，但雨水又让它干裂的嘴唇迅速合拢。虽然这里没有陆上流淌的大河，却有每日都从云端垂直降下的“河流”，对土地来说，这也就足够了。

山 丘

我要赞美的第二件事物，是波多黎各成千上万的小山丘。它们与这里的土地一样柔软，好像服帖的发丝，可以随意弯折。它们甜美之极，像一个个稚气的孩童，那些起起伏伏的山坡，仿佛它们在

---

① 切弗雷蒙特、托伦斯：波多黎各作家。

做的某种游戏。我听闻有人统计过这些山丘的总数，应当是普罗旺斯诗人拉米雷斯吧[①]，他是对这片土地最有研究的人。而如果我长住在波多黎各岛上，我也会四处去攀登这些山丘，想必要知道它们的总数也不是什么问题。

来到这里的寓言家们都应当为这些调皮的山丘创作些故事，描写它们圆滚滚的形态，像盘着的发髻，像倒扣的加拉巴木碗，也像画笔下的蜗牛壳。印第安人无疑编写过这类故事，只可惜他们已从这座小岛上消失，他们与他们的神秘故事如今都隐藏在黑暗中，每一个风干的头盖骨旁就长眠着一个印第安传说。

空　气

我要讲的第三样事物，是空气。热带的天空最是无拘无束，神秘莫测。我在这世上所闻所见的一切都比不及这里湛蓝至极的天空那般引人深思，教人用最完美的方式去爱、去体验。

在这里，大海无处不在。行人看似刚从海边离开，稍行片刻它又在另一处出现，这正是波多黎各和所有岛国的魅力之所在，在其它地方，大海顶多是只隅片角，是人口中感受到的一丁点微咸。但在海岛上漫步，连嘴角都会泛着海盐的余味。大海不仅创造了可供欣赏的美景，也为人口中增添了不同的滋味。在波多黎各，一切都是美好的，甚至不乏那些极其出类拔萃的事物，因为在这里，万物的形状显得格外地真实完整。生长在这种气候里的椰子树，拥有少女般的身形，她们从不曾想过，如果生在别处，自己会变得多么面目全非。我们人也是一样，若想要真切看清自己，那就来安的列斯

① 拉米雷斯：普罗旺斯历史学家。

岛屿吧①，在这里，阳光会勾勒出我们最真实的样子。

椰子树

下面我要讲讲椰子树、棕榈树。西班牙人曾经为每一个死去的印第安人种下一棵鲜活的棕榈树，为了用它们来替代这个已经消亡的种族，也为了忘却这座小岛的过去——那时候，这里生活着许多印第安人，却还没有棕榈树。

在这里的四十天里我总是新奇地看着天空：阳光透过植物的枝条，穿过那成千上万的棕榈树，倾洒下来。树木们好似机杼，将阳光变成经纱，歌唱的鸟儿与傻乎乎的昆虫做纬纱，这纱线虽无形，却极富生命力。

后来我也到过别处，没有了棕榈树合唱般的壮观景象，天空显得光秃秃的。这里的椰子树长得像雅典娜节游行一样繁盛，棕榈树则高大挺拔，像放牧的羊群般分散开来。它们上方的枝叶集聚在一起，像正进行着家庭茶话会，相互亲切地比画着手势。它们的头颈常常碰触在一起，身体却相互回避。那交错的声音在空中听起来十分沉重，在树下看则像一个个晃动着的长发飘飘的脑袋。

咖　啡

第四样我要赞美的是咖啡。其实我本可以把它排在更靠前的位置，因为波多黎各的咖啡园就像是一套剪裁精致的宽大衣衫，覆盖了整座小岛。

咖啡树与许多热诚的人一样，内心总是同时还有羞涩的一面。

---

① 安的列斯群岛：为美洲加勒比海中的群岛，大安的列斯群岛由古巴岛、牙买加岛和波多黎各岛等组成。

阳光赋予了咖啡令人兴奋的特质，但同时它却又害怕强光，需要树荫来提供清凉。有些地方种植番石榴树，用它的树荫来满足咖啡树这种可爱的需求，但乌图阿多①用来为其遮荫的则是蒲桃树②。源于咖啡这种喜阴又喜温的特殊爱好，咖啡园大多都选在沿着小山或山谷的地方。园中最引人注意的反倒是那些枝繁叶茂的遮荫树，所以人们若想要好好看看咖啡树，必得在那层层叠叠的树荫下面寻找。咖啡红澄澄的果实衬着朴素的绿色枝叶，更显示出那非凡的热诚。

尧科③的咖啡园在小山上蜿蜒盘行，成带状和块状分布。咖啡树总是被树荫遮盖着，在阴影里显得很是娇嫩，但什么也掩不住它那鲜艳的小小火苗。尧科，这个地名中的二重元音④，仿佛是为了更加引人注目，让路过的外乡人都记住这个名字和这里出产的最上乘的咖啡。如果说优质的咖啡可以被称为天使，那么尧科的咖啡注定是他们的总领天使⑤，是这一高贵物种中的经典。咖啡的灵魂在这片有着像面包屑一般的小孔的土地上穿梭行走，这里的咖啡园，甚至要比维吉尔⑥葡萄园的灵魂更为高贵，毕竟葡萄到最后会酿出邪恶的美酒，让人们变得狂热，而咖啡却不会。

我曾在尧科这片充满激情的土地上过夜。我就像是阿拉伯神话

---

① 乌图阿多：波多黎各岛中部城镇。

② 蒲桃树：乔木，因枝叶婆娑，常用作咖啡园遮荫树。

③ 尧科：波多黎各岛西南部的城镇。

④ 二重元音：西班牙语中，两个元音可以组成二重元音，拼读时发音较重。

⑤ 总领天使：也译作天使长，指的是圣经之中的圣天使米迦勒。

⑥ 维吉尔：奥古斯都时代的古罗马诗人，作品有《埃涅阿斯纪》、《牧歌集》、《农事诗》等。他曾在作品中谈及葡萄与橄榄的种植。

中的小山羊[1]，闻着那四溢的咖啡芳香，脚下似乎就是它流动的灵魂。它让我做了一个甜美的梦，甚至产生了幻觉。至今我还记得在那里度过的三个夜晚，枕头上那股醇厚的咖啡香气，至今似乎仍能让我充满激情。

我问一个咖啡迷如何评价波多黎各的咖啡（他属于极其钟情咖啡那混合着激情与香气的那类人），他的回答大概是这样的：

“亚洲或非洲咖啡就像是自身资质平平的父母，但它的儿女一辈却出类拔萃。美洲咖啡，尤其以波多黎各咖啡为首，在口碑与品质上都遥遥领先它的上一辈。它们的阿拉伯父亲在这热带的安的列斯地区找到了比也门更适宜后代繁衍的土地[2]。

“波多黎各咖啡有雄性的强劲，还未入口，香气就直冲脑门。但它的口感又如女性般醇厚柔和。它像茉莉花一样清香浓郁，却不过于强烈；它只会令人神清气爽，却不会心神不宁。”

且让我将这位饮者的赞美据为己有吧。我发现这些描述咖啡的话语倒是与我歌颂手工艺的方式如出一辙。

咖啡，是我们血液与神经中游走的最微小的精灵。

柚 田

柚田是我要讲述的第五段回忆。柚田那种黑亮色泽是生命强健有力的植物所特有的，因为它们体内充沛的浆汁会让树木失去原本的色彩，变得越来越深沉。但正因为此，柚田也使平原的土地看起来肥沃健康，不像甘蔗田的憔悴苍白，让人看得疲乏。

---

① 指的是关于咖啡的发现的传说之一。

② 非洲是咖啡的故乡，后来由被贩卖的奴隶带到了也门和阿拉伯半岛。

在热带这片神奇而骚动的土地上，柚子树比肩接踵，低矮结实的树干像罗马方阵一样排列，好似手持着短剑和盾牌的战士。

在这之前我从没见过柚田。第一次来到这里，它们用来迎接我的是枝条上的累累果实，饱满又健硕，改变了我一向只对那种多愁善感的花草的偏爱。柚田中的每一棵树木都像是载满贡品的罗马战车。

要是隐喻派画家想找一种果实，用来填满迦南女神[①]版画背景的边边角角；或者说画家们厌倦了那些重复出现的神话题材，不愿再画波摩娜[②]缀满果实的乳房；如果他们只想单纯地画一棵既能供养又能承载生命的树木，别忘了波多黎各的柚园，它能完美地诠释画作想要表现的丰盈之感。

柚子的体积巨大，成千上万颗球形的果实挂在树上，枝条因阳光的照射几乎完全变黑，果实却是纯粹的黄绿色，不同于许多常见的血红色水果。

从树冠到树干中部，柚子树像是一面打开的旗帜，静静地展示着自己的丰饶。它好比是果树中的查理大帝，自信满满，认为自己已经拥有了一切。它雄狮般的枝条是那么坚硬，无论木材也好，金属也罢，我还从未见过像柚子树枝这样的材质，承受着如此的重量，却不会断裂。

面包树

在第七篇里我们来谈谈面包树。面包树是高大的巨人，叶片像

---

① 迦南女神：指的是迦南人供奉的女神阿瑟拉，象征着生育，常见形象是一个刻在树干上的乳房裸露的女性。

② 波摩娜：古罗马神话中的果树之神。

神话中的手掌，它的手指伸展开来，享受着阳光。它身上的枝条不多，像是我们人类的骨骼，所以它与人类看起来极其相似，让人想称它为“父亲”——世界那头的蒙古人就是这样称呼它的。它的叶片也很稀少，但因此显得非常好看。它的枝条沐浴在阳光下，数目几乎能数得清。它的果实虽然没什么香味，但细细嗅闻，你就会发现一股神圣的面粉味道。这果实体型巨大，好像是为了让农民们注意到它，在必要的时候来充当他们餐桌上的食物。

面包树拥有许多人类的美好品质：它高大，智慧，无私地给予。我想把它列入世间树木组成的排名表中：位于榜首的是古巴的大王椰子树，紧接着是智利的南美杉，下面则并列着面包树与美洲木棉。

凤凰木

我要赞美的第八样事物，是凤凰木。在萨尔瓦多，人们使用它的西班牙语名字“火之树”[①]，但波多黎各岛却保留了高卢人为它取的绰号“flamboyant”，虽然好听，却总还是带点外国味道。朋友们啊，这个名字原本应被取而代之，因为无论是人还是草木，都希望自己的姓名仍然按照原本的语言发音。

花期一到，种着凤凰木的大道两旁就像燃烧起来似的，那灿烂的花朵让经过的人想到了宗教仪式上点着的篝火，好像在为祭司的游行做着准备。

枝条稀疏单调的树木只会开出干巴巴的花，没有叶片的团团簇拥，就没有了那炽热的繁盛景致。若我想找一样能象征自己的事

① 凤凰木因花朵的颜色鲜红，也被称为“火之树”。

物，若将自己比作花朵不算过分软弱，我会选择凤凰花。因为它同我一样热诚，就好像我们同时被上帝创造出来，他用那造人的右手捏出了我，用那造物的左手做出了它。

国徽中的小羊

第九样我们要讲述的事物是波多黎各国徽中的小羊。这真可以算作是殖民者们的突发奇想，通常情况下，他们在国徽中更偏向于使用雄鹰或狮子，但却偏偏为波多黎各选择了一头小羊羔，让它静静地卧在福音书上。

这头小羊并不是象征着发达的羊毛工业，它的四蹄精巧、脖颈修长、身形匀称，完美得如同耶稣基督在八福词①中的训导。它看上去十分愉悦，因为它所代表的人民平静温和，决不贪婪。它仿佛是在那些悠长的日子里细细品味着这片土地的美好。它象征着这里并不宽广的土地，若是我们在波多黎各岛南部再多加两个半岛，那么从地图上看起来倒也确实像一头小羊。

波多黎各农民

下面我们来谈谈波多黎各岛土地上的灵魂——农民。他们是土地上的创作者，除了阳光与空气以外，他们为人民提供一切所需。他们的祖先来自优秀的西班牙民族，而他们就像安达卢西亚农民那样弯腰弓背，一言一行中有着卡斯蒂利亚②式的节俭质朴与庄重自持。但西班牙“主子”带来的奴隶与饥饿，还有热带特有的七种疾病，让这里的农民面目全非，如今已没人认得出这些面色蜡黄、骨

① 八福词，也称天国八福，是耶稣在巴勒斯坦早期传福音时的宣道，记载在《马太福音》上。

② 安达卢西亚、卡斯蒂利亚：均为西班牙自治区。

骼弯曲的农民与油光满面的城里人一样，都有着相同的西班牙血统。有人问，这些人到底是谁，他们既不是美洲印第安人，也不像牙买加的黑人。他们住的地方与其说是房子，倒更像是一只被掏空了的椰子壳，被丢放在土中，只能容纳六七个人。人们只能沉默地望着他们，谁会去向他们询问，这极其悲惨的命运究竟是何故，因为他们自己也不明白啊。就算人们为他们流泪，也只能让泪水顺着喉咙咽下，不让他们看到这悲痛，也不教他们发现生活究竟有多么不幸。

听人说，这些本该是小岛主人的农民，如今却除了自己的身体之外一无所有。他们既没有漂亮的宅院，没有快乐无忧的妻子，膝下也没有健康的子女。在他们的浇灌下，果树结出了甜橙，椰子树按时交予果实，甚至咖啡树都感激他们的照料。然而，这些都不属于他们。农民的孩子只能眼睁睁看着整盒整袋的橙子和咖啡被装上卡车，顺着洁白的公路被运往各个港口，在自己家门前却从未停留过片刻。

有的地方用机器种田，这里却是用灵魂耕作。这土地是那么精细，那么优雅，仿佛可以开口讲话似的。农民们精心地清理规整着土地，对它了如指掌，几乎像熟悉自己妻子的身体似的。除了上帝以外，农民也能够决定田间的景色，因为他们挥舞着锄头的节奏，他们的赤脚与牲畜的足迹，还有他们口中常常哼唱的歌谣，都能改变空气的律动。那歌谣能刺痛所有曾被奴役过的人的柔软的心，无论是埃及人、印度人还是克丘亚人①。

① 克丘亚人：南美印第安人。在西班牙殖民者征服印加帝国后，他们逐渐沦为被奴役的阶层。

无论是谁，要歌颂波多黎各大地并一一赞颂她的种种作物，都不能略去这一切的创造者——波多黎各农民就像有些神话故事里描写的那样，他们既是父亲，也是丈夫和儿子，三者为一体。

被遗忘的波多黎各农民在作家们的作品中独占一席之地，祖国却把他们排除在外，就好像没人能想起他们的存在。除了上帝，只有上帝，他创造了所有人，把每人的形象都记在心头，永不褪色，也不会被遗失。

城　市

第十一样事物，我要提及的是波多黎各的城市。

圣胡安城①的名字来自胡安·庞塞·德·莱昂②。当年，在四处找寻“青春之泉”③ 却一无所获之后，他已经人倦马乏，便在波多黎各岛上住了下来。这座城市的选址非常成功：大海就在前方，岛的其它部分都在身后，就像一条大船的船头似的。这个由安达卢西亚人庞塞·德·莱昂建立的城市精致且美好，虽然阳光强烈，但却不会炎热到扰乱人们生活和工作的程度。还有马亚圭斯城④，一个被绿色植物覆盖的地方，要拨开那茂盛的枝叶才能看到它的真正模样。

总而言之，在波多黎各许许多多的村庄与城市中，农村总是更佳于城市。因为那里更加纯净，从未遭到破坏，安的列斯的灵魂一

---

① 圣胡安：波多黎各首都，位于波多黎各岛北部海岸。

② 胡安·庞塞·德·莱昂（1460—1521）：西班牙探险家，首任波多黎各总督。

③ 青春之泉，又名不老泉，在许多传说中，任何人喝了它的水都会恢复青春。据说庞塞·德·莱昂一直在寻找青春之泉。

④ 马亚圭斯：波多黎各岛西部海岸的一个自治市。

直完整地保留在农村阳光四射的柚田里，在覆盖着绿色衣装的甘蔗田中，在芒果与菠萝的二重唱里。若将波多黎各岛比作人，村庄们是撑起它的身体和骨骼，城市则只可以算作是一个充满官僚政治味道的表情。村庄里没有工业的燥热，只有人们对土地的钟情，对于一个农业国家，一个正直又智慧的国家来说，这是一笔财富。

女裁缝

我们要赞美的第十二样事物是做针线活的女子。波多黎各妇女既不是打字员，也不是会计或中产阶级，她们是巧手的裁缝，为纽约人、为安的列斯群岛人、为自己的同胞缝制衣服。由她们裁剪制作出的热带服装，颜色鲜艳，花型俏丽。她们缝制的轻纱罗衣，让女性从颈到腰部的曼妙曲线一览无遗。那全靠针上功夫的花边和缎带无一不精致非凡，尤其是蕾丝花边，甚至可与她们本人的光彩相媲美。从早到晚，缝纫机工作的声音不像是从轮子里发出的，而是如流水般轻柔。我是在一幅版画中看到她们的，画中的女工上半身挺得直直的，聚精会神地注视着手中一块等待缝制的漂亮布料。她边干活边哼着一首克里奥尔歌曲，在养家糊口的同时，让自己的思绪自由地游走。那干活赚来的一美元硬币，她要用来养活已经不能工作的老母亲和尚年幼的孩子。

缝纫机的声音像乐曲，在岛上各处此起彼伏，悠长得像是椰子树奏出的旋律，成千上万的波多黎各女性像是这安的列斯岛国贫瘠土地上栽种的一朵朵郁金香。就让这曲调与阿劳科的麦田、埃尔基山谷中的河流、墨西哥印第安人永恒的步伐同在，都长留我心！

圣约翰[①]

波多黎各首都圣胡安的施洗者圣约翰主教堂是我要讲的第十三件事物。

整个圣约翰像几乎刻在一块完整的木材上，过去那些手艺精湛的工匠都是这么做的，可惜这门技艺到我们现在的时代已经逐渐失传。他们在同一根木材上雕出了约翰的额头、腰肢和双脚，完美得无可指摘。他们特意选择了深得甚至有点发黑的木材，为了着重突显圣约翰的力量与勇气。

这座雕像完美诠释了“沙漠中的圣约翰”[②]：他肩上披着用来取暖的骆驼皮毛，跨着无畏的步子疾速前行，四处传播着“佳音”[③]，他口中宣讲的话语现在似乎还听得到。我真想凑到他嘴边，请他给我一些启示，只可惜，他是那么高高在上，我只能够得上他的脚踝，而他双脚只会鼓励我继续前行……不过，我却可以为这个岛国的福祉向他祈求：

“勇敢的圣约翰，请你别让这里的人们变得过于狂热，但可以让他们再强硬一些，教他们懂得捍卫属于自己的东西。他们总是用西班牙语向你祷告，你是犹太圣人，也就可以算作半个西班牙人了。他们用这门语言向你祈祷，向你倾诉内心最深处的情感。波多黎各人希望保护自己的土地，他们知道像犹太人那样失去家园，失去立

---

① 据基督教与伊斯兰教的说法，施洗者圣约翰在约旦河中为人施洗礼，波多黎各首都圣胡安就是为纪念他而命名的。圣约翰与圣胡安都是西班牙语中 San Juan 的中文译名。

② 在传教的过程中，施洗者约翰在沙漠中过着苦行的生活，穿着兽皮或骆驼毛的衣服，以蝗虫和野蜂充饥。

③“佳音”指的是上帝将让耶稣基督来拯救世人。

足与安放灵魂之地的痛苦。他们也希望拥有南美洲式的尊严[①]，成为自己的主人，那也是我们在这世上应当拥有的最基本的东西。”

语 言

关于波多黎各的语言我仍有许多想说的。山丘的角落里保留着卡斯蒂利亚的古老语言，相比于我们南美洲那些空旷的山谷里的语言来说要纯粹得多。在我们那里，传统如流水一样，烟消云散了。那种不知被什么香料调配得风味十足的古西班牙语，只在这忠诚的小岛上找得到。我们南美洲这些一本正经的民族已经丢掉了自己语言当中的某些味道——那种不知是茴香抑或是其它香料营造出的亲切感。因此纳瓦罗·托马斯[②]走遍了波多黎各的各个村庄，收集那里的语言，就像孩子来到每个亲戚家，收回母亲留下来的衣裳。

最好还是让每个地方的语言保留自己的味道罢。经过波多黎各人甜蜜的喉咙后，我们这门语言就失去了半岛西班牙语[③]那种钢铁般的坚硬感，在一片阳光如此柔和的土地上，在一个没有军队或激进情绪的国度里，原本那种硬邦邦的语言已不再适用。我走过这么多地方，却从没想过自己的母语竟能如此温和；我见过那么多人，却从不曾见识过比波多黎各人更温情亲切的民族。他们让我终于体会到，语言究竟能柔情到何种程度。它在强硬的时候可以像铜铁一样，在慈悲的时候也可以融化为圣油，充当最完满的告慰。

---

① 南美洲除去海外属地，均为独立国家。而波多黎各在 1898 年美西战争爆发后，就被美军占领，现在为美国自治邦。

② 纳瓦罗·托马斯（1884—1979）：西班牙语言学家，著有《波多黎各西班牙语》。

③ 指的是西班牙所在的伊比利亚半岛。

卡斯蒂利亚①

1

在巴塞罗那到马德里的夜行火车上，友人的欢呼声将我从睡梦中惊醒："我们正在穿越卡斯蒂利亚！"只见那小小的车窗外闪现出一片疲惫荒凉的土地，给即将到来的黎明更添了几分凄凉。大雾四处弥漫，仿佛为土地披了件寒酸的长衫，让人难以想象这里的人民会有多么贫苦。我坐起身来，西贡撒②出现在我视线当中，那座矗立着坚固的塔楼与城墙的城市，就是我初见到的卡斯蒂利亚。

隔着车窗的玻璃，我望向窗外，这一看就是三个多小时。眼前这时而灰蒙蒙，时而如古旧头盔般古铜色的风景，让习惯了湛蓝的地中海与灿烂日光的我在很长一段时间里相当抵触。然而要了解卡斯蒂利亚，必须从它的广度入手。

---

① 卡斯蒂利亚（西班牙语：Castilla）是西班牙历史上的一个王国，经过几个世纪的合并与发展，形成了现在的西班牙王国。卡斯蒂利亚文化是西班牙的主体文化，随着历史变迁，它的语言卡斯蒂利亚语也成了西班牙的首要语言，即通常所说的西班牙语。

② 西贡撒（西班牙语：Sigüenza）是西班牙卡斯蒂利亚-拉曼恰自治区下的一个市镇。

从马德里去往埃斯科里亚尔[1]的路上，我开始真正地审视卡斯蒂利亚：她不能被简单看作一个地理区域，而更像是一把规矩的标尺。卡斯蒂利亚没有那种热带香蕉树的气息，也没有北美洲那样辽阔的草原。人们很自然地就会认为她盛产的是思想，而不是那些诱人的味道；她没有肥沃的土质，但逝者的遗骨却令她温热而沃腴。我想起一个法国人说过的话："我眼中的那个卡斯蒂利亚是一片可怖的土地，她令你们的乌纳穆诺因苦思冥想而疯狂。"我的回答是："在他之前的埃尔·格列柯不也是如此么?"干燥而热烈的萨拉曼卡[2]，恰好与那些丰富多变的思想者相得益彰。

我们先将供国王驰骋射猎的茵茵草场抛到身后，开始向埃斯科里亚尔进发。走着走着，随着周围的平原变得越来越萧瑟贫瘠，映入眼帘的景色也愈发质朴而肃穆，那座如工厂般的庞然大物终于出现了。

埃斯科里亚尔就像是高原上的一个小小章节，它的壮观很大程度上归功于周围的景致。它令我记起佛罗伦萨的一座博物馆里收藏着的一块中世纪的红色盾牌，正中央扎着的一根铜刺反而使它显得

---

① 埃斯科里亚尔是位于马德里自治区西北方的市镇，因建于十六世纪末的埃斯科里亚尔修道院而闻名世界。埃斯科里亚尔修道院是一个集修道院、宫殿、陵墓、教堂、图书馆、慈善堂、神学院、学校八位一体的庞大建筑群，气势磅礴，整个建筑平面呈长方形，风格简朴，庄严壮观。它由西班牙国王费利佩二世下令修建，于1584年竣工。这里也是他统治时代的政治力量中心，他在位时期是西班牙历史上最强盛的时代，国力达到巅峰。

② 萨拉曼卡（西班牙语：Salamanca）是位于卡斯蒂利亚-莱昂自治区西南的城市，是著名的历史古城，拥有众多宏大建筑及历史文物。乌纳穆诺生前曾任萨拉曼卡大学校长。

更为生动有力——埃斯科里亚尔就是这样，它的存在，愈加突显出周围平原的坚实与强硬。

在埃斯科里亚尔修道院，我仿佛走过了世间所有的堡垒。徜徉在它的重重回廊之中，我仿佛变成了一颗水滴，被它吸入那冰凉的咽喉之中。浩大磅礴如斯的建筑，似乎为我卑微的肩头盖上了一件坚硬的斗篷。

奢华的壁画似乎要将教堂压垮，与周围干燥异常的石块有着天渊之别。王室陵墓位于宫殿阴冷的最深处，那黑暗中残留的腐烂令我心生恐惧。待走进费利佩二世曾经的寝殿之中，我终于松了一口气，满怀感情地抚摸那些如死亡般柔软的扶手椅和那张曾经决定过美洲命运的小小书桌。在他的床榻前，我更是毕恭毕敬，因为就是在那儿，癌症摧残并撕裂了这位国王的身体，他就那样眼睁睁地看着自己的肉体仿佛流水一般逝去。偏见通常意味着不公正，人们为他取的那个可怕绰号就印证了这一点：白日之魔[①]。而这位“魔鬼”实际上却是一位稳重耐心的男子，他厌恶自己的纵欲好色，也一直为此深感不安；他对异教徒处以火刑，以求自己的灵魂从头脑的谬误中解脱；每日阅读时，他特意将基督教经典中趣味横生的部分全部剔除，于是那数以万计、毫无愉悦感的时辰就这样一点点腐蚀了他的血液。

我总算是从“石堡”里走了出来，来到了种着爱神木的花园。

---

① 在历史上，费利佩二世是一位颇有争议的国王，他自诩为“救世主”，对宗教狂热，并曾血腥镇压异教徒。他的拥趸封他为明君，而反对者则称他为“白日之魔”，即为在白昼里行走的魔鬼。

大家恐怕都是因阿索林①的随笔而对此处略有耳闻，真实情形证明了他笔下的描述果然言之凿凿。同游的伙伴走在我前面，我则独自细细观赏着这里的景色。正值清晨时分，黯淡的日光下，卡斯蒂利亚笼罩在一片青紫色之中，仿佛曼特尼亚②画笔下逝者身体的颜色。

忽然间，一位年迈的修女③来到我身边，她的显形并没有半分神秘色彩，她一走起路来，身上厚重的法衣与地上刚修剪过的黄杨枝条磕磕碰碰。我继续参观，她则随我前行。她身材健壮，没有半点苦行僧的样子，笑起来嘴咧得很大，露出色泽健康的牙齿。她的脸颊饱满，看起来容光焕发。

“如果你愿意，我可以带你看看我眼中的卡斯蒂利亚，那样你才能真正看得懂这里。唯饮烈酒方需蛮力。你是美洲人，故而对于欣赏这片微妙的土地，你的感官就显得过于粗糙了。我了解美洲人，你们身上还流淌着我们留在智利山谷中的血液。”

她睁着大大的眼睛看着我，那毫无拘束的态度和语气令我觉得

---

① 阿索林（1873—1967）：西班牙小说家、散文家、戏剧家。原名何塞·马丁内斯·鲁伊斯，“阿索林”是他的笔名。他是西班牙“九八年一代”的主要作家之一，代表作品有《卡斯蒂利亚》、《古典的和现代的》等。

② 安德烈亚·曼特尼亚（1431—1506）：意大利画家。代表作《圣母升天》、《圣克瑞斯多弗的殉教》等。

③ 这位修女指的是阿维拉的德兰（1515—1582），又称耶稣的圣德兰。她是一位杰出的西班牙神秘主义者、天主教圣人、加尔默罗会修女、神学家，著有《内心的堡垒》、《圣德之路》等作品，是西班牙文艺复兴时期文学以及基督教神秘主义的一个重要组成部分。圣德兰天性温和，极有才干，获得了众人的爱戴。她对加尔默罗会的改革影响深远，因改革后的修士多赤脚穿草鞋，不穿袜，又名赤脚加尔默罗会。1567年起，她开始了长达二十年的旅行，四处传教，由她在西班牙全国参与并建造的加尔默罗修道院多达十七座。

似曾相识，似乎与那些她在写给费利佩二世的信函中使用的强硬口气有着异曲同工之处。

“嬷嬷，你是个爱东奔西走的人，”我对她说，“西班牙人现在还称你为‘开拓者’，那些学究们为了卖弄文字，形容你是个‘为上帝之爱而疯狂的人’。”

“是啊，”她说，“我曾经四处开拓，建起了数不清的修道院。我无需询问任何人，就可以带领你一路走到我们与葡萄牙的边界。虽说现在已经有了专门为游人制作的地图，我却是用自己的双脚丈量了我们卡斯蒂利亚的每一寸土地。孩子啊，我的地图就在脚下。我从不觉得开拓是件苦事，而你这个智利来的女人，还没有任何建树，竟已经感到疲倦。”

“你说的没错，嬷嬷。”

“你明白原因吗？因为你不愿放下身段去劳作，你总是有所顾忌。如此一来，你的创作过程就变得毫无乐趣可言，你写出的作品更是死气沉沉，无论上帝还是魔鬼都不会喜欢。孩子，我与你不同，神在我心中绘制出的草图就是我前进的方向。我不寻求取悦于谁，我的喜悦与他们无关，因此何谈取悦呢！你应该还记得，我四岁的时候带着我的小弟弟逃出家门，去找那些会砍掉我们脑袋的异教徒。可大人们却非要我们回去，阻止了我们去创造‘功绩’。可是到头来我还是走上了这条路，你懂我的意思吧，我也算是‘报仇雪恨’了①。”

---

① 幼年时的圣德兰十分着迷于圣人的生平事迹，受此影响，她曾与自己的弟弟离家出走，准备逃向摩尔人的领地去殉道，后被叔叔在城墙外发现并拦住，从那时起她就发愿要做修女。

我们已经走出了埃斯科里亚尔，我的同伴们朝着一家饭馆走去，打算美餐一顿。老太太先是紧挨着我，后来转身走进了一家小客栈，消失在角落里。我看着她，对她报以微笑。

饮下热气腾腾的浓汤后，我们走出店门，再次从各个角度观赏埃斯科里亚尔。

“嬷嬷，”我问她道，“人们建造如此浩大的工程，难道真的与虚荣心毫无关系吗?”

“孩子，他们若是把楼建得寒微简单，它早就被时间鼓着大大的腮帮子吹得剩不下些什么了。虚荣之人会避免行实干之事，而不断地建造、建造——这是真正谦卑的行为。

“你看，我曾想在这里建造一座修道院，当然了，那就意味着必须有一大帮女人共同为之努力。比方说，大家要去向那些一毛不拔的基督徒们低声下气地求借土地、木料、砖石和瓦片，之后还要在那片屋檐下一起生活下去。可是孩子，事实证明，最开始的我对于如何领导女性尚且知之甚少，要知道，这可是件极难的差事啊。结果呢，我的姐妹们辜负了我，她们还远不够成熟，无法做到生死与上帝同在。除此之外还有诸多困难！过去经历的一切，都提醒现在的我要时刻牢记自身的无知与狂妄，让我响亮地嘲讽自己，然后接着从头再来。在每一次挫折后，我都会用诙谐的话语把那些重负抛在身后。骄傲，是属于那些养尊处优、游手好闲之人的。”

已经到了正午。

陪伴我的这位老妇人一直走啊走，她坚硬的草鞋在梧桐的落叶上发出碰撞的声响。这个时辰的卡斯蒂利亚呈现出一幅我从没见过的景象：到处是皱皱巴巴的红土，像是无耻之徒干瘪的脸皮；有的地方泛着血红，还有的地方干燥异常。呵，干旱的卡斯蒂利亚，似乎是吸干了每个过客的鲜血！

我彻底被这样炎热的天气打败，可我的那位女伴呢，却一点也没有放缓脚步。她走过一片如绝望的约伯一般枯瘠的土地，走过那些稀疏的松林——松树看上去病快快的，大地似乎拒绝供养它们顽强的生命。

我坐下来，也邀请我看到的幻影坐在我身旁——她是已经年迈的阿维拉的圣德兰。她脸色发红，像极了一尊卡斯蒂利亚式陶罐。

“你们这片土地上没有一点阴凉地，”我对她说，“不像我们那里，四面环山，处处是树荫。”

“这我知道，孩子，你的故乡的自然气候可谓如史诗一样美好，你们的土地肥沃得仿佛研磨后的橄榄，不论男女都像果肉般柔软，但都不经用。你们习惯了轻巧的获取，生活在无止境的安稳与愉悦中。的确，你们那里遍布着香子兰的馨香，波澜壮阔的海洋也让人们养成了好高骛远的毛病，你也不例外。孩子，卡斯蒂利亚是质朴无华的，但等她到了美洲大陆，却迷失在了世界的那端。”

我这位同伴在讲话的同时，手里还把玩着一根带刺的灌木枝条。看到我不悦的神情，她一边剥掉树枝最外面的树皮，一边暗地里瞄着我。

“没错，嬷嬷，我们是柔软又臃肿，喜欢夸夸其谈，还总是贪得无厌。但与此同时，我们奋斗生活的那个地方，面积等于一千个卡斯蒂利亚，尽管人口更为稀疏，土地却还是供不应求。

“您是西班牙人，难道不觉得相反是您同胞们过于骄傲自满吗？难道埃斯科里亚尔不是傲慢的产物，它的建造不曾令两万多名泥瓦工和木匠苦不堪言吗？谁都希望造出伟大的建筑，可这却要以贫苦人日复一日的劳作换来一把把瘦骨为代价的。”

听到我这些脱口而出的尖刻话语，她并没有生气。

“嬷嬷，我的祖国也是一个小国，是靠人们谦逊踏实的努力才得以建成的。日常最细微的点滴都显露着公平和正义，大地要靠人们不断的耕耘才能获得维持全年温饱的收成。”

她回答道：“曾经，西班牙人和他们进行的事业如战船般正派且庄严，我们将卡斯蒂利亚的男人们送上大帆船，就好像他们只是一船待运的钢铁。那些人是去开拓美洲的，他们也确实履行了使命，虽然他们行事张扬放肆，可那也正是西班牙人的精神啊，孩子。再后来的那些人虽然没有做出征服时代天翻地覆的壮举，却在进行着圣特雷莎似的工作：一视同仁地分配现有的一切。这难道不是为了更好地建设美洲么？”

到了傍晚时分，高原上泛起了飘忽的雾气，显得更加无依无靠。

老妇人说道：“孩子，我得走了，等你离开大都市（马德里）的那天，我会再来见你。别在那儿待得太久，要知道首都是个会令人迷失的地方。如果你真的想了解我们最普通的人民，我就带你去那些小村庄，去那些榨油、采摘橙子的地方走走看看。”

阿维拉的修女站立在风景之中，面上没有丝毫强悍之色，只是把玩着那根灌木做的小手杖。我再扭过头看她时，发觉她好像一棵布满尘土的老松，已经与那浓雾融化在一起了。

2

我在马德里（圣德兰口中的大都市）逗留了十二天，紧接着就向阿维拉①进发，去追随那位“爱东奔西走”的老人。虽然她四海为家，但阿维拉是她出生的地方。这时冬天已经来到，穿过瓜达拉马山脉时，一股冷风袭来，我的喉头似乎都结起了冰。浓雾仿佛是海市蜃楼，让沉没在雾中的山峰看上去好似我们遥远的麦哲伦海峡上漂浮的冰山。

进入阿维拉后，我踩着地上的白霜，脚下发出吱吱呀呀的声音，让我想起她走路时那双草鞋干巴巴的声响……路过圣女广场时我看到了她的塑像，她什么都没对我说，没有再来向我讲述她的灵修与奋斗史。穿过破旧的小巷，我冲那些四处游走的商贩和妇女亲切地打着招呼——他们都是圣女德兰的骨肉至亲。

游遍整座阿维拉城后，天气开始放晴，湛蓝的天空衬得古城墙十分透亮，我们朝着田野走去，想从远处欣赏这座巨大城堡的轮廓。当年的圣德兰眼前注视的也是相同的景色，它像秃鹫的脖颈一样光秃秃的，那一望无际的视野培养了她日渐崇高的心境。

我心想，当春天来到，待那些小山丘上长出了嫩绿的麦苗，看上去大概会令人轻松得多吧。

有同伴说道：“我们从这里看到的所有土地都是农田，您要是夏天再来这里，会看到阿维拉平原被一片金黄覆盖，我们的圣德兰过去也总是用她那些巧妙风趣的话语掩盖自己卓然的见识，二者确有异曲同工之处呢。”

---

① 西班牙城市（Ávila）是西班牙海拔最高的城市。城市内保留着众多历史遗迹，有着浓厚的基督教文化色彩，是联合国教科文组织认定的世界文化遗产城市。古城墙是阿维拉的一大标志，是西班牙境内保存最完整的城堡。阿维拉也是圣德兰出生和成长的地方。

我四处寻找的圣德兰教堂[1]却令我失望不已，教堂规模很小，甚至显得有些杂乱，和圣女本人并不相符，她的灵魂是简单的。我站在她的遗骨旁，却不如我在《内心的堡垒》[2] 书页中感受到的她那样真切，那座她曾与弟弟玩搭建修道院游戏的潮湿的小花园倒是打动了我的心。

离开阿维拉前去塞戈维亚的时候，那位贫苦的老修女又一次与我重逢，我们继续拾起上次的谈话。

“嬷嬷，你为什么会离开阿维拉？说句有些冒犯的话，你的离去引发了一些人们怨恨的情绪。直到今天，教堂里的执事们还在争论你在弥留之际究竟是叮嘱要将自己的遗体留在阿尔瓦德托梅斯[3]，还是送回阿维拉。谁也不满足于只保管你一根手指的圣骨，大家都盼望你能长眠在自己的土地上，让你散发出的清香一直蔓延到那骇人的城墙之上。”

她并没有否认。

“可敬的圣女，世人心胸狭隘，”我继续说道，“是谁在那个下

---

① 圣德兰教堂建于十七世纪初期，建造在圣德兰的故居处。

②《内心的堡垒》是阿维拉的圣德兰的著作之一，写于 1577 年，是一本为修行之人提供指导的书籍。在她看来，每人内心都有一座城堡，只有祈祷及默想能够帮助人进入自己内心最深处、最重要的居所，也能够在那里与主相聚。因此她认为人的灵魂称得上是第二个天堂。

③ 阿尔瓦德托梅斯（Alba de Tormes）是西班牙卡斯蒂利亚-莱昂自治区萨拉曼卡省的城市，位于托梅斯河上游。圣德兰曾在该市创立了数所修道院，于 1582 年在那里逝世。1585 年，她的手臂部分仍然埋葬在阿尔瓦德托梅斯的修道院内，其余遗体被运回故乡阿维拉。

雪天将你赶出修道院？你的忏悔牧师不肯相信你所说的狂喜[①]，你写给国王的信件也被看作是狂妄和野心的表现，各种团体在背后议论着你的特立独行。”

“孩子啊，别说傻话了！在卡斯蒂利亚如镜面一般光滑干燥的阳光下，想让人们相信所谓的‘灵修’是不容易的，有质疑之声再正常不过，甚至可以说是一件好事。过去的我有些专横，这是真的。不过，身兼重任降临世间之人，必须能够激励他人，才能不辱使命，重回上帝的怀抱。孩子，我被赶出修道院的时候心里悲愤不已，可等我到了远方，我才发现那里并不属于我，它属于山丘，属于空气。所以智利来的姑娘啊，既然我们连一根手指也难以永存，还说什么拥有或失去呢？好好看看我的卡斯蒂利亚吧，你就会明白何为‘舍得’了。”

我想起她的那段诗：

我将一切奉献，
终于得幸改变。
我的爱人只属于我，
我也只属于他。

“嬷嬷，您一直忙于各类事务，是怎么想到这些诗句的呢？”

“你一定也读过这一句吧，‘它从天降于我手，尽管寥寥无几。’

① “狂喜”指的是神灵附身产生的一种迷狂陶醉的状态。圣德兰修女在祈祷灵修中，感到天主在内心与她交谈，给予她启迪与鼓励。据说她在这种神魂超拔的状态下，经常感受到基督以利箭刺穿她的胸口，身体随之腾空而起。

你是‘作’诗，而我却是‘发现’诗，就像是捡拾成熟的果实。于是我把这些诗‘收集’起来，送给我的修女们。是啊，是为了她们。”

“请再多给我讲讲吧！”

“诗歌源于爱，与那些冒着热气的思想无关。要记住，你苦思冥想，反复斟酌的词句，会像被挤破的果实一样慢慢腐烂。臻于化境的状态是无法被‘发现’的，唯有等待它前来与你相逢，自己寻找捷径只会令文字变得晦涩不堪。因此，诗歌创作需要你清空一切欲望，通往上帝之路并非我们大力推搡着就能到达的，相反，那些想法正是由上帝植入我们脑中的。这也就是为何神的创造物总是完美非凡，圆满得像一颗瓦伦西亚橙子似的，而我们的作品却总是逃不开那些棱角和边框。别忘了，任何创作都不过是与灵魂做着优雅的游戏，绝没有什么可骄傲自负的，更不是逃避其它繁重工作的借口。诗歌，就像是与孩童玩闹，就像是与咱们眼前这流水嬉戏，仅此而已。”

我们穿过一条小溪，修女灵巧地越了过去，从另一边望着它。

“你很爱水，嬷嬷，你留下了许多歌咏水的美好篇章。”

“有些元素是神秘主义者的专属物：水、火、空气，”她说，“你有火，但缺少水，所以你只能燃烧，却很难享受清凉的喜悦。要小心啊，燎原的烈火一触即发！接触上帝就像是置身于火焰之中，而在世间则要沉入水中，如此才能打动人心。”

日正中天的卡斯蒂利亚，连一丝风都没有，仿佛静止在时间中。这整个画面如圣德兰曾经描述过的灵修经历如出一辙，于是我向她提出一个问题，但没有敢正视她的眼睛：

“跟我讲讲你神魂超拔的经历好吗，德兰嬷嬷?”

“别这样想，孩子，别像你这个时代那些四处寻觅的爱慕虚荣之人那样。你知道得到上帝的恩宠是何感受吗?听着，它就像是在不经意间到达天堂，仿佛我们身后倚靠的那扇门突然被打开，可在那之前谁也不知道这个背后的世界究竟是否存在。在它发生时可能我们正在埋头于什么活计，或是正为十字褡做着刺绣，或是为橙树修剪枝丫，刹那之间，天堂大开，我们得以步入其中，看到那里面最深奥的秘密，然而这感觉倏然而逝，大门闭合后，我们又得继续埋头干活……”

我们走过一个寂静无声的小村庄，在平原之中显得了无生气。贫苦如同一片已死的苔藓一样将这里覆盖，让我的步伐甚至也变得沉重起来。有人从一扇窗中探出头来，这张干瘪生硬的脸，打破了整条街道的死寂。

“嬷嬷，你们卡斯蒂利亚的这些小村庄实在太贫穷了!你的人民已经被折磨得丧失了意志，如此热诚的你为何要将他们遗弃?”

“他们只是与你们那里的穷人有所不同而已。孩子，我也见过美洲的贫苦人，他们的脸孔上写满了耻辱。而你不也和他们一样，有着失去希望的嘴巴和破碎的声音吗?

“再走走看吧，孩子，看看卡斯蒂利亚的模样。你还从没看到过这世界的这一副脸孔，它干瘪的嘴唇至今依然表达着纯粹的意志，它的声音能穿过岛屿，统领人心。

“你所说的丧失了意志力是什么意思?孩子，你所处的这个时代太过邪恶了，人们把意志与野心混为一谈，好比说谁要是不愿意出门远行，就直接被归为意志力丧失，没得商量。孩子，几个世纪以来，在向外扩张之路上，意志力是西班牙人无往不克的原因。这些年来，这个国家更专于自我的心灵，但仍然不改往昔的威严，它沉浸在对爱的激情和对自我的控制中。神秘主义本身不就指的是那种强烈企盼接近上帝的意愿吗？如果说这种意愿就像是无数只活跃在世间的小老虎，那么西班牙式激情不应当是其中最火热的那个吗？”

这时，塞戈维亚出现在远方，修女喊道：

“快看，胡安·德·拉·克鲁斯的修道院！就在小山那里！”

我看到一座坐落于小山脚下的修道院，入口处长满了令人敬畏的深色柏树。那座小山外形优美，看上去如人的面颊一样柔软。小山长着一道“皱纹”，仿佛有意彰显自己的甜美，修道院就建在那里。就是在那里，我们的另一位圣人在静谧的深夜里祈祷，山间流水那永不停息的脉搏传遍了整个黑夜。在那个姹紫嫣红的午后，小山为圣胡安的诗句带去了那些热诚如火的比喻；在漆黑的夜里，人眼中没有一点色彩，院中的果园也毫无芳香，就在那时，他在自己狭窄的房间里写出了关于泉水最神秘的诗篇：

我多么熟悉泉水喷涌，
哪怕是在夜里！
那孔永恒之泉隐秘不见，
我却多么熟悉她之所在，
哪怕是在夜里！
我不知其源，
或许她本无源。

我还知道万物都源自这泉中。
哪怕是在夜里，
我也明白再无如她这般绝美之物。
天空或土地都饮她之水，
哪怕是在夜里。

走进修道院，我与圣德兰修女分别在两侧亲吻了圣胡安的墓碑。是他带领圣德兰找到了前往隐秘之境的道路，我也又一次领悟到，无论是子女，抑或是上帝的恩赐，女性都只有从男性那里才能够获得。若是独自一人，她只能落得在世上盲目摸索探寻，仿佛一具失明的骷髅。

论旅行

英国人带着海洋赋予他们的好奇心与征服欲，将热爱旅行的嗜好带到了整个欧洲。除了探险家和传教士，就连原本好静的法国人也开始蠢蠢欲动。保罗·莫朗[①]是个言传身教的旅行者，正如他所说："除大地外，再无其他。"[②] 腓尼基人很早就知晓这一点了，他们的航行目的甚至只是为了获得懒惰的埃及人的财富[③]。

以前，旅行意味着一件大事，它与婚姻的效用相似，会把人的生活分割成前后不同的两部分。可是如今，它越来越像是家常便饭，和每日饮食如厕一样平常无奇。可能一个人周一还在哥本哈根享用早餐，周三就已经在纽约欣赏着壮观的自由女神像。当下便利的交通使得旅行不再是一件英勇无畏的事情，布永的戈弗雷式的英雄时代彻底结束了[④]，取而代之的，是由美国运通公司[⑤]毫无感情色彩地操作运营的旅行模式。

---

① 保罗·莫朗（1888—1976）：法国外交官、小说家、剧作家、诗人。他曾游历多国，写下许多游记。

② 原文为法语。

③ 腓尼基人是历史上生活在地中海东岸的一个古老民族，他们善于航海和经商，在埃及国力鼎盛之时受其约束，后成为地中海的霸主，建立起了发达的海上贸易与殖民统治。

④ 布永的戈弗雷（约 1060—1100）：第一次十字军东征的主要将领，曾率领十字军攻克耶路撒冷，他被后人视为骑士精神的典范。

⑤ 美国运通公司是国际最大的旅游服务及综合性财务、金融投资及信息处理的公司。

人们对旅行的热情正逐年上涨，恐怕到了2000年，一个从未踏遍四大洲的人要被人当作白化病人一样看待。若是有人从没去过墨尔本或是西藏，在谈话中甚至不禁会感到尴尬……曾经能令众人称奇的是西门·斯泰莱特[①]那般的人物，现在却演变成了那些在同一片土地上出生、繁衍直到最终逝去的人们。

如今，有些人的旅行已经变得索然无味，从他们的眼中看不到哪怕一丝渴求，他们来到尼斯[②]，就像是进了自家的后花园。看得出，这些人已经在过去的旅程中看尽了奇观美景，现在他们更偏爱的是其它的玩意，比如夜间的马戏等等。真遗憾，旅行这件事在遭到过度的压榨后，富人们又多了一项玩腻了的活动。

但最遗憾的是人们对待旅行的漫不经心。一只旅行箱在一次旅行之后，除了在车站经历了些磕磕碰碰、在酒店被贴上了若干标签之外，再没留下别的痕迹。既然如此，人们为什么不干脆留在家中，又何必旅行？

我们应当以一张朴素的船票替代圣诞节的英式贺卡，把旅行变为生活的习惯。

希望到了2000年，政府会出台专门针对旅行的法案，将不再允许老年人旅行——他们已经进入了冷漠到无可救药的年纪，只知道不断抱怨居住的酒店。那些手持银口酒瓶开怀畅饮，或是纵情声色的人也不能再旅行，因为狂欢在世界各处都没什么不同，实在没必要让一些特别的城市也变成醉鬼的盛会，使之变得可憎而愚蠢。

---

① 西门·斯泰莱特：十四世纪末著名的隐修教士。他曾因在一根高柱顶上苦修三十七年而出名。

② 尼斯：法国南部沿海城市，风景优美。

那些在巴黎街头的玻璃橱窗旁驻足了两个多月，却只在圣礼拜堂[①]停留个把小时的女人们，将直接搭乘长期载满帕康或波烈时装[②]的邮轮，叩响各地港口的大门……萨莫耶德人和巴塔哥尼亚人[③]将旅行到赤道线附近，去感受那里的炎热，哪怕只有一次。那些在寒冷地区居住了二十多年的人们也有权利旅行，就当是对他们的补偿。

自然了，我已经为这部法案记下了对我而言非常有益的条款：不允许那些火急火燎、一点即燃的人和那些无趣死板、讲起话来教人昏昏欲睡的人旅行。

我认为，人们对旅行的感受会经历两个有趣而不同的阶段：第一段是旅行刚开始的前三个月，第二段是将它从“运动型旅行”转变为“激情型旅行”的过程——这期间需要旅行者充分利用所有的感官，它与诗歌的灵魂不谋而合，皆拥有极为丰富的内涵。在度过这两个阶段之后，人就会进入悲哀的疲倦期，眼睛与心灵都再也感受不到旅行的快乐，它只沦为一种持续的惯性。就像有人说的：“有些重量虽轻，却不能久负。”

有没有人拥有旅行的奇妙能力呢？在我看来，他们应该是那种可以每时每刻都把头顶的天空当作新鲜事物来看待的人。比如圣德兰，她仿佛是播种者，为每一块肥沃的土壤欣喜若狂，时刻都沉浸

---

① 圣礼拜堂是法国巴黎的一座哥特式礼拜堂，是为法国国王路易九世（“圣路易”）而建造的，用来保存耶稣受难时戴的荆冠残片。

② 珍妮·帕康（1869—1936）与保罗·波烈（1879—1944）均为巴黎著名时尚大师。

③ 萨莫耶德人是居住在俄罗斯寒冷北部的游牧民族。巴塔哥尼亚主要地区位于阿根廷，小部分属于智利。

在各种各样的体验中，她将万物当作果实一般，细细品读着其中一层层不同的滋味，因此从不会感到疲倦。旅行的高人把脚下的土地当作是天空，他们精通空气的各种品质，并将平原、高山与丘陵的风景排出等级次序。他们懂得揣摩人的神情相貌，把千变万化的面孔当作类似收藏一般的享受。

超脱的旅行者应当不同于那些手持柯达相机的庸俗游客，他们明白，大城市与国际避难所的命运别无两样，只有在中小城市和村镇才能够找到旅行的真谛。这因为这样，比起佩鲁贾，他们更偏爱亚西西①，更钟爱托莱多而不是马德里②，他们选择奥尔良、鲁昂、阿维尼翁、卡尔卡松③，而不是巴黎。

富裕的旅行者带着他们无用的财富，想要寻觅一处风景优美之地安享晚年，这正是出自尼采的建议："人从年轻时就应当明白，自己的肉体与灵魂需要生活在怎样的气候与景色中。"

旅行是一座谦卑的学堂，因为旅行者所到之处不会有欢迎的拥抱，要下榻在如囚室一般的酒店房间；在他人眼里，旅行者不过是护照上的寥寥几条信息，无法享受专属当地人的特权……总而言之，比起马可·奥勒留的文章，旅行更能让人褪掉身上的浮华与虚荣。在这座学堂里，人们会发现究竟什么东西才是在海上或是在欣赏美景时真正必要的，哪一位朋友的点评对我们在参观教堂时大有

---

① 佩鲁贾省是意大利翁布里亚的一个省，首府为同名城市。亚西西是佩鲁贾省的一个城市，是方济各会的创始者圣方济各的出生地。

② 托莱多：西班牙古城，位于首都马德里以南七十公里处。

③ 均为法国城市名。

裨益，哪个耐心的女伴更能做到“细致的体贴入微”（这是鲁文的描述[①]）。旅行让人发现生命中那些对我们至关重要、却已然缺失了的东西，令我们心痛不已。

旅行既会带来恶习，也施人以美德，随它而来的是遗忘的习惯。新事物进入我们内心的方式就是代替原有的东西，双方在一番争执后，新事物起初仿佛是水中轻松游弋的水母，渐渐地变成了柔软的水藻，轻轻地覆盖了过去的一切。这过程水到渠成，再自然不过。旅行就是不断的遗忘，在旅行中，人们最终会不再忠实于自己原本想要寻找的东西，逐渐地失去迎接新事物的热情，到最后除了一团乱麻，再不剩下什么。因此有人说，新婚蜜月之行应该在那可怕的仪式之前举行，而不是在那之后，因为每对夫妇都需要共游上那么几年才能知道他们是否具备履行婚姻誓言的基础。

旅行最好是随机的。人背过身去，将目的地交予运气来决定，就像是尤利西斯的小岛那样[②]，让天意注定的旅行呈现在我们眼前。我们无需怀疑，而应当接受命运的指派。移民者会在恩特雷里奥斯找到家园[③]，而年轻人会在卢浮宫得到胜利女神的热情鼓舞[④]。

待到 2500 年的时候，旅行就会变成这样：人们信任大海，完全将自己献给上帝的意志；少年离家远行，去看看到底什么最适合

---

① 此处指的是鲁文・达里奥。

② 尤利西斯，也被译为俄底修斯，是古希腊史诗《伊利亚特》与《奥德赛》中的重要人物。

③ 恩特雷里奥斯是阿根廷东北部省份，以农业为主。在 1853—1930 年的欧洲移民潮中，恩特雷里奥斯是接收欧洲移民最多的省份之一。

④ 胜利女神，即萨莫特拉斯的胜利女神，是古希腊的大理石雕塑，现藏于法国卢浮宫。

自己，艺术、医学抑或是文学；旅行将启发世人，就像梦境可以启示某些人一样，它向人指明生计、土地和妻子；它会喻示意大利人去佛罗伦萨学习他们的但丁，命银匠去托莱多的铸造厂待上几年，而若是一个心念故乡的人，则只需要留在那儿，欣赏独属自己的柔情就够了。

如果拿破仑不曾存在过

在阿雅克肖[①]的酒店里，与我一起共同进餐的同伴——也是我的历史老师——每天都会问我："您参观拿破仑故居了吗？"而我的回答却总是："还没有。"

多少个拿破仑都比不上科西嘉[②]的春天啊。三月时分，春天开始从杏树身上显出踪影，从奥朗日[③]到艾克斯[④]，到处都盛开着洁白明亮的杏花，但它却在罗讷河口忽然消失不见，直到科西嘉岛才又出现。与此同时，茂盛的合欢树也开起了金色的花朵，它那柔软的枝条伴我在圣拉斐尔[⑤]度过了好多次酣甜的午休。紧接着，洋李树的花期也到了，巴斯蒂亚[⑥]的不少果园都笼罩在它的香气之中。如果拿破仑一直留在这座热情的岛上——这个多岩石却不失柔美的地方——他也就不会失去任何东西，并且……世上可能会再多出五百多万法国人，得以欣赏这地中海的旖旎风光：因为法国人口的下降，即始于这位备受敬仰的"杀手"。二十二岁时的拿破仑举止优雅，一举一动如雄鸡的羽翼一般完美无缺，然而这位后来成为约瑟芬和玛利亚·路易莎丈夫的男人，却对科西嘉与普罗旺斯的春日美

① 阿雅克肖：法国科西嘉岛西岸城市，拿破仑·波拿巴的故乡。

② 科西嘉岛位于法国本土的东南部，是地中海第四大岛屿。

③ 奥朗日城位于法国东南部。

④ 艾克斯：法国普罗旺斯大区城市。

⑤ 圣拉斐尔：位于普罗旺斯大区瓦尔省的城市。

⑥ 巴斯蒂亚：科西嘉岛东北部城市。

景无动于衷，这真是遗憾……

这几日，《信使报》[1] 到了，厚厚的一叠报纸带来了在古巴举行的泛美会议[2]的新闻。我的同伴请我为他翻译其中的一些篇章，听到最后，他对我讲道：

“您大概会说，您迟迟不肯去拿破仑‘圣地’参观，是因为与之相比，您更关心阿雅克肖的樱桃树，但也可能是出于另一个原因。您说您对这位‘雾月十八日’[3]的男人一无所知，也毫不关心，然而，您这种态度实际上来自女性那种与生俱来的惊人直觉——您觉得作为一名南美女性不应当崇拜拿破仑，尽管与他同时代的宫廷风格在家具中是那么高贵不凡，尽管海涅[4]的激情与他不无关系，尽管巴黎最好的林荫大道也是豪斯曼[5]为了取悦另一个拿破仑而建的。

“您刚才阅读这些简报的时候，我就在想，如果波拿巴不曾存

①《信使报》是智利创刊最早的报纸。

② 1928 年，第六届泛美会议于古巴首都哈瓦那召开。会议推动了泛美地理与历史学会的成立，制定了地理制图与人口统计标准，但却因为未将女性列入会议讨论和政策制定之中而饱受诟病，引起许多女性抗议游行，要求与男性享有平等的权利。

③ 雾月是法国共和历的第二个月，对应格里高利历 10 月 22 日至 11 月 20 日。1799 年 11 月 9 日，拿破仑在大资产阶级的支持下，以解除雅各宾派对共和国的威胁为名发动政变。这一天是法国新历雾月十八日，所以也称为“雾月十八政变”。

④ 海涅（1797—1856）：德国诗人，犹太人。海涅幼年时经历了拿破仑战争，拿破仑对德国封建制度的一些改革使备受歧视的犹太人得到了全面改善，因此他自小就接受了法国资产阶级革命思想的影响。

⑤ 豪斯曼男爵（1809—1891），法国第二帝国时代的塞纳省省长。1852 年，新即位的拿破仑三世委任豪斯曼男爵负责大规模的巴黎改建工程，其中包括拓宽巴黎街道等。

在过，现在的美国国土会缩小多少，您的祖国又将会获益多少……如果路易斯安那[①]仍然属于法国，那么现在的美国与墨西哥之间，将横跨着多广阔的法国领土啊，相当于在那里建立了一个中立的国家（类似于欧洲的比利时和瑞士），必然要好过如今它们之间那面简陋的“防火墙”。这片土地的首要任务就是把那头‘水牛’与‘小鹿’[②] 分开，也就是说，把‘鳄鱼’与毫无还手之力的印第安人隔开。如果波拿巴不曾存在过，也许现在会有一个“海外法兰西”，位于温暖地带的路易斯安那比我们丢掉的加拿大[③]要繁荣得多。如果有我们在那儿，他们就再也没有借口像凯洛格先生[④]那样，对可怜的尼加拉瓜说要‘消除邻国的野蛮性’。如此一来，在一场激烈但必将取得胜利的斗争后，我们会分享整个南美洲的市场，因为法国的制造业比他们要发达得多，那么，美国对您的祖国进行的经济渗透就不会像现在这样可怕，反而一定会被大大削弱。

“法国殖民者在处理白人与亚洲人或非洲有色人种的关系时是

---

① 路易斯安那州是美国南部的一个州，得名于法国国王路易十四。1803 年，拿破仑将整个路易斯安那以低价卖给美国，史称“路易斯安那购地案”。

② 此处作者将美国版图形状比作水牛、鳄鱼，墨西哥版图形状比作小鹿。

③ 十六世纪，法国航海家发现加拿大，法国国王在加拿大建立了法国殖民地。十八世纪中后期，经过英法“七年战争”，法国战败后，加拿大成为英属殖民地。

④ 弗兰克·凯洛格（1856—1937）：美国著名律师、外交家，1925 至 1928 年任美国国务卿。1927 年，他与法国外交部长阿里斯蒂德·白里安发起《白里安-凯洛格公约》，禁止以战争作为国家政策的手段，主张用和平方法解决一切国际争端。凯洛格因此获得 1929 年度诺贝尔和平奖。然而，1925 年，尼加拉瓜国内爆发政变之时，由于他坚持奉行已有的门罗主义，导致美国于 1927 年派遣海军陆战队对尼加拉瓜进行武装干涉，对尼进行军事占领，直至 1933 年。

有人情味的，阿尔及利亚就是一个典范。拿我们与英国殖民主义简单比较一下，便立刻高下立见。无论是在西贡[①]还是刚果，法国人都是更人道的，而英国人呢，无论是在印度还是埃及，他们都像是神话中描述的怪物——一半身子是塞西尔·罗德斯[②]的，另一半则属于猎豹。

“这样一个法兰西路易斯安那，一定会令您的国家获益良多啊！

“也不知是偶然，抑或是注定的命运，美洲大陆上共存着两个相互对立的种族，他们从外表到本质都截然不同，一个是西班牙式的，混乱而神秘（德·奥尔斯[③]可能会说，他们的神秘正是来自混乱），另一个则从未真正展现过自己的力量[④]（哪怕是在中美洲的屠杀当中），这两方之间需要一座由法国搭建的桥梁。可惜，都怪那个孩子气的拿破仑，这一切都因他的荒唐之举成了泡影。我们本可以把一直保持的法兰西理性主义带到美洲去，要知道，我们与习惯意气用事的伦敦或都柏林可是大不一样的。

“当我听说美国宣称要充当美洲当前冲突的调停者，我不禁莞尔。其实他们真正需要做的是为凯洛格先生找一位好翻译，在他发表演讲的时候，为南美诸国把他话语中（和想法中）那些干涩好斗的言辞略加柔化。

---

① 西贡：越南南部胡志明市的旧称。

② 塞西尔·罗德斯（1853—1902）：英裔南非商人、矿业大亨、政治家。他是狂热的帝国主义分子，极力鼓吹扩张大英帝国，相信盎格鲁-萨克逊人是世上第一种族。

③ 欧亨尼·德·奥尔斯（1882—1954）：西班牙加泰罗尼亚记者、艺术评论家、政治评论员。

④ 指的是美洲原住民印第安人。

“他们当时就非常清楚从法国手中夺去的东西意味着什么，而我们却对自己放弃了多么宝贵的财富懵懵懂懂。

“加拿大一直置身事外，他们就像一个小欧洲，在自己那片冰天雪地里安之若素。路易斯安那面对的是墨西哥湾，也就是美洲的地中海，如果它仍然属于法国，那么在它与加拿大遥相呼应后，美洲的局面定会大不一样。由于恐惧，北美一向不信任欧洲，法国的存在会像尖刀一般刺穿他们的咽喉，侵吞墨西哥的血盆大口将不复存在①，而加勒比海也会被合理分配（虽然也一定会大费一番周折）。

“虽说在物质方面略显劣势，但我们本可以为这里提供更加不可或缺的财富，那是人们早晚都会渴求拥有的，比如经典的教育（美国人基本是完全忽略的）、文化的品味（彻底跳出北美工业文化的苍白）。夹在芝加哥与墨西哥中间的法国伟大的大学将会挤满‘扬基人’② 和来自南美的学生，这就是所谓的‘思想契约’。曾经的法国有能力发展这项伟大的事业，可惜，我们没能得到这样的机会。

“十年间，拿破仑既让法国人‘目眩神迷’，也让人‘头昏脑涨’（这几个形容词是我加上去的），维克多·雨果那种女性的想象力让所有人都忽略了一件事，即拿破仑使我们放弃了些什么。若是换做拥有蟒蛇的冷血与智慧的英国，他们是绝不会签订任何协约，自愿放弃那片海洋和盛产甘蔗、棉花的土地的。不幸的是，拿破仑

---

① 1846—1848 年美国对墨西哥的战争是一次臭名昭著的掠夺性战争，通过此次战争，美国侵吞了墨西哥一半以上的领土。

② 即美国人。

拥有一项可悲的特权，即能让我们所有人都为之疯狂的能力，法兰西的理性在他的马刀之下如蜡一般彻底融化。还记得我们从马德里向莫斯科的那次惊人的行军①，得到的结果相当‘可观’，仿佛是在两千多平方公里土地上开了一场威尼斯式的‘盛宴’……我们幼稚像孩童一样，在游行中挥舞着火把，拿破仑使我们把自己的成熟思想抛在身后，而那可是我们花费了多长时间内才逐渐获得的宝贵品质啊。曾经在哲学界，我们有帕斯卡②；在政策制定上，我们有莱迪西亚·拉莫里诺之子——科尔伯特③，一个冷静沉着的男人(地中海的炎热从不会扰乱他的心智)。

“所以您看，深受您青睐的科西嘉的春天，并未虚度它的生机与繁盛。”

“从里昂到阿雅克肖，樱桃树的花期差了一个月，”我说道，“我不想错过樱桃树在春日里的美景，等到花期尽时，我定会去拜访那位光荣奋斗过的男人的‘圣地’。但是，若让我在拿破仑与圣女贞德④这两位法国战斗英雄之间选择（这两位恰恰均被英国人所毁灭），我还是更偏爱后者，因为在涤荡法国的过程中，她尽可能不伤害太多的生命。”

---

① 1812年，拿破仑集结了六十多万人的庞大军队，进军俄国，以惨败收场。

② 布莱士·帕斯卡（1623—1662）：法国数学家、物理学家、哲学家。

③ 让·巴蒂斯特·托尔西（1665—1746）：也称科尔伯特侯爵，法国外交官。他为路易十四建立了法国当时的外交政策结构。

④ 圣女贞德，法国军事家，象征自由。在英法百年战争中，年少的她带领法军对抗英军入侵。后为敌人所俘，被英格兰人处以火刑。

四十岁的玻利瓦尔[①]

玻利瓦尔四十岁时的形象一直以来都是美洲历史舞台上最引人注目的形象之一，相信今后也是如此。这个舞台上人才辈出，既有面色红润而温和的华盛顿[②]，也有比他更加英俊，命运却同样令人哀伤的林肯[③]。玻利瓦尔刚过四十岁，皱纹就已爬满脸庞，好像给他的脸搭起了一道道囚室的铁栅，他最终还是逃不过这座疲倦与失望的牢狱。他的皱纹由内向外而生，普通人总是身先老去，而他的衰老却始于心。他最大的敌人，是那根扎在心灵深处，永远也磨不平的尖钉。

在西班牙语美洲的历史画卷中，总会时不时地出现一些长着鹰钩鼻的人物形象，从伊达尔戈神父[④]到苏克雷[⑤]，从苏克雷

① 西蒙·玻利瓦尔（1783—1830）：拉丁美洲革命家、军事家、思想家。他于十九世纪二十年代先后解放了委内瑞拉、厄瓜多尔、秘鲁、玻利维亚，被称为南美解放者。他系统地提出了美洲一体化理论，追求美洲的联合与统一。他参与建立了拉丁美洲第一个独立国家联盟，即大哥伦比亚，但因国内外矛盾尖锐，统一大业难以维持。玻利瓦尔最终在失望与苦痛中溘然长逝。

② 乔治·华盛顿（1732—1799）：美国首任总统。

③ 亚伯拉罕·林肯（1809—1865）：第十六任美国总统，在任期内他废除了奴隶制度，反对国家分裂，后遇刺身亡。

④ 米格尔·伊达尔戈-科斯蒂亚（1753—1811）：墨西哥民族英雄，被称为墨西哥独立之父，曾号召人民推翻西班牙殖民统治。

⑤ 安东尼奥·何塞·德·苏克雷（1795—1830）：拉丁美洲政治家、军事家，为西属拉丁美洲独立战争的最后胜利做出了贡献。

到圣马丁①，从波塔莱斯②到阿尔韦迪③。他们的鹰钩鼻从形状和角度上而言各有千秋，有阿拉伯式的、土著式的，还有高加索式的，但要说最典型的，还是当属玻利瓦尔的鼻子。

有人说，作为人脸分界线的鼻子，能反映出很多内容。以玻利瓦尔为例，他瘦削而尖锐的鼻峰就与他雷厉风行的性格相辅相成——锋芒毕露，从不拖泥带水。

人们经常谈论他那双乌黑的大眼睛，动人且饱含激情。无论他本意如何，只要一个眼神就能令众人臣服。

谁不希望能有幸感受玻利瓦尔的目光，好与如今的世人分享呢？我们女性想体验他注视特雷莎·德尔托罗④时的深情；小伙子们渴望的，是他在凝视盛放着吉拉尔多特⑤心脏的骨灰盒时的目光；将军们需要的，是他面对战事危急时的眼神，哪怕溃败即将到来，他也只会更加坚定，眼中透出无限庄严；老人们呢，则是祈望

---

① 何塞·德·圣马丁（1778—1850）：拉丁美洲独立战争领袖之一。

② 迭戈·波塔莱斯（1793—1837）：智利政治家，是智利建国的重要人物之一。

③ 阿尔韦迪（1810—1884）：阿根廷律师、经济学家、政治家，参与了阿根廷1853年宪法的制定。

④ 玻利瓦尔的妻子。二人婚后一年特雷莎就因病去世，悲痛的玻利瓦尔发誓终生不再娶。

⑤ 阿塔纳西奥·吉拉尔多特（1791—1813）：哥伦比亚人，曾参加哥伦比亚和委内瑞拉的独立战争。他在战场上英勇无畏，深受玻利瓦尔的信任。在他牺牲后，玻利瓦尔给予他最高的荣誉，下令将其心脏安葬在委内瑞拉首都加拉加斯的主教堂内，供后世敬仰。

拥有他在牙买加冥思苦想时眸子里的平静和忧伤[①]。我们都想一睹他的目光，可也不得不想想，他真正想看到的人是谁。

我们南美洲有些人，仅凭手上几枚金色大头针或粗制滥造的图钉就妄图指点江山，若想要了解此人的真实面目，我们只消提这样几个简单的问题："要是玻利瓦尔还在，优雅的他是否会愿与这位先生同桌吃饭？他会挽着这个人的手臂共同议事吗？他会在自己生命垂危之际，将此人唤至榻前，叮嘱他担负起人民的重担吗？"

玻利瓦尔的前额让他整个脑袋的比例都不太协调。不知道是谁曾说过，他的额头大得好像要吞噬他似的，整整占了他脸的一半。它像是一块耕耘平整的土地，上面一条条皱纹就是犁把留下的痕迹。这额头令他显得太过苍老，让人不得不再多看看他的眼睛，才能再次感受到他的力量。额头下面的半张脸负责他的呼吸、微笑、表情和言语，位于上方的额头则永远保持沉着冷静，接收传至他面前的各种话语。玻利瓦尔的额头"听"到过许多悲伤的消息：派斯[②]可悲的变节、他亲手解放的秘鲁又一次陷入混乱，以及很多有关感恩的事情……这其中最糟糕的，莫过于他得知人民陷入赤贫的噩耗。

他想继续守护着南美洲的土地，怕它被人瓜分殆尽，四分五裂。今天的南美仍是各自为政，梅斯蒂索人霸占着印第安人的胜利

① 1815 年，在解放委内瑞拉受挫后，玻利瓦尔前往牙买加，开始了流亡生活。在那里，他继续筹划未来的革命路线，并发表了举世闻名的《牙买加来信》。

② 何塞·安东尼奥·派斯（1790—1873）：1829 年，他反对玻利瓦尔的思想，策动了委内瑞拉与大哥伦比亚共和国分离。在玻利瓦尔去世后宣布独立，之后三次担任委内瑞拉总统。

果实。他回过头，想再看得远些，却只看到那些他曾经想要摧毁，如今却反倒愈加坚固的国界线；他极富穿透力的目光落在我们身上，发觉我们和派斯一样满腹猜疑，像牙买加的黑人一般背信弃义。

他的嘴唇薄而细长，他讲话时有时会一语中的，有时又滔滔不绝。苦痛在他的嘴角旁留下了两道纹路，微微撕扯着他的脸庞，让他无法显露出任何志得意满的情绪。眼中看到的民生凋敝，鼻子嗅到的腐臭气息，都累积在他嘴边那些深深的皱纹里，仿佛在述说着他所经历过的一切。

他的脸颊十分干涩，让人联想到皂树或桉木被连根拔起时的样子。我们大多数人脸上或多或少地都保留着几分儿时的圆润，他却一点也没有剩下。他母亲（一个克里奥尔女人）如果在世，看到他人到四十时的模样，看到那个曾在自己腹中柔软的孩儿竟瘦得皮包骨一般，该多么心痛啊！

听说，他乌黑的发丝微微卷曲，柔软且有光泽。那些曾细细数玩过这些热情的发丝的，定是他生命中出现过的女人们。遗憾的是，奥利莱和路德维希们①——那些述说伟人传记的历史学家事无巨细地记录关于他们的一切，却对颇有趣味的女性部分要么闭口不谈，要么以男人的固定思维一言以概之。

我们都知道玻利瓦尔的身材十分瘦小，但我却觉得赏心悦目，

---

① 胡安·艾米利亚诺·奥利莱（1879—1969）：巴拉圭历史学家。埃米尔·路德维希（1881—1948）：德国作家，以撰写伟大历史人物传记而极负盛名。

仿佛观赏埃尔·格列柯笔下的“火中藤”一般①，可以被无限地舒展拉伸。然而……我这样的赞美也是出自对自身民族的忠诚及偏爱，我们印第安与西班牙混血的身材都不甚高大，但不至于像蒙古人那样乏善可陈。我们虽矮小，却有安达卢西亚人的活力和法国人的才干。智利山谷里的巴斯克混血，大概只能长到像一捧泥土被扬起后的高度。堂·西蒙②的瘦小与灵活众所周知，他的坐骑永远不知疲倦，他的座椅也总是稳稳当当。爱迪生恐怕会说，这种“材料”是他最欣赏的，如同消耗最少，给予最多的灯丝。

戎马倥偬的生活并没有让玻利瓦尔变得跋扈恣睢，一从马上跃下，他就把属于将军与战场的一切都留在了马镫上，重新变得温文尔雅，跳起舞来就像是整日走在地毯上的贵族一般。

我们总能在他身上找到南美洲人的特性，无论是他瘦小的身体还是其它方面。我们的身上流淌着两三种不同的血液，因此我们不可能是一个硬朗铁血的民族。

玻利瓦尔是迷人、敏锐、举足轻重的。

我们不能让他沦为一个只在某个百年纪念场合里偶尔出现的名字，而是应当让他活在我们日常的点点滴滴中。

愿玻利瓦尔就像自然法则一样长久地存在，让他活在我们身边，直到最终与我们血脉相连。

---

① 埃尔·格列柯（1541—1614）：希腊文艺复兴末期画家，中年时移居西班牙。他的绘画风格十分独特，偏爱瘦长且扭曲的形象，以拉长的倾斜的线条处理人体，他认为火焰的波浪轮廓最能够表现真正的美丽。

② 即西蒙·玻利瓦尔，在西班牙语中，在男性名字前加“堂”是一种敬称。

何塞·马蒂①

现代文学评论界执着于为作家进行明确定位，颇为局限地概括他的写作风格。有时候我也会采取这种非此即彼的判断方法，但大多时候我还是与它保持一定的距离。

关于许多作家性情与生平的记录浩如烟海，但也有一些作家是无据可考的，评论家们到最后只得将他们的作品与本人归于一体。马蒂就属于后者。在某种程度上，我们无从得知他的生平是否就等同于他那些跃于纸张横格上的文字，抑或是他真正的人生要大大丰盈于其所著的作品。马蒂属于那类不仅会令读者敬重，更会让我们深爱的作家，我们总是盼望了解有关他们的一切，甚至渴望知道他们是怎样祷告，日常饮食又如何。马蒂会永远被视为道德的典范，因此我们也将用同样的方法来评价他的文学创作。

可以肯定的是，我们所谈论的马蒂是一个“特例”。我们这个种族的男性总是偏于冷酷、野蛮，而他这样一位既有男子气概又极富柔情的人，到底从何处而来？拥有渊博的神学知识的他，究竟所属何方？他能令男人重新审视身为男性的准则，令女子感受到心中的仁厚，令孩童发觉自己的纯真与俏皮……一个内心如此丰富的他，是如何来到我们身边的？我们可能还想知道，我们这样一个缺

① 何塞·马蒂（1853—1895）：古巴杰出诗人、民族英雄、思想家。他参加了反抗西班牙殖民统治的战斗，牺牲在独立战争的战场上，为祖国的独立和解放奉献了自己年轻的生命。

乏正直、因狡诈和欺骗而蒙羞的种族，是怎样创造出像他这样纯净的男人的？在他身上找不出一块瑕疵，甚至连一星半点的污迹都不存在。

我们来尝试回答这些问题吧，就算答错，我们也希望这努力能有几分价值。

他的男子气概来自我们体内流淌的刚毅、勤奋的加泰罗尼亚血液，如果各位愿意，也可以说是来自那些西班牙探险家和征服者。他们是敲打历史的皮鞭，是伟大的胜利者，他们的坚韧和执着至今仍令史官惊叹。马蒂的仁厚来自加勒比的土地和气候，西班牙的皮鞭在这里也变得柔软，因此给这里留下了一个更为温和的民族。我们都知道，继善良的克丘亚-艾马拉人之后①，温和的加勒比印第安人也被彻底消灭；但我们仍未可知的是，逝者在入土安息之时就已经彻底消失，还是仍会留下类似光环的东西，将自己的美德保存在土地中，荫庇世人，供其追随效仿。事实上，相比起其它南美洲国家，热带的加勒比人似乎要更加友好，没有那么多邪恶的思想。海洋让这座岛国拥有绝佳的气候、热情的甘蔗与地道的烟草。有位英国人说，这里产出的烟草甚至能令男人也变得柔和。生活在这片平坦且柔软的土地上极其舒适惬意，这里生长的男男女女，自然也都拥有温和且甜美的性格。而这个种族中最富柔情的，就当属我们这位高尚的何塞·马蒂。

在不少评论家看来，这位古巴人“既是女性和孩子，又保持着

① 克丘亚语是印加人的语言，也象征着印加人自己。艾马拉人是南美洲印第安人的一支，主要生活在安第斯山脉中部，从十五世纪起被印加人征服。

完整的男性特征”。但我认为，绝不能简单地按照种族或地理方位来分析马蒂，因为他曾随性地在许多地方生活过。男性是奇特的，他们总是很快就忘记了母亲乳汁的味道，他们灵魂的味蕾在朗姆酒与劣质香料中变得粗鲁野蛮。这种结果可能也与教育有关：男人们从很小的时候就被要求“像个男子汉那样”，而在逼迫下形成的品格是粗制滥造的，会致使他们彻底抛弃自己的本质，轻视温情，忘记自己也是在那温柔的摇篮曲中被哺育和教导的。幸运的是，有一些伟大的民族能够做到柔情与坚毅兼备——意大利人和法国人属于其中的一类，日本人又属于另一类。

在这一点上，我认为何塞·马蒂是独树一帜的。一个完整的男人，会在二十五岁时仍然保持着纯真的情感与生活习惯，他永远不会丢掉那个孩童时的自己，因为他明白，做一个完完全全的“成年人”是丑陋而可怕的。也许是源于深邃的思想，也许是因为拥有预测未来的能力，这样的人总是能够提前获得只有老者才有的美德：人到老年，在尝遍了世间冷暖之后，就会拥有恕己及人的慈悲，宽容会在他们身上结出成熟的果实。老者能理解一切，即便是对待自己拒绝接受的事，他们也能泰然处之。老者的美德是超脱的。

在我看来，马蒂正是如此。他一方面保留着童真的气息，另一方面，虽然他的人生短暂，却拥有专属于老者的丰富阅历，因此我们可以称他为真正的“高人”。在三十多年的生命中，他征服并拥有了天堂的两端——一边是正在升起的，一边则在缓缓沉下。这就是他如此柔情，好像一碰就会融化的原因；这就是他在笔记本中为儿童写下《黄金时代》《伊斯马埃利约》的原因①。正因为如此，他才完整地理解生命、苦难、挫折和振作，所以无论谁都可以向他倾诉，不管任何事情都能够打动他。其实，就算人们不对他吐露心声，他也只要一个眼神就会明白该做些什么。

他一个接一个地担负起了各种人类最崇高的职责：战友、安抚者、导师、组织者、实践家。历史上曾用“人类的朋友”这个称呼来评价特定的一类人：马克·奥勒留、查理大帝②、几位教皇、圣路易③、阿方索十世④、埃利塞·何克律⑤、米什莱⑥。而古巴也拥有一位“人类的朋友”，他就是何塞·马蒂。

我们要赞美那些心无仇恨的斗士。圣雄甘地就是如此，他的斗争是不包含个人憎恶的，他的革新让我们这个时代为之一振。幸运的是，在我们身边的古巴也有人获得了这种艰难而不易的功绩，他就是我们正在谈论的这位圣人何塞·马蒂。我们尽可以用显微镜去放大他，观察他的演讲、他的宣言——没有哪怕一丁点的个人仇恨。他被迫深陷在充满敌意的战场之中，被卷进战争这个从古至今都污秽不堪的野兽洞穴，他不得不挺身而出，奋起抵抗，他抓起步

---

①《黄金时代》是何塞·马蒂写给儿童的杂志，1889年发行首刊，共出版四册。这些杂志后被整理出版，是古巴以及拉丁美洲文学最为经典的著作之一。《伊斯马埃利约》是何塞·马蒂写给儿子的诗集，以儿子的小名命名，整本诗集充满了他深沉的父爱和无限的柔情。

② 查理大帝（742—814）：法兰克王国加罗林王朝国王。

③ 路易九世（1214—1270）：法国国王，被尊为“圣路易”，被奉为中世纪法国乃至全欧洲君主中的楷模。

④ 阿方索十世（1221—1284）：西班牙国王，也被称为“智者阿方索”。

⑤ 埃利塞·何克律（1830—1905）：法国地理学家、作家、无政府主义者。

⑥ 儒勒·米什莱（1798—1874）：法国浪漫主义作家、历史学家。

枪，冲向战场。这位与众不同的战士脸上散发着炽热的光芒，他在战斗中从不玩什么花招诡计，也没有讲过任何污言秽语，他的眼睛里没有通红的血丝，也不会因恐惧对手而颤抖不已。恐怕就连《伊利亚特》中的斗士在痛苦难忍时也会偶尔溜出几句在作者荷马心中积压已久的咒骂，而我们的马蒂却从来没有。他在战斗中超乎寻常地英勇，似乎感觉到古巴独立的理想就在他身后燃烧着，他面前不计其数的敌人似乎都变成了没有面孔、没有生命、没有姓名的物体——他对这些人没有仇恨，只是把他们当作“暴政”、“无作为”这些抽象概念的代名词。

同时，在我们看来，他似乎与拉丁美洲这个民族毫无关联。他十分厌恶我们的等级制度，曾经从头到脚地谴责、批判它。在任何国家、任何党派之中，总有些人如畜群中烈性的斗牛，为了生存，他们必须超出众人，才能令他的“幼崽”，直至整个牧群都追随于他。

我们可以说，马蒂因人类之爱而陶醉——哪怕这样的说法略有点装腔作势。他的身体仿佛被没药[①]包裹，即使在战斗的黑暗中，也从不曾发出崩溃的尖叫，或是哪怕一丝痛苦的哀号。

我对马蒂的爱可以算作是一种感激，他是对我写作风格影响最大的美洲文学大师，也是美洲造就的最纯洁的引路人。对于经年累月地忍受那些肮脏领袖的我们来说，他使我们得到了彻底的解脱。

我们这些旅居海外的人在重新审视祖国人民的时候总是会格外

---

① 没药树的树脂可入药，促进伤口愈合。在《圣经》中，没药可以用于制作膏油，意味着圣洁，也象征着牺牲和死亡。

担忧，此时我们之间的联系仿佛仅仅只是地理概念上，而不是政治层面上的。我们看到同胞们仿佛是立体地形图上的山峰和高原——不公正的社会让这片大陆隆起了高高的山脉，虚伪的妥协是它黏稠的水流，仇恨像剪刀一样把它切割得分崩离析，邻国之间上演着悲哀的勾心斗角。

面对这样一个令人痛心的美洲，面对人民如此迟缓的行动力，我们不禁再次忆起遥远的玻利瓦尔，企盼他唤醒我们对自己智慧的信心。我们向年代距离我们稍近的何塞·马蒂祈求，盼他用自己那洁白的皂角洗掉我们人民身上的污垢，清除那些长久以来存在的不纯洁的操控与阴谋。他曾是，也将永远是我的庇护所，他就像是我在沼泽地跋涉时遇到的小小山洞，在他的庇护下，我终于得以安睡。

他是古巴人最熟悉的面孔。他柔和亲切的脸庞，让我心灵安宁平静。他柔情的双眼里仿佛流淌着纯净的蜜糖，他的嘴唇被浓密的胡须遮住，那瘦削的下颌让脸型变得感性。多少次，当我遭遇美洲的野蛮与不忠，这张脸庞就是我的慰藉，从过去，直到今天。

关于巴勃罗·聂鲁达的短笺

巴勃罗·聂鲁达——在智利外交名录上我们称其为里卡多·雷耶斯。1904年，他出生在智利中部平原的一个小镇帕拉尔，对我们来说，他的诞生日才应当被算作是真正值得纪念的圣诞节。之后他随家人迁到特穆科城。这座城市视他为己出，并坚持认为特穆科为孩提时期的诗人留下了“不可磨灭的印记”。他曾在我们的圣地亚哥教育学院学习语言，与很多智利人不同的是，他对教师这份职业没什么兴趣。聂鲁达二十三岁那年，一位非常赏识他的部长做出了一个英明的决定：派这个大胆的青年前往远东执行外交任务。聂鲁达先后供职于驻荷属东印度、锡兰和一些印度洋岛国的领事馆。在那个特殊的热带地区度过的五年时光，孕育了他的感性与敏锐，看起来他倒像是在那儿待了二十年似的。这段经历中有两样事物对他的性格产生了很大影响，一是那里极其炎热的海洋性气候，二是他那时潜心研读、翻译的英国文学。

离开智利之前，聂鲁达已经凭借诗集《黄昏》成为同辈中的佼佼者。他第一次从外省来到首都圣地亚哥时，发现了一个在当时非常活跃的作家团体，他们以创造主义的创始人维森特·维多夫罗①为首，主张诗歌的革新与解放。在那时，聂鲁达就预感到了这场运

---

① 维森特·维多夫罗（1893—1948）：阿根廷诗人，深受先锋派影响，称自己为“创造主义”，是象征主义的一种形式。

动将带来的广泛影响。

聂鲁达此后几年的作品近期被悉心收录进《大地上的居所》两卷合集，由西班牙的科鲁兹拉亚杂志社出版。我们这位卓越的年轻作家在这部合集中展示出的不凡魅力与它尖锐诙谐的书名相得益彰。

《大地上的居所》为学者们一针一线地编织出了这位天才诗人的成熟历程。本着忠实自我和求新求变的态度，聂鲁达将这部合集中的诗作精心排列：从开头模糊的诗句开始，逐渐过渡到技法纯熟的“木材”“红酒”“芹菜”的章节。读者们随着作者缓慢的节奏，终于一点点来到这咏物的三部曲。这些诗作不仅仅是值得赞誉的个人作品，也填补了年轻一代诗坛的空白。

聂鲁达极富独创精神，他不断摸索着那条被我们称为“表现力”的道路，探寻个性化的诗歌语言。他拒绝国内现有的风格——这部作品中的巴勃罗·聂鲁达与智利诗歌没有任何关联；大多数情况下他也并不推崇外国诗歌，少数的几个例外如布莱克①、惠特曼、米沃什②，看起来倒更像只是碰巧合了他的胃口。

聂鲁达匠心独运的修辞和狂野通俗的语言首先是源于他极富原始性和爆发力的本性，故而呈现出格外饱满的生命力。其次，他一直极力反对贵族沙龙文学的矫揉造作，他常常强调，正是因为他，这一代智利人才终于摆脱了长久以来盛行的贡戈拉主义。我不确定这样的抵制究竟是好是坏，但无论如何，我们都应为得以保留了聂

---

① 威廉·布莱克，英国著名诗人。

② 切斯瓦夫·米沃什，波兰著名诗人。

鲁达身上最纯粹的活力而感到高兴。不过，他的诗歌语言想必也冒犯了那些写“美容院”式诗歌和文学评论的人。

聂鲁达的高傲是智利人的典型气质。我们的人民并不亲近这位伟大的诗人，而他对那些用词花哨的“大众艺术家”也毫无好感。大家只消想想那一大堆甜得发腻的词语吧，什么“夜莺”、“薄纱”、“玫瑰”……这种变异的现代主义已把我们的民众统统困住。如此一来，我们就能明白聂鲁达那种众醉独醒的心境。他用咸涩的海风，净化了自己的那片天空，也试图唤醒迷失的大众。

聂鲁达独创性的另一个表现是他对题材的选择。他摒弃了我们在诗歌中惯用的那些老套的背景设定：黄昏、四季、花园或阳台的谈情说爱等等。他也克服了我们另一个顽固的毛病：惰性。对极富创造力的聂鲁达来说，木柴、树干这样的素材就能点燃他的灵感；而对于那些习惯了走老路的人，这些新颖的主题却只会招来反感。聂鲁达向我们展示了现代城市扭曲的灵魂，日常生活中的怪诞，那些停滞的、司空见惯的事物的脆弱和悲惨。在这些挽歌中，他以新奇的手法描绘死亡，使之像是一个全新的主题。聂鲁达用独特的情感处理这些素材，获得了惊人的成功：任何存在，无论其有无生命，都将以腐烂终结。聂鲁达的作品总是提及死亡，他对此近乎着迷，成功地为我们揭示了毁灭、痛苦和腐化的种种意想不到的形态。

聂鲁达作品中的西班牙味道并不重，但确实存在那种卡斯蒂利亚式的、对死亡近乎病态的执着。一些冒失的读者可能会把聂鲁达称作“反神秘主义”的西班牙诗人，但我们必须谨慎对待“神秘主义”这个词，因为它总是被滥用，以至于我们对它的认识还停留在十分肤浅的层面上。实际上，聂鲁达可能算是“物质”[①] 的神秘主义诗人。尽管他是一个典型的“肉体诗人[②]”（他毕竟是个智利人嘛），但如果我们进一步探寻，就会发现他的创新能让圣·胡安·德拉·克鲁斯欣喜若狂。聂鲁达十分善变，有些他在起初非常迷恋的题材，旋即就让他觉得烦闷，最后这种烦闷竟能发展到憎恶。尽管总是涉足各种关于物质的主题，但聂鲁达并不是一味颂扬它们：他有时是猛烈地抨击，有时甚至把它们捏得粉身碎骨……在这个过程中，那种卡斯蒂利亚式的常见特性再明显不过了。

聂鲁达对物质题材的探险，于我来说是一个真正的奇迹。印度神学和柏格森[③]本人都认为，要获得知识，必须真正置身于事物的内部。聂鲁达就将这种理念融入他巧妙的诗歌写作技巧中，在关于木材的诗篇中，他成功地将自己放逐在这个远离人世的隐秘空间里。

聂鲁达与他的“幽灵们”的居所，大部分时间都应该是阴沉、潮湿的，因为他在《大地》[④] 中经常提到的居所，似乎在地下的多于在空中的。他像一个永远迷失的天使，不断寻找能激起他热情的事物，那些岩洞或海洋深处的物质的灵魂，都是他想要拥有的。

无论他所居何处，如何与我们沟通，聂鲁达的独特性值得我们思考和尊敬。他代表着美洲的“新人类”，为这个大陆带来了更加

---

①《大地上的居所》中有许多以各种物质为主题的诗作。

② 惠特曼《我是肉体的诗人》。

③ 柏格森（1859—1941）：法国哲学家，1927 年诺贝尔文学奖得主，以优美的文笔和极富吸引力的思想著称。

④ 即《大地上的居所》。

细腻的情感表达方式。他受到的极高赞誉与他独具一格的个性密切相关。

当我读罢聂鲁达的诗作，还在仔细回味的时候，许多鲜活的形象就已嵌入我脑海，这是其中的一个：一棵被藤蔓和苔藓包裹的大树，静默无声，却又浮现着生命的跳动。他的一些诗让我的耳边响起阵阵轰鸣，令我像重生一般颤栗，激动不已。

人们总是把美洲精神中各种相互对立的力量解释为融合的结果，到最后，就像他们经常说的——这是血液之中与生俱来的。和大多数梅斯蒂索混血儿一样，聂鲁达视自己为纯种白人。由于欧洲文化的影响，他竟然完全忽略了自己的另一半血统，他的西班牙朋友们对这种自欺欺人的行为总是报以宽容的微笑。尽管聂鲁达外表看起来不像混血，但他的眼神、表情和言谈举止中显露的那一丝忧郁，甚至他的诗歌，都有明显的亚洲印记。这些都清清楚楚地表明了他身上不同血液的对立。融合，原本在许多方面就包含着悲剧色彩，也许只有在艺术领域，它才能发挥出自身兼容并包的优势。融合，对聂鲁达来说绝不是坏事，反倒是为他炽热的情感和极有深度的语言提供了宝贵的财富：辛辣的讽刺与宗教式的庄严相互交融——西班牙和印第安血液交织在一起。任何西方诗人都可能被东方的魔力吸引，但东方却并不一定会成全他们，相反，它还总是扰乱他们的原本的性情。在聂鲁达第一次接触亚洲时，他身上的印第安血统一下就沸腾了起来，《大地上的居所》含蓄地描绘了这次具有深刻意义的初遇，同时也揭示了一个秘密：一旦一个梅斯蒂索人敞开心胸，他的灵感之泉就将倾泻而出。我们的美洲，在刻意模仿他人的时候总是痛苦不堪，只有重返自我才能获得真正的愉悦。

现在，我们来谈谈这个还不赖的词——美洲性。聂鲁达经常提起惠特曼，当然不仅是为了调侃他诗句中某些频繁出现的意象（比如“肋骨”），更多的是赞美他活得无拘无束，称他为美洲人的典范。在《大地》这部作品中，聂鲁达的美洲性表现在释放自我、大胆和无尽的创造力方面。

由于没有公正地评价聂鲁达的成就，当代的美洲诗歌（他很难被归为现代主义或是极端主义）欠下这位作家一笔债。在风起云涌的诗歌海洋中，聂鲁达像一个汹涌的巨浪，猛烈地拍打海岸，把海洋深处的馈赠尽数卷出，奉献给世人。其它那些浪头，则是又低又缓，只从海中带出些小鱼小虾。

我的祖国应万分感激聂鲁达：智利是一个骚动而强健的国家，但许多年来，智利文学却一直束手束脚，先是古典主义的安德烈斯·贝略①，后是在他之后盛行的伪古典主义，完全无法展现我们这个民族的本质。因此，在许多文学作品中智利显得无比干瘪、迟钝、沉重。《大地上的居所》让我们看到了智利诗歌迸发出的星星之火，聂鲁达许给了我们一个更加广阔、光明的未来。

---

① 安德烈斯·贝略（1781—1865）：拉丁美洲诗人、作家、政治家。深受古典拉丁语作家和西班牙作家的影响。曾任智利大学校长。

评介赖内·马利亚·里尔克作品[1]

赖内·马利亚·里尔克走了，那双深爱着超凡之物的眼睛永远地合上了。而他的离世却打开了其作品通向法语译介的大门，如今出版社几乎每月都会推出他的一部作品。里尔克爱法语甚于母语，倘若能亲眼看到如此盛景，他该多么兴奋啊。在他本人生前，只有一部作品曾被译为法语——即《马尔特·劳里兹·布拉格手记》[2]。

很少有什么能够扰乱这位极富贵族气质的男人，他热爱所有行走过的土地，轻视各处那些为名利竞折腰的小团体。然而他倘若还在世，面对自己在1927年的法国扶摇直上的声誉，恐怕无论如何也很难无动于衷。

在文坛这个腥臭肮脏的泥潭里，时不时也会出现一些真挚，并通常是极为不凡的友情，比如卡莱尔与爱默生[3]，歌德

---

① 赖内·马利亚·里尔克（1875—1926）：出生于布拉格，奥地利著名诗人，创作的题材除了德语诗歌外还有小说、剧本、书信集以及一些法语诗歌，对十九世纪末的诗歌风格以及欧洲颓废派文学有深厚影响。他著有诗集《生活与诗歌》、《祭神》、《梦幻》、《杜伊诺哀歌》、《献给奥尔甫斯的十四行诗》等。

② 里尔克1910出版的小说，他首次在巴黎的旅居经历为这部作品的诞生打下了基础。

③ 托马斯·卡莱尔与拉尔夫·沃尔多·爱默生各自在十九世纪的英国与美国占有举足轻重的地位，两人之间长久而稳固的友谊也堪称文坛佳话，后出版的《卡莱尔、爱默生通信集（1834—1872）》收录着他们长达三十余年的精神对话。

与爱克曼[①]，他们之间的情谊仿佛过季晚放的花朵般赏心悦目，然而花有凋谢之时，友情却没有。

里尔克在法国结识了两位挚友：爱德蒙·雅鲁[②]与保尔·瓦莱里[③]。前者作为当时法国最出色的外国文学评论家，曾因对法国文学嗤之以鼻而饱受“法语拥趸们”的诟病。有足够的资料表明，雅鲁一直是里尔克的支持者，在数十年里一直推崇他为同时代最优秀的德国作家，并专门撰写了与他有关的简评。至于瓦莱里，则也在与里尔克的通信中盛赞他的德语译著。

法德两国文人之间的氛围至今仍然有种令人窒息的感觉，最近在法国出现的对赖内的赞誉，也在一定程度上推动并加快了法国（我指的并不是法国人民）靠近并追赶柏林的步伐。

我同意都德[④]对经典的见解，即不承认传世佳作的诞生存在某种“地域垄断”。写作的神灵偏巧有个独特的爱好，就是从不定居在任何一座排外的欧洲首都，它的行走路线诡秘不定，从俄罗斯到印度、英格兰、法国……和美国。

---

① 爱克曼（1792—1854）：德国作家，曾因撰写了关于歌德诗歌的论文而深受歌德赏识，从此他一直担任歌德的秘书并直接参与了歌德晚年的全部创作，1836年他出版了《歌德谈话录》，广受好评。

② 爱德蒙·雅鲁（1878—1949）：法国小说家、散文家、文学评论家，对德国与英国文学十分感兴趣。

③ 保尔·瓦莱里（1871—1949）：法国杰出的诗人、哲学家，师从马拉美，他与里尔克的通信对其创作《献给奥尔甫斯的十四行诗》大有助益。

④ 阿尔封斯·都德（1840—1897）：法国写实派小说家，他的一些短篇小说如《最后一课》、《柏林之围》等作品都已经成为世界文学的珍品。

里尔克于1875年前后出生在布拉格的一个贵族家庭。他的画像和一座精美的塑像向我们展示了一个瘦削男子的形象：他的身体像一支冲力十足的箭矢，他的前额饱满宽阔，两道剑眉下是一双线条柔和的眼睛；他的面颊干瘪，饱满的嘴唇极富男子气概，再加上那对小胡子，若不是因为生得一头金发，他看起来还真像个蒙古人。(听说，他的眼睛极为清澈，目光格外温和。)

与拉罗什富科①相同，里尔克想要留给我们的，不是法式勋章上那种志得意满的形象：从他的眼眶中能看出古代贵族身上的某种气质，那对蓝色眸子里保留着怯生生的孩子气；他的举止谦逊，但绝不是厮役家丁的那种卑躬屈膝，而是女性式的；他的唇形坚挺端正，表明了他的刚直正派，绝不是为能言巧辩而生；他头脑中的思想都静默无声地隐藏在那张微微倾斜的脸孔背后，其中没有半分的邪恶低俗或肆意妄为。

“我有女人的特质。”里尔克如此说过，从未因这种比较有过一丝一毫屈尊就卑的顾虑。他被称为孩童与女子的诗人，与那些风流轻佻之辈相比，他更懂得我们女性。正如我们俗语所说“物极必反”，距物愈近，反而愈难辨清其形，大概就是这个意思。他对童年的记忆令他更加怜爱孩童，而麻木与冷漠之所以能将我们摧毁，难道不正是因为我们对纯真年华的忘却吗？里尔克不可思议地守护着童年时光的一点一滴，这也令他摆脱了“彻底成人化”的噩梦，在那个恐怖世界里，人们丧失了最后一丁点的天真无邪，全都沦为

① 弗朗索瓦·德·拉罗什富科（1613—1680）：法国作家、思想家，出生贵族家庭，早年热衷政治，但仕途多舛，后潜心文学创作，其作品《箴言集》影响广泛。

了“绝对的成年人”。五六岁时的宝贵纯真，在那些衰老的心中早已荡然无存。

他在巴黎时接触过的，或者说得以接触到他的为数不多的作家们每逢回忆起里尔克时，都称他是一个极为与众不同的男人，有着国王般的举止（暂且认为那些国王们更胜一筹吧），他的举止行为无不透露着其高贵的品格。他的友谊是高尚的，同时也是难以企及的，他对待朋友就好像对自己文章中的段落与章节一样悉心周到。

“里尔克就像早年的普鲁斯特①，与他共处哪怕只是一小时，也要比和其他人的一小时意义丰富得多，哪怕那个人与他才智相仿。”雅鲁如是说。

在里尔克看来，诗歌（或那些结构紧凑的散文性诗歌）不是车轮行进时迸发的一闪而逝的火星。相反，对他来说，诗歌意味着每一天、每一季、每一年。

他活在诗歌的云端，向他接近就意味着要远离空气层，感受全新的世界。他无需刻意为他人传授任何事物，只要与他接触一次，友人们便会觉得自己焕然一新。

民主在这类友情中行不通。在能够获得里尔克友谊的人中，有才华横溢的罗丹②、从不嫉贤妒能的雅鲁。后者总是视这份情谊为

---

① 马塞尔·普鲁斯特（1871—1922）：法国伟大小说家，意识流文学大师，代表作有《追忆逝水年华》。

② 奥古斯特·罗丹（1840—1917）：法国雕塑家，善于塑造生动有力的艺术形象，主要雕塑作品有《沉思者》、《维克多·雨果像》等。1902年，不满三十岁的里尔克在巴黎结识了罗丹，对他十分敬仰，奉他为“真正的雕塑大师”，并且一度担任罗丹的私人秘书，并将罗丹的诗歌作品译成德语。

至宝，仿佛一块随着旋转不断散发奇异光芒的钻石。

里尔克在巴黎生活了十余年。在这座世界上独一无二的城市里，人们在任意一个街角都可能会遇到能令自己梦想成真的人物。因此他爱这里，和当年的波德莱尔①一样。在巴黎，蚕蛹似乎也更容易破茧成蝶。他也曾顺道去过西班牙旅行，可惜人们对他这一段经历知之甚少。他是个低调内敛的人，纵然骄阳炙烤也很难令他融化半分。

出身贵族阶层的里尔克本可以选择做海军司令、陆军上尉、治安官、红衣主教等职业，他也确实曾被送去一所军校就读，然而他对那里的评价，大概也可以通用于其它很多愚蠢无用的学校。

“这个被称为教育的东西，其实也是一种阴谋。它剥夺了孩童原本丰富独特的自我，使他们最终沦为千篇一律的平庸之人。”

终于有一天，他离开了那些穿着统一制服的战友们，去德国寻找更适合他的东西。十八岁时，他发表了一本还不甚成熟的诗集，不久后就诚恳地将之收回。不久后他迷上了旅行，这也是他终生热衷的事业。还有何处里尔克不曾踏足呢？意大利、西班牙、埃及、摩洛哥、斯堪的纳维亚、俄国、巴黎……旅行通常会使游人变得粗野，可却从来没有扰乱过里尔克的内心世界，他真正的自我在于心灵深处，而无论身在何处。

如果他被困在父母身边，忍受内心的煎熬，放弃原本狂野的想

---

① 夏尔·波德莱尔（1821—1867）：法国伟大诗人，象征派诗歌先驱，现代派奠基者，散文诗的鼻祖。代表作品包括《恶之花》、《巴黎的忧郁》等。

象空间，那么这样的里尔克也许会坠入安德烈耶夫[①]那样病态的悲剧中（里尔克从他身上领悟了一种对苦难的神秘热情）。幸运的是，火车和轮船载着里尔克驶离了那个残暴的世界，旅行使他逃出了封闭空间中魔鬼的追逐。

在意大利，他得到了爱莲诺拉·杜丝[②]的友谊，然而意大利却不是他的灵魂归宿，他从一开始就是这么想的。据里尔克自己所言，他有一颗北欧的心，他的一切都与北方有关：他代表作中的英雄马尔特·布拉格很有可能就是丹麦人；他称茵斯·彼得·雅阔布生[③]为“老师”；他向来对塞尔玛·拉格洛夫[④]在民俗上的天赋赞叹不已；他的作品《上帝的故事》可以视作是向爱伦·凯[⑤]致敬。她在研究里尔克的笔记中写道：“北欧关注内心世界的传统深深吸引着里尔克。”

---

① 列昂尼德·尼古拉耶维奇·安德烈耶夫（1817—1919）：俄国小说家、剧作家，早期的作品风格现实深刻，后期尤其是在一战后，偏向于象征主义和表现主义风格。代表作有《红笑》、《七个被绞死的人》、《向星星》等。

② 爱莲诺拉·杜丝（1858—1924）：意大利女演员，被许多同时代的仰慕者奉为现代最佳悲剧女演员。

③ 茵斯·彼得·雅阔布生（1847—1885）：丹麦小说家、诗人、科学家，他首次将自然主义引入丹麦，对丹麦现代文学的发展起到了奠基作用。里尔克曾高度评价他的作品，称无论走到哪里都会将他的书装在行囊中。

④ 塞尔玛·拉格洛夫（1858—1940）：瑞典女作家，1909 年诺贝尔文学奖获得者，是世界上第一位获得此奖项的女性。她的代表作童话小说《骑鹅旅行记》集地理、民俗等内容于一体，使她成为蜚声世界的文豪，赢得了与丹麦童话作家安徒生齐名的声誉。

⑤ 爱伦·凯（1849—1926）：瑞典女作家，女性主义理论家、儿童教育家。她与里尔克之间曾经频繁地相互通信，这些信件在两位作家逝世后被收集成册并出版。

巴斯孔塞洛斯曾说拉丁语文化已经迷失，到今天更是乏善可陈。然而里尔克却说，在所有的诗人当中，他最向往的是弗朗西斯·雅姆[①]——他赞赏的竟是与自己完全背道而驰的另一个极端！雅姆几乎可以被算作男性版本的波摩娜女神，全身果实累累，但实际上却并没有真正触动里尔克的心灵。

各路评论家向来对里尔克的作品众说纷纭。雅鲁确信他在法国的影响力正与日俱增，并且在未来很长时间内都会如此。我在此只想对于他的人生再赘言几句，并再附上一部分至今尚未被译成西班牙语的《上帝的故事》，借此诚邀我的朋友们阅读这位卓越诗人赖内·马利亚·里尔克的作品全本[②]。

---

① 弗朗西斯·雅姆（1868—1938）：法国诗人，他的诗作总是把神秘与现实混合在一起。

② 译者注，此文在最初的版本里曾附录了里尔克《上帝的故事》中关于诗歌的部分选译。

水之四品

美国诗人沃尔特·惠特曼把这世界看作是无数形象狂舞的旋风。这个敏锐的男人说得一点没错，这世界是一股永不终止的激流，奔腾的是无尽的表情、行为与形态，若不是如此还能是什么呢？万物都会逝去，但他们的形象却会留存下来，被我们收藏或挥霍。形态与色彩组成的瀑布哪怕在静谧的夜里也从不静止，总有光会指引我们找到它，它也有可能会被猫头鹰那只大睁着的眼睛尽收眼底。有的天文学家说，有一束光在与地球擦身而过后，带着它的一切见闻驶入了无底深渊——那束光也许就是有如神明的惠特曼，我们所有行为永恒的导师。

在这数不尽的形象当中，人们总是对那些卓越非凡的场景青睐有加：狂野的海岸、激斗正酣的战场、宗教仪式、飞机的起落……时间不断流逝，大众的品味却依旧是那么枯燥乏味，若不做出一些改变，就无法从中获得享受与满足。

在浪漫主义中，千奇百怪的形象独掌大权，变成了那个时代与其诗歌的“主菜”，它就像是一场大地震，惊得所有人涌向街头……最常见的浪漫主义风格，是竭尽所能地描绘如藏红花那般血腥的色彩。它的读者通常是达官显贵或是自命不凡的人，这些人沉溺在纵情狂欢与凶残横暴之中，早已习惯了酒精的味道和普罗旺斯“马赛鱼汤”式的形象①。除色彩以外，它字里行间发出的轰鸣巨

① 起源于马赛并逐渐普及到普罗旺斯地区的海鲜汤食，烹调时通常添加藏红花调味。

响也常常让人仓皇而逃。

终于，浪漫主义对“电闪雷鸣”的过分滥用激起了人们的回应。在法国，这一回应表现为魏尔伦与雨果的对抗；在南美洲，将聒噪的公鸡们一一斩首的那个人叫作鲁文·达里奥；在智利，我们的马加兰尼斯·摩尔①拥有最谦逊正直的灵魂。文风的变革重塑了读者的品味，收紧了人的视网膜，或者说是使之回到了自然的状态。一位法国人曾经说过，自然和真实就算遭到了驱逐，也迟早会快马加鞭地回到原点——这话一点不差。未来主义也是这样，在履行了它的职责后，就像河流总会落回到正常的河床之上一样，它也放弃了那些“令两洋都恐惧”的理想。

我必须谦卑地承认，我是个情感激越的女人，但绝不是一块可以被任意涂抹、污秽不堪的纸板。噢不，至少我不愿成为那样的人……

形象令所有人着迷，于我也是如此。因为人本身就是一个形象，只不过短暂得就像火柴之光，不到一眨眼的工夫就消失殆尽，更别提在宇宙的长河中了。我们翻滚着，被一个个接踵而来的形象击倒在地。我们的影子只要能在爱人或好友忠实的灵魂中停留那么几年，就已经算是意义重大了。

抒情诗人捍卫那些短暂即逝的形象。他们是永远的少年，有着模糊的双眼，能让眼前飞过的场景一遍遍地重现，好让他们反复琢磨。在这甜蜜的过程中，他们的灵魂变得比肉体更富洞察力。诗人将那些早已被世界抹掉的手势和动作抛还给我们，而他自己却总是孤独的。他不断重复着这样的游戏，活像个玩杂耍的杂技演员。他将自己灵魂之精华全部奉献于世界，却只为自己保留了一片秋日里

① 马加兰尼斯·摩尔（1878—1924）：智利诗人、剧作家。

青翠的树叶。就这样日复一日，年复一年，他的行为并不是出于对死亡的回味，而只为了让生命循环往复地出现。

诗人是自私的，凭借着顽固的记忆抵抗死亡，使自己和他人复活。要做到这一点，他和最伟大的伊比利亚民歌歌手一样，依靠的是搜集生命中自己最为珍视的东西。我在阅读各类巨著时，也总是模仿着我的诗人同行们花样繁多的天赋与技巧，在这场对抗自我消亡与世界溶解的战争中奋斗。在文字中，我遇到过行将入土的老人们却还在说笑走动，嗅到过那些被夷为平地的森林却依然生机勃勃，仿佛短短一瞬前走兽们还在那里活蹦乱跳。这些作品就像是被风景、植被与生灵拥抱的约沙法谷[①]，诗人们似乎欲拯救那条“生命之河”，要如上帝之愿让它变得宽阔且不朽。（请各位别忘了荷马，正因为盲眼，他的一切所见所闻都躲藏在那对蓝色的眸子里，他望着自己，也望着可悲的人类，以此来报复那与死亡无异的失明。他以纯粹的热忱温暖自身的空虚，他注释着自己的歌曲，好让它们在后人的诵读中重生。）或许我们也无需回溯过于久远的事情，诸位只消重读丁尼生[②]笔下的柔情似水就足够了。

爱人用欣喜的口吻讲述幸福回忆的片段。他活在这些形象中，为了保护它们不像合欢树的枝条那般，被时间刮起的那股邪风拦腰折断。

有时候，形象坠入我们内心之时，恰似于它们初坠于世时那般喧嚣；还有时，它们自行按照种类或亲缘来归序排列，像是校园里孩子们的队列，又像是纷繁复杂的植物谱系。英国的一些女诗人拥

---

① 约沙法也叫作“断定谷”，出自《圣经·约珥书》，指的是神的审判之地，也常指芸芸众生和世俗世界。

② 阿尔弗雷德·丁尼生（1809—1892）：英国诗人。

有如星座一般的特质，她们的形象有时规矩有时奇异，像极了仙后星。

我要为各位朗诵一首诗，它的风格和技巧没有任何流传的价值，只是记录了曾在我生活中出现的四个形象。与其说是四个，其实倒只关乎一件事，那就是饮水。

我写下这首诗的当天，这四个形象就汇集于一体，来到我身边。

在这世上的角角落落，总有一个人或一条河流会给予漂泊者一瓢之饮。谁也没法数清这些施予者具体的总数，那样做也只会使之沦为地理图表的一部分。也许某天我会再讲讲那些在餐桌或旷野中为我提供过饮食的人，和那些毫无顾虑地让我住进他们家里，用自己地里出产的精华招待我的人，或是那些仅仅赠过我一口水的人。

或许只有到平淡的老年向我打开大门，将我丢于角落的时候，我才能一一讲述那些我曾经历过，却从未说出口的故事。

值得庆幸的是，诗歌终于从浪漫主义重返日常生活（就像我先前所指的），与此同时，人们也总算停止了辞藻的堆砌。如今，我写下“饮水”这种平凡的主题再也不会被众人取笑……我一直以来都确信，倘若我们女性敢于讲出自己那些“鸡毛蒜皮”的琐事，花更多时间写写我们的生活，讲述我们居于紧闭的大门后的那个专属于自己的“星系”，分享我们所理解的“食粮”①，无论是物质的还是精神的，令人们看到我们的日常……那么我们或许能够使这茫然、盲目且疯狂得即将燃烧的世界多几分人情味。佛兰德斯画家

① 原文为法语。

们[1]的笔下也将会出现更多平淡的家庭场景，画作中将弥漫着生活的温馨与欢聚的美好，流露出或喜或哀的情感。

可惜，我接下来要念的诗并不是全部来自屋舍之中，因为我可以说是一个四海为家的人，甚至常处于恶劣的环境中。对土地的爱让我跨越了万水千山，终于来到了你们这里，加利福尼亚。

我曾是一个流浪的人，而现在我被病痛牵绊，不得不停下脚步。从一个国家到另一个国家并不是什么难事，但有时候，它和婚姻一样都是严肃的工程——一个人与另一种习惯的结合，可不就是件很严肃的事么？在新的国家，陌生的语言占据了主动，完全将我们淹没，这样的“灾难”虽说有不少好处，可尽管只是换了地方，却完全改变了我们日常生活的模样，甚至连我们的呼吸也会随着所处地为山区或是海岸而有所不同，我们走路或讲话的节奏同样也会时而舒缓，时而急促。有些景色能让性情最为焦躁的人也变得清静寂定，疯狂的城市则会令人们心浮气躁，那些原本总是千篇一律的东西也会让我们大跌眼镜：面包有厚实的也有蓬松的，水质也有硬有软——所有东西都有可能是新奇不同的，甚至人的身体都会随着空气的正负极、舌尖上新鲜的食物而有所变化。

那些不懂得欣赏天气的平静与幻变、陌生山脉的奇特形状的人，那些被异域风情惊得目瞪口呆的人，那些惧怕一切非土墙瓦房，而是钢筋水泥盖起的怪异楼房的人——他们最好都统统留在自己家里，就算是已经出行也最好快些返回，因为他们实在不适合

---

① 十五世纪至十七世纪佛兰德斯地区美术的通称。

“流浪者”的道路。

另外，在每个国家都的确存在着一种针对外来者的阴谋：他们设置了一系列考验，企图抹掉并代替我们曾经在领洗池中受过的“圣水”，即我们的文化之源。但异国的同化甚少能一直坚持到坚信礼[①]，更多情况下它更像是检验身体与灵魂的试金石，表现方式就是改变人们原本习以为常的一切节奏：舞蹈、地毯……甚至整个乐队，全都与过去不同。

我得承认，出于个人意愿，亦是脾气秉性的缘故，异乡从没能改变我的习性，因为它实在是太根深蒂固了，谁都难撼动半分。我尽管四处游荡，却仍是个可笑的守旧者，到如今我仿佛还是那个住在埃尔基山谷里的孩子。

不过的确，新鲜的风景、未知的水果、四处环绕的陌生语言和面孔，尤其是异国人与众不同的容貌，都曾打动过我。

另外，很多地方的水都曾令我惊喜，我感叹过它的柔滑与粗糙，它的轻盈与厚重。我最早是在安第斯山脉的城市里认识了我们的母亲河——阿空加瓜河[②]，但却忽视了另一种离我们更近的水——雪之水，或称圣洁之泉。它始终不渝的贞洁令任何企图偷饮此水的人都感到羞愧。

我常常被水果的果汁深深吸引，我将其视为树之魂魄。我已渐

---

① 坚信礼是基督教的圣事之一，受洗过的人们经过坚信礼后才能成为教会的正式教徒。天主教的坚信礼大多在孩童首次领圣餐的两年后举行，也就是十一岁左右。

② 阿空加瓜河流经智利中部。名称意为“母亲河”。

渐习惯把加勒比的椰汁当作日常的饮品，菠萝汁更是令我心醉，说句对希腊神明不敬的话，它在我心里才是真正的琼浆玉液[1]。

在我接下来要念的诗中，我首先分享了不同于安第斯冰川水的新奇体验；二品的是在波多黎各岛那长满棕榈树的海岸上，我从一个小女孩手中接过的椰汁（这岛屿既是你们的，也是我们的[2]）；三品的水则需要多作几句解释。

在田间行走的人碰到了急需饮水的时候，可谓是一刻都不愿等待。我们有时伏地汲取泉眼之水，或在印第安人开凿的水井里取水。由于手无器具，口渴的我们只能像夏娃母亲那样用双手捧水，全然忘记了杯碗茶盏的存在……墨西哥的印第安人是世界上最彬彬有礼的民族，甚至胜过法国人和土耳其人。就当我为了喝水，脑袋几乎要挨到地面时，一个萨波特克人拿着水赶上前来[3]。他给我喝的并不是上好的金丝瓜汁[4]，也不是什么柠檬汽水，他给的，是圣方济各赞美过的、再简单不过的自然元素——水。它不会令人心神不宁，却又会改变，或者说能够照出人真实的面目，因为这样的水，从不投机取巧。

就在我与那个印第安人四目相对之时，突然不知有种什么东西，令我想起了我那已经离世的父亲。那一刻我意识到，面前的这

---

① 希腊神话中，众神饮用的琼液，即花蜜。

② 波多黎各现为美国自治邦。

③ 萨波特克人是居住在墨西哥南部的土著居民。

④ 金丝瓜，又名鱼翅瓜，原产于美洲，在墨西哥广泛种植。

个瓦哈卡人与我这个正在饮水的迪亚吉塔人[①]并没有任何不同。从那往后，我再也不觉得自己是行走于墨西哥的异客，而更像是这片土地的亲人。随后在那里的远足，我再也没有感受到任何异域的味道。

朋友们，要知道诗人其实也是收藏家，我们不仅保管各种宏大场景，更要珍藏许多微小的只言片语。要了解一个民族，除了去膜拜他们的城市、建筑与庙宇，我们总是更多地依靠这些细枝末节。

人的表情是不可捉摸的，不像颤抖、皱纹、坚定或哆嗦的手掌那样明确地传递信息。表情与手势就像是我们身体里飞舞的蜂鸟，或者比蜂鸟更加微小，好似一片羽毛旋转后飘落。但它却包含了多么丰富的情感啊！不仅画家们看得出这些细节，那些被称为“原始”民族的人们也有此天赋。他们对人的苦笑与深意极富洞察力，他们看过太多东西，对一切都洞若观火，这其中尤以中国人与墨西哥人更甚。他们决不是什么野人，相反，却是警觉且冷静的观察者，一面琢磨，一面捕捉。

在我一直以来搜寻过的关于饮水的种种方式中，我记得最清楚，也最与我心意相通的，是最后一种：我瘦小的母亲仿佛就站在我面前，为了不让我一直板着脸，他讲着俏皮话逗我开心。她是个爱笑的女人，总是乐呵呵的，好像是拥有了那所谓的“上帝的恩典”，快乐不再需要什么缘由。与出生与死亡证明一样，我们传统上总是习惯以个人经历作为文章的开端与尾声，因此我也就循规蹈

---

① 瓦哈卡是墨西哥南部的一个州，是印第安文化最为强烈的一个地区。迪亚吉塔人是主要居住在阿根廷西部和智利的南美印第安人。

矩了：这首诗将以我的母亲结尾。每每我跋山涉水归来，她总是已经为我备好了清水。我的母亲，我的创造者，美丽的女人。她给了我生命，也教会我饮食之礼仪。她笑话我的笨拙迟钝，对我责备有时，纵容亦有时。

从一个人如何待人饮食，如何与人相处，能看出许多问题：有些人举止优雅，为他人奉予清水的同时也报以微笑，明白自己的行为是一种奉献；也有人缺乏风度，要么风风火火，要么疾言厉色，毫无优雅可言；还有些人为他人递上水杯时，机械得就像是握着一张火车票。给予的态度何尝不是对人的一种考验呢……只看一个人的双手如何斟茶递水，或是如何扶起因干渴而伏地饮泉的路人，就能看出他的一切。

虽然对于大多数人来说，水远不如饭食珍贵，但实际上，在烈日炎炎的正午，走在尘土飞扬的路上，一捧清水可比一席饕餮盛宴要珍贵得多，因为干渴总是比饥饿要更为难熬。

（耐心的伙伴们，只为了读这么一首诗，我竟如此絮絮不休！）

曾有大师讲过，赘言繁冗一直是女性的专利……这首诗很短，可我的评论却洋洋洒洒得有好几里长。

饮水

——致佩德罗·德·阿尔巴博士

我记忆中万物的姿态
就是向我馈赠过清水的那些。

布兰科河谷地，
阿空加瓜河就从这里起始，
我来到这里，高高跃起去享用
它那飞流直下的河水。
水波似长发垂绦，猛烈坠落
溅出僵直雪白的水花。
我凑近那沸腾的水流，
这圣水将我灼伤，
一连三天我的嘴角都渗着血，
这就是阿空加瓜河水的味道。

米特拉的郊外①，
蝉鸣、烈日、徒步的一天，
我俯身取用井水时，
一个印第安人将我扶起，
他捧起我的头，
我就像是他掌心中的一颗果实。
他给我自己所饮之水，
刹那间我发觉
米特拉的民族与我同根同源。

① 米特拉，意为“死亡之地”，是位于墨西哥瓦哈卡州的古迹，保留着墨西哥印第安人宗教遗址。

波多黎各岛上，
一个碧空如洗的正午，
平静的我，狂野的海浪，
千百棵棕榈树就像是千百位母亲。
一个小姑娘在我身边轻巧地打开一只椰子，
我像女儿吸吮母亲的乳汁一样，
饮用这椰树的馈赠。
无论是我的身体或是灵魂，
都从未品尝过比这更为甜美的东西。

在我幼年的家中
总是母亲为我取来清水。
一口口喝下时，
我望着水罐上方的她，
我的头抬得越高，
水罐就垂得越低。
如今我的山谷还在，
我的干渴与她的目光还在。
这难道不是永恒吗，
让我们至今还像从前那样。

我记忆中万物的姿态
就是向我馈赠过清水的那些。

我与《圣经》

我初次接触《圣经》是在念小学的时候。我就读的学校有些特别，它不是一所普通的学校，而正是我自己的家——我的姐姐那时候恰好在一个叫作蒙德格兰德的偏远村庄做教师①。那时政府发放给所有孩子的那本神秘册子《圣经历史》，就成了我与它的初识。那本书包括《旧约》中大概四分之三的内容，且并没有附上任何教义解释。如此一来，它对我而言只是一本图画书，上面印着的一连串的犹太人形象充实了我的童年。

相对于课堂，我是一个更适合阅读的学生。我总是很难集中注意力，再加上稍显迟缓的智力（我有一半巴斯克血统，一半印第安血统②），所以在教师口头授课的课堂上，我总是最差的学生，至今也没半点改变。

因此，我与《旧约》的约会不在学校的长凳上，而是在一个令人瞠目的地方。教室外面的果园入口处有一小片茉莉花丛，种了很有些日子了。在那茂盛的灌木下，有母鸡搭筑的窝巢和繁衍旺盛的红蜥蜴——我们那里称之为“里瓜那”③。除此之外，那里也是小

① 蒙德格兰德是作者的家乡埃尔基山谷内的一个小镇。米斯特拉尔三岁时与母亲和姐姐搬迁至此，在这里度过了六年的童年时光，作者把这里当作自己真正的家乡，也曾表示希望她离世后能被埋葬在这里。她在蒙德格兰德就读的乡村小学于 1979 年被智利政府评定为国家纪念性建筑物。

② 米斯特拉尔的母亲为西班牙巴斯克人后裔，父亲则是当地人。

③ 为美洲蜥蜴（Iguana），是中美洲、南美洲及加勒比地区特有的一类蜥蜴。

姑娘们藏匿各种小玩意的理想地点，我的玩具就保管在那里。它们或许看上去有点脏兮兮的，但却都是我所珍爱的：果核、各种形状的石头（在我看来它们拥有超自然力）、彩色玻璃和已经僵死的鸟或蛇……可能有人会觉得这是个混乱不堪的垃圾堆，可在我眼里它就是琳琅满目的热闹集市。学校刚一放学，街道上还充斥着小姑娘们的喧闹声时，我已经钻进茉莉花丛的阴影里，在那片从没人修整过的枯枝烂叶中，偷偷摸摸地取出那本《圣经历史》。常常从课桌旁溜走的我，却像个小野人似的在荒草中读起书来，身子不知蜷成了什么样，书本也几乎快贴到脸上。就这样，每天下午的五点到七点，我就在自己小小的藏身处阅读那段圣史，除了它，我似乎还读了《智利历史》与《世界地理》。不过，我所知道的那些生动又饱满的故事却并非从书上读来，而是我亲爱的埃尔基同胞们口口相传，讲与我听的，

雅各、约瑟、大卫、马加比的母亲、尼布甲尼撒、沙尔马那赛尔、利百佳、艾斯德尔与友弟德[①]，我从不会把他们与后来文学作品中的犹太人形象混为一谈，因为他们是真实存在的人物，无法像飘着油墨香的纸张的尤利西斯、熙德或穆罕默德那样，在我的记忆里留下那份独特的余味。我自然也不会把我的那些犹太英雄与文学寓言或是其它传说故事一概而论。在我童年的心灵里，没有赫拉克勒斯，只有歌利亚[②]；我不知道怪物与美少女，却只了解拉结[③]；

---

① 皆为《圣经》人物。

② 歌利亚是《旧约》中记载的一位非利士勇士。

③ 根据《圣经·创世纪》记载，拉结是雅各第二位和最宠爱的妻子，被形容为“生得形貌美丽”。

至于后来的罗恩格林[1]，也从来都比不上以利亚[2]。在我的心上停驻着一只蜜蜂，沉溺在沙仑的玫瑰[3]中，汲取那希伯来的蜜糖。人类普遍盛行的父权文化，在南美洲尤为明显。在埃尔基这个安第斯山脉中的山谷里，我不难想象亚伯拉罕[4]与雅各的样子，他们时而坐着，时而前行，我能看到他们进餐，也能听到他们的谈话。那些《圣经》中的元老们与山谷里的各个庄园水乳交融，无论是植物还是光照，希伯来的一切都能在这里轻松地安营扎寨，与我们柔情而暴烈的性情、乡间蓬勃的活力，尤其是老智利人血液中的人性魅力相得益彰，完美融合。

然而，我们智利缺少一种希伯来民族崇高且宝贵的特质，即超自然现实主义，让耶和华（或天父）渗透在我们日常生活各处，从餐桌到葡萄园，一片片拼凑起庇护我们的天空。智利人对宗教是理智的，我们本身容不得任何不切实际和虚无缥缈的东西，我们对神明的赞颂与对人性的歌唱是分不开的。宗教于我如不可或缺的饭食，我似乎从不是用理智来待它；而我的“食欲”是真实的，与饥肠辘辘之人没有什么两样，我急切地在《圣经》中寻找那填满整个人生的食粮。

最开始，我阅读的只是刚才提到过的那本学校教材，我将那些犹太经典故事读得滚瓜烂熟，但那毕竟是一本过于常规的传统版

---

① 罗恩格林是德国民间故事中的一个文学形象，是一位圣杯骑士。故事描写他坐在一艘被天鹅牵引的小船上，去营救一位深陷厄难的美少女。

② 以利亚是《圣经》中的一位先知，按神的旨意审判以色列、施行神迹。

③ 在《圣经》中，沙仑的玫瑰象征美丽。

④ 亚伯拉罕是犹太教、基督教和伊斯兰教的先知。

本，并且确实有几分乏味。与《圣经》有关的故事或赞歌，都应当直接阅读其全本，哪怕是翻译版本，如此才能看到希伯来语那遍体鳞伤的灵魂跃然纸上，仿佛困在铁链中的囚徒。任何译介在某种程度上讲都是对作品的俘虏与殉葬，但对于校园读物来讲，简易版本的确更为可取。

后来成为我生命之养料的抒情诗与我的初次接触，是在我十岁那年，我的祖母伊莎贝尔·比亚努埃瓦教我的犹太诗歌。

谁也想不明白，在 1898 年那个年头，像她这样一位生活在智利偏远省份的老太太，怎么会成为一位手不释卷的天主教徒。她不仅能熟读《圣经》，甚至能将里面某些大段的文字倒背如流。拉塞雷纳城①的神父们管这位极有求知欲的女士叫“女神学家”，她对神学这个博大精深的领域有着近乎痴迷的热情，而如今生活在可悲“民主”之下的平庸的现代人却只会对这种行为嗤之以鼻。对她而言，阅读宗教文献几乎是每日的家常便饭。这个年过七旬的老人尽管已年老体衰，却仍然精神矍铄，从她的脸庞上能同时看出岁月的粗糙与娇嫩。她有着智利女人的娇小体型，也有几分北方人的高大。她的肤色发红，双目清澈明亮。对《圣经》的不倦研习令这位老人拥有了生活的深度与热诚，有如荆棘火焰般在这片生活着一个新民族的沙地上燃烧着。

母亲过去常差我去看望生病的老祖母。堂娜·伊莎贝尔②总是让我坐在她脚边的软椅或小板凳上——这些家具只有一个用途，就

---

① 拉塞雷纳（La Serena）是智利中北部城市，是作者的家乡科金博区的首府。

② 在西班牙语中，在女性名字前加“堂娜”是一种敬称。

是让她那扎着小辫的小孙女坐下来听她诵读大卫的《诗篇》①。

于是她的孙女，也就是我，就这样感受到了诗歌的暖流。诗歌可以使某个以色列小国之君所承受过的切肤之痛，转化成能令所有人感知的哀伤。在《诗篇》的段落中，我有时听到的是痛彻心扉的怒吼，有时感受到的则是洋溢着的喜悦。这狂喜的“哈里路亚”与之前的苦涩悲哀的语句竟都出自同一人之口。

在祖母主持的“弥撒”上，既没有正襟危坐的抄写员，也没有伴随左右的执事。她费力地从小客厅到厨房来回走动，准备着自己的病号餐。等一切收拾停当，再次坐下后，她也不会游手好闲地打发时间，像西班牙的一句俗语说的那样“手里没活”。她为教堂绣十字褡，还做些装饰品的活计，这一做就是二十余年，她的一双大手也因此变得灵巧非凡，干起活来指尖龙飞凤舞，功夫熟练老到。多亏了这门手艺，她养活了自己，也挣出了孩子们的学费。那时候拉塞雷纳十四座教堂的十字褡，几乎无一不是出自堂娜·伊莎贝尔的绣花针下。她爬高上低，奔来忙去，要么提着打水的木桶，要么就是在印第安式织布机上干活，永远是在一成不变地劳动着，唯有礼拜日才难得一闲。

祖母口中朗诵着《诗篇》，目光却一直停留在我身上，若是我跟念的时候有一处不对，她做着活计的手就会骤然停下，绣活啪的掉在裙子上，深蓝色的眸子紧盯着我的眼睛。待我改正了错误，她才又重拾起手上的活，而我呢，则在她朗诵经段的间歇，偷偷地抚

①《诗篇》是古代希伯来真正敬拜上帝之人受感示的诗歌集，是《圣经》旧约的一卷书，大卫是其中的主要作者之一。

摸她正在刺绣的布料，那白色丝绸上的金线摸起来紧实坚硬，多让人喜欢啊！

考虑到我那时不过十岁，可以说我算是对《圣经·诗篇》相当熟悉的了，但说起能真正领会的，恐怕是连一半也不到。一位睿智的法国学者曾经鼓励孩子们从七岁起就开始阅读典籍，他认为一知半解并不是什么坏事，最重要的是从童年就牵起通往高尚的绳索的一头，直至最终得以进入荣誉殿堂那一刻的到来。

不管怎么说，《诗篇》中最浅显的部分我还是理解的，比如我知道那里面有一位神奇的大卫——我的英雄，他放声高呼着对上帝的爱，仿佛他口中描绘的就是神的真正面孔；我明白他不仅将自己每一日的生命，甚至每时每刻的细致关心，都奉献给了耶和华；我想，正如同我获得祖母的肯定一样，大卫是从“那个他”那里获得了奋斗、喜悦、弹奏乐器①的认可。

那时的我就已经像现在这样，懂得该将自己的满腹心事说与谁听，又该向谁祈求前行与决断的能力以及统领他人的魄力——是他，威严却温柔的天父，透过撕裂的云层，他就在那儿俯视着他的以色列。无形无相的上帝是庞大的，也是细腻的，他落在万物身上，却没有一丝重量。我想，生而为人，能开口言语而非发出动物般的嚎啼，就可知颂扬他确为必修之事。被称为音乐家的大卫司职为上帝歌唱，并称他为“至高至上者”。

我领悟的事情并不算少，这里只写出了其中最主要的一些。我认为是它们搭筑起了我的灵魂，奇妙地编织起我的肉体，为那个新

① 大卫本身就是诗人和音乐家。

生的我带来温暖。

祖母的诵读是缓慢的，话语被心中的炽热融化，尽管她对那些内容早已经滚瓜烂熟，却从不会机械地照本宣科。诵读结束后的环节我就不那么喜欢了，她总是挑选一段诗文，命我跟着逐字逐句地复述、背诵。我的记忆力一向糟糕，背起东西来更是很难做不到一字不差，总是时不时夹进几句自己的话。堂娜·伊莎贝尔可是一位严格得近乎狭隘的老师，每逢这时，她总是又好气又好笑，发红的脸颊上挂着一丝笑容，露出洁白的牙齿，口中对我吼道：这世上什么都可以搞错，唯有一样绝对不能，就是她的《诗篇》，她的圣诗。

为什么祖母不像科金博区的其他老年妇女信徒习惯的那样，向我灌输最简单的《基督教虔诚手册》，而是要为她那还懵懂愚钝的小孙女选择《诗篇》——被那些愚昧的教育学家看作世上最不适合孩童的读物？又是为什么，她要将这样一个远离时间与空间、如此难啃的大部头丢给一个小孩，让我体会那些忏悔与喜悦的赞歌？我一直都找不到答案，这也将永远是一个谜。这种神秘感从童年起就将我拥入怀中，但与旁人不同的是，我从没有将它丢弃，反而把它长久地珍藏于心，以求永葆内心那份崇敬与爱戴。这种敬仰是盲目的，可是在神明面前，我们不是一直如此么？

祖母在我的生命里出现似乎只有向我传递《圣经》这一个目的。在这样一个宗教不甚普及的国度，祖母仿佛是遍地海盐的土地上的一小撮岩盐，让我感受到了那种舌尖灼伤的坚实感。她不是那类会一手将孙女带大的祖母，在我更小的时候她甚至没怎么出现过。我患麻疹和白喉时，她一次都没有出现在我的病床前，与我母亲一起搭手照顾我这个小可怜。她最终没能等到我成为教师的那一天，那双一生中看尽绣针与《圣经》的眼睛，却没来得及翻阅我写下的卑微诗歌。尽管活到了快九十岁，她终究也没能看到我长大成人的模样。

祖母在我心里留下的唯一印象，就是这样一幅画面：她低下头来盯着我，我则高抬着脖子望着她。在她不懈的要求下我反复诵读，直到把那部象征她生命激情的《赞歌》记在心里，刻进骨髓里。

尽管我们获得的相处时间并不长，在她走到人生那悲哀的终点后就天人永隔，但她——我的祖母伊莎贝尔·比亚努埃瓦，一个年迈的教徒，一个被大伙称为圣人的妇女，却是在我生命里出现过的最深刻、犀利的人。她酷似一杆燃烧的标枪，像巴尔干人故事里那只奇异的火鸟一样，穿过我年幼的心，令我永世难忘。她与我认识的所有女性都有所不同，她因为朴素而普通，却和世上所有神秘之人一样玄妙。她掩盖着自己真正的内心世界，只在偶尔的一瞬间，这样或那样的原因让她突然忘记了躲藏，只有这时候人们才会发现，那个整日里辛勤劳作，笑脸迎人的妇女，那个因缝纫和刺绣熬坏了眼睛的老太太，竟然洞悉灵魂一切难以言喻的奥妙，谁能想得到，她内心的造诣竟能如此之深。

是祖母让我了解天父，而如今，她应当已经到了那安稳的天堂之中，那个世界不会因衰老而离她远去，或许，她甚至已经有幸得以品尝那在人间一滴难觅的迦南之蜜①。

时间推移，我到了十五岁至二十岁的阶段，恐怕我也无需多

①《圣经》中多处记载，迦南地是流奶与蜜之地，即神应许之地。

言，因为那段年龄是每个南美人一生中必经的一段冒险。那时候我阅读了许多粗制滥造的文章、荒诞不经的小说和诗歌，开始了愚蠢的离经叛道与可耻的颠覆倒退。

然而，那段游走在低劣文字之中的经历，那些漫不经心的时光并没有什么大碍，因为凡俗之物若只是剐蹭我们的表面，从未触及我们的本心，将之拔除丢弃，那么就没什么可怕的。《圣经》像是一股在我体内流动的厚重气息，它若隐若现，偶尔在这一处因为我的愚笨而稍受阻滞，或是在那一处由于我欠缺协调而遭遇障碍。但它不像人类的呼吸那样呵出即散，它从未离开过。或许正是因为它这样的美德，人在童年时吸收过的恩泽并不是浮光掠影，而是深至骨髓。

在我二十三至三十五岁这十几年里，我数次重读《圣经》，但那时候我更关注的却是东方的宗教典籍，迷上了那种截然不同的诡秘氛围，觉得它似乎能截断与尘世的一切联系。我如饥似渴地研读佛教，内心的渴求翻滚得仿佛是那年月里安第斯山上不停歇的狂风。对我来说，佛教像凛冽的寒风，那尖锐的刀锋既令我兴奋，也让我内心感到刺骨的冰冷。当度过了几周佛教徒似的清苦修行，又重归我那熟悉的《圣经》身边时，我不得不承认，唯独它才是我脚下真正坚实的土地。

《圣经》在我心灵中的回归依旧一如既往地声势浩大，卷走了我心中一切曾不忠实于神的声音、名头与花招。历经沧桑之后，在我灵魂里进行的那场与东方的荒谬博弈中，还是它终究更胜一筹，它们一个像是空中的海燕，另一个却是我那智利山谷里的雄狮。

我很难说得清自己究竟对它亏欠了多少，它既是赋予我语言的母亲，是纠正我克里奥尔人软弱内心的导师，也是我倒戈佛教的惩戒者。

这世间有些书籍，会与人建立起无比纯洁的亲密关系，其中尤以《圣经》为首。它好似我们身体的一部分，只有当其被弃于空气之中，与我们剥离之时，人才会惊觉痛彻心扉。

《圣经》赋予我最庄严，同时也最重要的感悟，是它的本质与形式。二者并驾齐驱，却又互相掣肘，仿佛跟腱与肌肉。

从祖母的《诗篇》开始，到我二十多岁时对《圣经》全本孜孜不倦的钻研，它的表达方式早已深入我心，与我融为一体，仿佛它就是被自己遗忘多时的语言，再度重逢我自然喜不自禁。

我对《圣经》中的各种叙事方式了如指掌：有干涩古板的编年体，也有约瑟和路得故事的田园风格；有极富戏剧性的约伯和与他截然不同的哀伤的大卫，也有《传道书》《箴言》的经典叙事；有《以西结书》与《耶利米书》的峰回路转，也有《以赛亚书》中悲喜兼半的山坡与河岸边的索桥。《圣经》的魅力之一，就在于它那取之不尽的财富，吸引着虔诚者与不忠者、雅士与粗人。它的无穷变化令人乐此不疲，不似任何同类圣书那般沉重乏味，致人厌倦。《圣经》就像一片大陆，读者就是游历其中的旅人。它总是新奇有趣，从山川到丘陵，又从丘陵到另一座恩赐之谷，令人流连忘返。在《圣经》之中漫步，仿佛就是走在那无数个以色列[①]之间，他们或刚强勇猛或阴柔温婉，激情昂扬地爱、战斗、坚信、怀疑、反抗、训诫着，像一位永恒的守夜人，不眠不休。

---

① 即雅各。《列王记》中曾说："犹大和以色列如同海边的沙那样多。"

然而，包罗万象的《圣经》自始至终都有一个共同的基调，无论是讲述集体抑或是个体的文章，都始终体现着一句希伯来语圣词，它是贯穿全书的砥柱，维护着它的统一性，也可以说是它为那些历久弥新的人物群体奠定了同根同源的基础。

我仅谈谈自己对此的理解。在我看来，《圣经》中的统一性表现在以下几个方面：平实而丰富的基调；直截了当的叙事方式，这也是犹太人一贯偏爱的，它就像站在安第斯山脉近乎垂直的悬崖峭壁上，它的赐福与诅咒都直落在我们身上；野蛮的暴力与难以言喻的温情交替出现；它的现实主义里始终蔓延着抒情的味道（这一点与西班牙人倒是很像），尤其是那种强到极致的力度，绝不松懈、缓和，从不让步、妥协，这种入木三分的描写实在令人叫绝，仿佛一阵热浪袭来，灼伤人喉。《圣经》中的希伯来语，或者说这门语言本身就像一个同时拥有饱满与萎缩两种特性的人。它能够传递词语中流动的活力，也是将空洞言辞甩得最远的语言，彻底摆脱了文字表达可能存在的粗俗与平淡。

十岁时我初次见识到这种朴实而率真的表达方式，我开始在一定程度上以自己的方式拙劣地模仿它。我努力靠自己的摸索去探寻它那些伟大篇章中的每一个音节，一边向它靠近，一边因它的卓越非凡而自惭形秽，心中既有爱慕也有惶恐。于是，我这个生活在大山深处的小女孩，既没有导师，也没有能为我如饥似渴的灵魂引路的人，在《圣经》中，我终于找到了有如父亲一般的慈爱，它为我那无依无靠的苦涩心灵带来了慰藉。

在《圣经》这片大陆上开垦出的种种宝藏之中，最吸引我的是它的语言力度，这种力度似乎不仅仅是为了剥去文字的雕饰，倒更像是为了训诫。我的母语——美洲西班牙语是一门略有些丰腴圆润的语言，《圣经》令我发现了一种如箭矢般犀利的表达方式，仿佛是狭窄血管中贲张的血液。在它的影响下，我一生中对堆砌辞藻、矫揉造作的写作风格深恶痛绝。它令我想要俯身饮用地上的那眼活水，想要离那真正有生命力的呼吸再近一些。

《圣经》对语言的运用至今仍被视为宗教研究的范畴，它是犹太人为世间其它语言、民族做出的绝佳典范。据很多评论家所言，尽管流逝的岁月越来越与它所记录的超自然的内容为敌，而正是它叙述时使用的真实口吻，促成了这本圣书穿过往昔岁月，一直得以流传至今、从未断绝的原因。

古时候，在旧世界的一些特别的地方，会有专门为见解相左的人士提供的集会场所。人们聚集于那里，探讨某个永恒或短暂的问题。

不论我们是否情愿承认，希伯来人与我们基督教徒之间的确有着这样一个“集会之地”，就像青藏高原那般高大宽广。在那里，我们得以重逢。我们互相端详，甚至重新续起那已经断裂的统一关系；在那里，我们虽无法完全解开系下的心结，但却可以舒缓这剑拔弩张的现状——那个地方就是《圣经》，也就是你们的《旧约》。它是我们共同拥有，共同拥有的啊……

啊，那就是我们得以重逢的山谷，在它清新与宽广的柔情之中，我们四目相对。我们汲取的养料来自同一位约伯，我们感悟的是同一位雅各的苦痛，我们拥有同一位绝佳的乐手大卫，他弹奏的赞歌，唱出了人类的灵魂。

自虚荣的十九世纪以来，一些人们原本喜闻乐见的幸事也和其它许多东西一样，被一一击得粉碎。我不是一个离群索居之人（或者是那种“中世纪人”），我曾享受过那种被教会称为“群英荟萃”的愉悦。现在看起来，那样的体验唯独在《圣经》或其它世界古老神话中才能够看得到了。

正因为我们之间的同根同源，我才斗胆献丑，表达自己的一些浅知拙见。一直以来，我们的血液和脉搏一同在这部浩大且细腻、关乎尘世与神明的著作中流淌、跳动。

克丘亚民族二三事[①]

在秘鲁中部山区的坡地上，纯粹的安第斯阳光照耀着一片圆形石堆，那里就是克丘亚人的家园——世界最奇特的民族之一，孕育印加帝国的子宫。

无论历史学家多么勤勉地挖掘，人们仍然对这一民族的起源知之甚少，更是无从了解他们如何能在不到一千年的时间里就建成了被社会学家称为“奇迹”的印加帝国。

阅读印卡·加西拉索[②]、普雷斯考特[③]或布丹[④]的著作，读者总是分辨不出书中讲述的究竟是一段关于黄金时代的美好传说，还是

---

① 克丘亚人是主要分布在南美洲秘鲁、厄瓜多尔、玻利维亚的原住民，是古代印加帝国的直接后裔。印加帝国是十一到十六世纪位于南美洲的古老帝国，是哥伦布发现新大陆前美洲最大的帝国，帝国的中心区域分布在南美洲的安第斯山脉上，首都建在库斯科，其主体民族印加人也是美洲三大文明之一的印加文明的缔造者，他们拥有高超的建筑水平、独特的历法、自给自足的农业生产以及发达的灌溉系统。

② 印卡·加西拉索·德·拉·维加（1539—1616）：美洲作家，出生在西班牙秘鲁总督辖区的库斯科，父亲是西班牙殖民者，母亲是印加公主。著有《印加王室述评》。

③ 威廉·普雷斯考特（1796—1859）：美国历史学家、美洲学家。著有《征服秘鲁》等历史学著作。

④ 路易斯·布丹（1887—1964）：法国经济学家，著有《印加王的社会帝国》等。

有据可考的史实，或是印第安美洲人的亲身体验。

这个民族集智慧与稚气、原始与先进于一身。这是一个崇尚和平的帝国，它的力量来自两个源头：自身的体制，以及这个民族如诗歌般的内心。实际上这二者在本质上是一致的，都是源于他们对天体崇拜的宗教和贵族等级制度的意识（这种思想也同样被运用在集体利益当中）。当周围的部落仍然在分食人肉、信仰鬼怪猛兽之时，印加人已经在以长横线为祭拜符号，崇仰着天空与星辰中的神明。印加人，尤其是统治阶级与祭司们认为自己是太阳的子女，他们相信太阳父亲的神庙一直延伸到彩虹与闪电的边际，他们自认为了解宇宙，或是说地球的一切。尽管克丘亚人的思想仍略显幼稚，但他们的宗教信仰却比许多亚洲国家的都更有价值（其中印度是一个例外，印度人以佛教而超然于印加人之上）。

印加帝国北起哥伦比亚，南至智利，从太平洋东岸到玻利维亚东部，并与阿根廷接壤。他们在获得如此辽阔的疆域的过程中却把战争的数量减到了最小，他们对周围印第安部落的扩张主要是依靠高超灵活的外交手腕，采取怀柔政策，而不是威权统治。正是在印加王带领的庄严且友好的远征中，他们以如此神秘的殖民方式收服了大量土地，王的随从们四处传播着帝国的伟大与宽容，就这样劝服了邻近许多的原始部落，从此依附于印加帝国。

原住民们之所以能够被这样一支远征队征服并彻底对其臣服，原因在于文化而非军事，得益于政策而非武力。克丘亚民族掌握种种现代人拥有的技能：他们的农业产出总是能恰好满足人民的需求，他们开垦出的可耕地面积比后来西班牙统治时期几乎多出了两倍；他们发现了许多可以种植在梯田与斜坡上的作物，为这个建在安第斯山脉上的帝国提供更多的农田。这里的土地多石而贫瘠，无法与热带地区的富饶土壤相提并论。克丘亚人选择这里，是出于对纯净空气的爱，他们想要离他们所崇拜的天空更近一些①，因此不屑于那些温暖柔情的平原地区。

印第安人的身体是像他们制作的箭矢一般敏捷，和那里生长着的仙人掌一样瘦削，如火山石一样顽固。他们使山脉变成了巨大的梯田，种上了玉米、马铃薯，还有多不胜数的豆田与果园。这个所谓“原始”的民族将闲置土地看作是对太阳、对国王及自己子女的犯罪。就在他们孜孜不倦的奋斗下，安第斯高原上出现了数量近乎荒唐的大片农田。克丘亚人反复筹划，最终建成了保障作物生长的人工灌溉系统，因为在这高达 3488 米多的山区，他们无法依靠任何天然河流。他们想尽办法获取水源：水道、石渠、河流改道。克丘亚人似乎能预先谋划一切，并且将之付诸实践。

克丘亚人需要从低地将成百种物资运上严寒的山区，需求量首当其冲的就是棉花。除此之外，他们还必须开疆扩土，将宽阔的平原与亚热带山谷也纳入原本狭小的国土之中，而年迈之人则无法担负帝国如此的重任。

越过库斯科的巨石，印加王把目光投向安第斯山脉所统辖的万里疆土，筹谋着彻底征服那些已经攻占下的土地。这个被称为“四方之地”② 的帝国，意在世界的四方，欲求统一，首要任务便是道路的修筑。印加帝国的初衷，是从库斯科最神圣的中心向外辐射出

---

① 印加帝国信仰太阳神，并自认为太阳神的后裔，因此印加帝国的子民自认为是“太阳的孩子”。

② 印加人称印加帝国为 Tahuantinsuyo，意为“四方之地”，或“四地之盟”。

一张巨大的道路网，这就意味着拥有了整个安第斯山脉。

蛇形的大道和小径蜿蜒游走在整个帝国当中，将大大小小的省份“缝制”在了一起，变成了一个个巨大的白色针脚；这些道路也穿梭在大山最隐秘的角落里，用索桥将那些生活在峭壁之上的基图人、奇布查人、阡戈人[①]与首都那充满活力的心脏[②]、太阳神最伟大的神庙与太阳之子印加王连接起来。于是，这个与古罗马体制相似的印第安帝国就这样获得了血肉与生命，虽然听起来像是神话，但这却是事实。对印加帝国来说，征服后更为重要的是稳固，要将那些周围部落的野蛮习俗统统根除，以帝国的思想取而代之；要彻底去除他们信仰中幼稚低等的神灵，尽力传播唯一信仰的种子。以上便是这张交通网的目的所在，它最为重要的服务对象是人民，而非军队。

凭借着如此高明的统治手段，印加帝国本可以拥有更高的成就。

这个民族在政治上是父系的，在宗教上却饱含母性。他们试图消除贫困，使帝国成为理想中的乌托邦。他们的努力证明了这个大胆的想法并不是天方夜谭，他们曾经那么接近成功，甚至几乎赶上了那些不可能超越的白种人。在“四方之地”没有游手好闲之人，每人都至少从事着一种职业。正是由于全民的劳动与男女性劳作的细致分工（老年人可以无需工作），寒冷的安第斯山区才家家户户有了铺着稻草的屋顶，穿上了厚实可御寒的棉衣，无论是丰年或歉

---

① 均为生活在安第斯山脉的印第安人。

② 印加帝国的首都库斯科被认为是“宇宙中心”、“斯基中心”。印卡·加西拉索·德·拉·维加称，“库斯科”这个词意为“宇宙的肚脐”。

收，总是有足够分量的玉米、马铃薯和水果让每一个太阳之子都得以饱腹。但是自然了，这个专制国家在皇权与神权上没有丝毫柔情，有的只是极度的严苛。在另一方面，这个占据了美洲大陆面积近四分之一、几乎横亘整个大陆西岸的帝国承担着众多子民的衣食住行，这可从来都不是什么美差。

因此，“四方之地”必须施行坚若磐石的严刑峻法。

纵览安第斯山脉，处处可见在矿区劳作的人民，他们在岩石上穿孔凿洞，手中却连个像样的钻头也没有；他们在这贫瘠的土地上弓腰劳作，甚至不识犁车为何物。

然而，这个斯巴达式帝国却因两件事的存在而多了几分人情味：一是不在祭祀中将异教徒作为祭品，也不存在其它暴虐残害；二是他们在五六种手工业上获得了杰出的成就，并真正地乐在其中。

另外，克丘亚人拥有自己的史诗与宗教，创造出了毫不逊色于古埃及人的纺纱机，能织出色彩缤纷的布料。他们是美洲大陆上的“中国人”，有同样的慧眼巧手，制造出了可与伊斯特里亚人①和亚述人②媲美的陶瓷。终于，发达的神秘宗教指引着他们创造出了祭祀舞蹈和其它仪式。而如今，我们还能看得到的却只有那衣衫褴褛的舞蹈与手鼓和竖笛的伴奏音乐。在这些残存的忧伤片段中，我感受到了它承载着的东西——那是一个从肉体到灵魂都被彻底征服的

---

① 伊斯特里亚人是生活在亚德里亚海最大的半岛——伊斯特里亚半岛上的居民。

② 亚述人是主要生活在西亚两河流域北部的闪族人。

民族难以磨灭的印记①。

高深莫测的印加帝国创造出了一种特殊的官员形式，名为智者，这样的职位在那些所谓“正统”的民族当中是不存在的。智者掌管的事务相当繁杂：他们负责收集城市中的各种事迹，充当着史官的角色；同时他们也要向人们教授宗教知识和与之相结合的神权政治；另外，他们也是传道者，有时甚至还是诗人。

这可真是个妙不可言的职业！智者们既是引领者，也是各种正式或民间宴会的组织者。在今天的我们看来，他们为民族创造出的是令精神愉悦的食粮。智者的使命无限荣耀，对我而言极有吸引力，也许这是唯一一份令我感到羡慕、感怀与向往的职业，也令我因这个已不复存在的身份而唏嘘不止。由此，诸位都看得出来，印加帝国真正地为民族的各个阶层服务，用今天我们的庸俗语言来说，可以被称为“亲民”。因此我说，苛政也有柔软的一面，也有偶尔的温情甚至高尚的品德。

---

① 1532 年，由西班牙人弗朗西斯科·皮萨罗率领的士兵俘虏了印加王阿塔瓦尔帕，标志着印加帝国灭亡。西方人所带来的疾病，西班牙人的奴役、抢掠和破坏等原因导致印加人的人口迅速下滑。西班牙人使天主教传入南美洲，受传教士传播福音的影响，许多土著被迫放弃原有信仰，改信“唯一的真正宗教”。

两个美洲的异同点[1]

一谈到人的问题，只需一眼就能看出南北美洲大陆之间存在的巨大鸿沟。所有人都能感觉到这差异带来的碰撞，有些人为之心痛，有些人则灰心丧气。但我们若是不像昆虫学家那样将差异无限放大，而是仅仅寻找双方的相同之处，结果就会乐观得多，甚至不乏存在惊喜。

我们美洲大概拥有四片相似的土地，四个毗邻共存的区域，或者也可以说，是我们无意之中获得的四种语言——它们是道德的信条，也是被我们忘却了的古老训诫。

无论北美人还是南美人，我们都信仰自由，可惜双方享受的自由却以不同的形式存在着。北美的自由氛围稳若磐石且始终如一，而我们的则是几经沉浮起落。可以这么说，在通往自由的路上，我们时而激情四射，时而心如死灰。但是究其根本，我们对于自由的渴望与期盼都是同样单纯而热烈的，这是我们之间的第一个共同点。

第二个共同点可以算作是地理层面上的——我们共享着一片大陆。北美洲类似四边形，南美呢，几乎是个三角形，巴拿马运河剪开了那么指甲盖大小的一处缺口，仿佛呼唤着两方的和解。在飞机还没有成为主要的交通工具之前，这两片海洋与六处海岸就是我们

---

① 本文作于 1945 年 2 月。

流动的信使，好似徒步的墨丘利[①]。气候上呢，经纬度决定了北美的温带特点，南美洲的气候则是由我们美丽动人的安第斯高原创造的；我们拥有的动植物，更是同远大于异。真正与我们截然不同的是欧亚大陆，尽管他们在地理上浑然一体，但生活在两端的不幸的人们却完全没有融合的可能，甚至都从不互相对视。

第三个共同点是我们同样年轻的灵魂。美国人的灵魂中洋溢着活力与喜悦，我们南美人则生来就肩负着更沉重的传统，但却不到重似铅块的地步。就这样，我们就像密封锅里的浓汤，沸腾着，翻滚着，那种高昂的情绪令众人惊异。这也恰好证明了传统带来的那一点“重金属”，恰好避免了大锅在初始时就支离破碎。

在南美，传统与现代不断融合的事实是有目共睹的。北美曾经期望我们拥有的热诚的朝气与创造力、立法的勇气、纠偏改错和迎头赶上的决心……如今都已成了看得见摸得到的成绩。

南北美洲间的第四个共同点要隐蔽得多，不易察觉，也不像前面几处那么一目了然，这个相同点就是基督教。它同时哺育了两个美洲，尽管这么说可能有些矫揉造作，但我们的确共享过同样的乳汁，同样的关爱，甚至连听过的摇篮曲都是一样美好的四行诗，唯有节奏稍有不同。我们都出生在这片大陆，咿呀学语时念的是同一个上帝、同一次救赎、同样的天国八福。倘若蒙古人当年跨过了白令海峡，让半个大陆都皈依了佛教，那恐怕如今这里早就充满了对天命的信仰、在战斗中牺牲的宿命和难以避免的分裂。不幸的是，欧洲大陆并没能免受这些侵略者和开拓者们的毒害，基督教开始四

① 墨丘利是罗马神话中担任信使的神，也掌管交通和旅游。

分五裂，变得昏庸且荒唐。其中的两支逐渐成为了人们记忆中的主流，其灵魂变得不再完整，并且（为什么不说出来呢?）宗教观念也分崩离析。

这就是我们的基督教，无论是英国人的或是西班牙人的，其实都并无差别。从我们的祖辈开始，他们既不互犯，也不亲近，只是不断堆高围墙，挖深壕沟，从未和谐共存过。

对自由的热爱、共享的领土、信仰、朝气蓬勃的精神——这四个共同点足以夯实我们脚下相同的土地，而不仅仅是成为互通的桥梁。在这四点当中，现在有两样被频频提及，还有两样仍未能“去掉自己眼中的梁木”①，原因不过是害怕失去供养我们的土地，并且担心同时丧失自己的灵魂。整个美洲应当共同进退，步调一致。在这一点上我们曾浅尝辄止，然而大家都明白，我们曾经的努力不过像是将田地的泥土轻翻了一次，清除了石块、沙砾和枯枝败叶，距离能播种小麦还差得远呢。

两个美洲中有一个是富裕的，他们的成绩斐然，运气更是绝佳；另一个美洲则为了团结三种对立的传统而备受煎熬，尝试着极其棘手的融合，成果喜忧参半。北美洲无需费时费力地去做如此庞大的实验，可南美已经不得不这么做了四个世纪了。撒克逊美洲从没尝试过耕耘印第安美洲人的灵魂，他们只把这里当作战场，三下五除二地开战、扫荡、清理，以迅雷不及掩耳之势结束一切，把或死或活的印第安人抛在身后。等到把这里变成了农业大粮仓，美国

① 《马太福音》7：5：“你这假冒伪善的人，先去掉自己眼中的梁木，然后才能看得清楚，去掉你弟兄眼中的刺。”这里的“梁木”就是我们每个人都有的软弱、局限和缺点。

人终于可以意气风发地投身工业化，势如破竹。

与此同时我们西班牙美洲人呢，还继续在南美既暴力又怠惰地开展着种种进程：借助其他“代理人”试图建立民主制度，消灭寡头统治，实行开化政治。我们为之付出了心血，并且花费了四个多世纪的时间。没有人能解释得清这片大陆上三种血统和灵魂该如何融合，这三种意识如此地格格不入，它们对是非曲直都有不同的见解，让人难以相信竟都是同一条自然法则的产物。

北美是成功的，井井有条地掌管着自己的“坩埚”，从没做过错误的操作。他们应当顾及南美的现状，并对我们正进行的“实验”施以援手。

我们将奉上自己的忠实，以至今仍然盛行的骑士精神来报答对我们的援助。我们需要的是能够超越商贸，甚至超越政治层面的慷慨相助，是双方紧密的合作，以及在旧世界无法实现的基督教真正的和谐共存①。

我们希望被人理解，其次才是得到帮助。第一点是尤为重要的，因为只有这样的帮助才是有效的，我们需要的不是一位高高在上的监工或总督。

美洲不应当被狡猾嗜赌的人操控。欧洲的才智与奸诈，阴谋与欺诈已黔驴技穷，再多的“外交声明”也阻挡不了他们外强中干的工业溃败。我们见证了这场豪赌的惨败，就更应行正大光明之事，以求可持续的发展，要努力锻造至精至纯的钢铁，而不是制造一击即碎的铁皮。否则，那些每年签署的“公约协定”只能是永远的空头支票。

---

① 旧世界对应的是哥伦布发现的新世界（即美洲大陆），泛指亚非拉三大洲。

呐　喊

美洲，美洲！我们的幸与不幸，都由她决定！

今天，我们仍然被分成墨西哥、委内瑞拉、智利、阿兹特克-西班牙混血、克丘亚-西班牙混血、阿劳科-西班牙混血；但明天，当苦难那刚硬的尖牙将我们一同嚼碎，我们的痛苦与渴望都会融为一体，紧紧相连。

教师，请你在课堂上讲述玻利瓦尔的远见卓识，用信念那把锋利的铁钩将他的理想深深扎进学生们的灵魂中去。让他们了解美洲，熟知她的贝略、萨米恩托[①]、拉斯塔利亚[②]和何塞·马蒂。请你不要盲目崇拜欧洲，遥远的往昔虽然独具魅力，但请别沉湎其中，再辉煌的历史也逃不了陈旧衰败的命运。

请你向学生们描绘我们的美洲，让他们爱上日光璀璨的墨西哥高原、一碧千里的委内瑞拉大草原和南极地区的黑色森林。告诉学生你所知道的关于美洲的一切吧，让他们了解潘帕斯草原上的歌声、加勒比人如何采挖珍珠、巴塔哥尼亚又为何居住着白种人。

记者，请你保持对整个美洲的公正，不要为了抬高古巴而贬低尼加拉瓜，抑或是为尊崇阿根廷而鄙夷古巴。想象一下，等我们的融合终于到来之时，你今天播下的蔑视或讥讽会如何伤害我们自己

① 多明戈·福斯蒂诺·萨米恩托（1811—1888）：阿根廷政治家、作家、教育家、社会学家，1868至1874年曾任共和国总统。

② 何塞·比克多里诺·拉斯塔利亚（1817—1888）：智利作家、政府议员。

的血肉呢?

艺术家，请你在作品中展现我们的精致、细腻、高雅与深度。去挖掘你的卢贡内斯、巴伦西亚[①]、达里奥、内尔沃吧。要相信，我们的敏感气质也同样能够震慑人心，也能让完美作品中那一滴滴澄净的源泉喷涌而出。

工业家，请帮助我们战胜，哪怕仅仅是阻挡住来自“金发美洲”[②] 对我们进行的所谓“无攻击性”的侵略，这对我们而言是致命的。他们什么都想卖给我们，让这里无论农村或城市都充斥着他们制造的机器、布匹，甚至包括那些我们也能够生产，但仍然不懂得开发的产品。请你指导我们的工人、化学家和工程师。工业家，你应当取代那些空想家，成为这次十字军东征中的领袖。

我仇恨扬基人？不！他们之所以逐渐领先并控制我们，都是我们自己的错啊，是我们的软弱与消沉、对印第安式宿命论的尊崇造成的。他们对我们的瓦解，一部分是得益于他们拥有一些更出色的品质，但更是由于我们种族自身沾染的恶习。所以，我们为什么要厌恶他们？我们该痛恨的是自己。北美的钢钉与黄金将我们打得落花流水，面对他们的铁腕与财富，我们变得不堪一击。

我们的一切努力都应像箭矢一般指向那个终将到来的明天：一个统一的西班牙语美洲。她的统一是源于两个令人称叹的原因：第一，是上帝赐予我们的同一种语言；另一个，是北方给我们造成的

---

① 吉尔默·巴伦西亚（1873—1943）：哥伦比亚诗人、政治家。

② 这里作者所说的“金发美洲”指的是美国，因为相对于拉丁美洲人种多为混血，发色多为深色，位于北美洲的美国则是以白种人居多，而金发是白种人的典型发色之一。

切肤之痛。

我们的懒惰，使得北美如此目空一切；我们的懈怠，促成了他们的富足；我们狭隘的憎恨，只会令他们显得更加从容不迫，甚至日臻完美。

就在我们陷入无休止的讨论之中时，他们呢，却在脚踏实地地发展；我们自己乱作一团，他们却像是年轻的少年，不断紧实自己的肌肉，变得越来越令人害怕，甚至让自己的国土连接了两片海洋；我们不断地空谈、旁征博引，他们却在播种、铸造、拉锯、耕犁、厚积薄发；他们用火、土地、空气、水源来发展，每分每秒都在前进，他们奠定了自己的信仰，并为使之变得神圣且战无不胜而努力。

美洲啊，我们的美洲！她多么想拥有同样炫目的未来。她美丽而又广阔的土地，渴望着更崇高的自由与伟大！